천천히,
스미는

영미 작가들이 펼치는
산문의 향연

천천히,
스미는

G. K. 체스터튼, 도로시 세이어즈, 로버트 루이스 스티븐슨,
로버트 바이런, 리처드 라이트, 마저리 키넌 롤링스,
마크 트웨인, 맥스 비어봄, 메리 헌터 오스틴, 버지니아 울프,
알도 레오폴드, 앨리스 메이널, 오스카 와일드, 윌리엄 포크너,
제임스 서버, 제임스 에이지, 조지 오웰, 존 버로스, 찰스 디킨스,
케네스 그레이엄, 토머스 드 퀸시, F. 스콧 피츠제럴드,
헨리 데이비드 소로우, 홀브룩 잭슨, 힐레어 벨록

강경이 박지홍 엮음 | 강경이 옮김

봄날의책

천천히, 스미는 온기를 전하며

출발은 단순하고 원대했다. 세계의 아름다운 산문을 모아 한 권의 책으로 엮자는 것. 영어로 쓰인 글뿐 아니라 다른 여러 언어로 쓰인 글들, 각자 자기 언어로 자기 삶을 풀어낸 글들을 모은 책을 상상했다. 그러려면 여러 언어의 번역가들이 함께 글을 고르고 옮겨야 할 텐데, 쑥스럽지만 신나는 일일 듯했다. 원래 꿈꾸던 책을 만들었다면 아마 지금도 계속 작업 중일 테고(어쩌면 아직 시작도 못 했을 테고), 언젠가 책이 나온다면 두 손으로 들기에도 묵직한 벽돌책이 됐을지 모른다. 다행인지 불행인지 이런저런 이유로 책의 범위가 좁혀졌고 영미권 작가 25명의 산문 32편이 담긴, 그리 무겁지 않은 책이 되었다.

글을 고르는 시기는 대강 19세기 이후로 한정했지만 특별한 기준이나 주제를 정하지는 않았다. 이 책의 선배격인 한국 산문선 《나는 천천히 울기 시작했다》처럼 "노동, 생활, 취미와 취향 등 넓은 의미에서 '인생'이라 부를 만한 것들"을 자유롭게 담고자 했다.

모든 글을 찾아 읽기는 불가능했고, 시간과 능력, 취향이 허락하는 범위 안에서 나라 안팎에서 출간된 산문집과《에세이 백과사전》(Routledge, 1997), 구글 검색의 도움으로 글을 찾아 읽으며 더듬더듬 책의 밑그림을 그려갔다.

시기적으로는 대개 19세기 후반에서 20세기 전반, 우리와 같은 시대라 부르기에는 조금 멀고 옛날이라 부르기에는 조금 가까운 시절의 글들을 주로 살펴봤다. 지금 우리가 사는 세상의 모습이 어렴풋이 갖추어지기 시작할 무렵이니 우리가 부딪히는 문제들을 그들도 느꼈을지, 느꼈다면 어떻게 느꼈을지 궁금했다. 빠르게 진행되는 산업화와 도시화 때문에 생기는 삶과 공간, 생태의 변화를 다룬 글들, 이를테면 존 버로스의 〈철새들의 행진〉, 힐레어 벨록의 〈구불구불한 길〉, 알도 레오폴드의 〈산처럼 생각하기〉 같은 글들이 그렇게 모였다. 조지 오웰의 〈마라케시〉, 버지니아 울프의 〈야간 공습 중에 평화를 생각하다〉, 리처드 라이트의 〈살아 있는 짐 크로우의 윤리〉는 지금의 세상을 형성한 폭력과 차별 같은 것에 대한 당대의 체험이 담겨 있어 흥미로웠다.

인간 존재의 보편적 조건들, 이를테면 상실, 죽음, 고통 같은 것에 대한 이야기가 담긴 글도 실으려 했다. 버지니아 울프의 〈나방의 죽음〉, 피츠제럴드의 〈잠과 깸〉, 토머스 드 퀸시의 〈어린 시절의 고통〉이 그런 글들이다. 이런 글들은 대개 삶의 결정적 고비가 된 사건, 글쓴이의 삶에 생채기로 남은 사건을 다룬 글과 겹치기도 했다. 리처드 라이트의 〈살아 있는 짐 크로우의 윤리〉와 〈어떤 질문〉또한 같은 범주로 볼 수 있을 듯하다. 찰스 디킨스, 로버트 루이스 스티븐슨, 리처드 라이트, 윌리엄 포크너의 글처럼 작가의 작품이 싹튼 토양 같은 것을 엿볼 수 있는 글도 흥미로웠고 힐레어 벨록, G. K. 체스터튼, 앨리스 메이넬, 맥스 비어봄처럼 우리에게 익숙하지는 않지만 당대를 사로잡았던 문필가의 글도 빠트리지 않고 고루 실으려 했다.

코끼리를 냉장고에 넣는 법(냉장고 문을 연다―코끼리를 넣는다―냉장고 문을 닫는다)처럼 산문집을 만드는 법(산문을 고른다―우리말로 옮긴다―책을 만든다)도 단순명쾌하면 좋겠지만 실제 과정은 힐레어 벨록이 묘사한 구불구불한 길보다 더 구불구불했다. 마음이 끌리는 글을 우연히 뒤늦게 발견해서 목록이 달라지기도 했고 글쓴이가 쓴 좋은 글이 너무 많다 보니 무얼 넣고 무얼 빼야 할지 고민하며 결정장애에 시달리기도 했다. 소로우의 〈소나무의 죽음〉이나 포크너의 〈그의 이름은 피트였습니다〉처럼 처음에는 많은 글 중 하나로 지나쳤다가 나중에 재발견되어 막바지에 목록에 추가된 글도 있다. 메리 헌터 오스틴의 〈걷는 여자〉는 우연히 마주쳤고 제목에 끌려서 읽었는데 메마른 사막 지대를 홀로 터벅터벅 걷는 여자의 이미지가 머리를 떠나지 않았다. 제임스 에이지의 〈녹스빌: 1915년 여름〉도 그런 글 가운데 하나다. 에이지가 소리로 이루어진 글을 쓰겠다며 자리에 앉아서 50분 만에 완성했다는 그 글은 그의 표현대로 고막을 홀렸다. 여섯 살 때 세상을 떠난 아버지와 함께 보낸, 마지막 여름의 소리를 담은 글이라는 걸 나중에 알고 나니 더 예사롭지 않게 읽혔다.

작가 25명의 산문 32편이 실렸으니 글의 내용도, 색깔도 다양하다. 어떤 글은 유쾌하고 어떤 글은 뻔뻔하고 어떤 글은 아프다. 책을 엮어놓고 보니 힐레어 벨록이 말한 구불구불한 길을 보는 듯하다. 벨록의 표현을 빌자면 "구불구불한 길은 사람을 결코 지치게 하지 않는다. 길마다 성격이 있고 영혼이 있다. 이 길에서 저 길로 걸어 다니다 보면 많은 사람과 함께 여행하거나 여러 친구와 어울리는 기분이 든다." 개성이 다른 25명의 작가와 두런두런 이야기를 나누며 모퉁이를 돌 때마다 풍경과 느낌이 달라지는 골목길을 산책하듯, 구불구불한 길을 여행하듯 읽으면 좋을 듯하다. 이 여행길이 결코 지루하지 않으리라고, 그 대화가 결코 겉돌지 않으리라고 믿는다. 이 책에 실린 글을 읽고 옮기는 동안 많은 친구가 생겨서 든든한 느낌이었다. 글쓴이들 역시 세상 한 귀퉁이에서 자기 몫의 삶을 살며 웃고 울고 그리워하고 고민했다고 생각하면 마음이 애틋해지기도 하고 따뜻해지기도 했다.

이 책에 실린 글 중에는 이미 우리말로 옮겨져 한두 차례 소개되었던 글도 있다. 대표적으로 버지니아 울프와 조지 오웰, 헨리 데이비드 소로우의 글은 이미 많이 소개됐고 알도 레오폴드의 글이 실린 《모래군의 열두 달》도 십여 년 전에 우리말로 옮겨져 소개되었다. 되도록 소개되지 않았던 글을 실으려 했지만 워낙 탐나는 글을 지나치기 아쉽기도 하고 다른 글들과 어우러져 새로운 독자의 손에서, 또 다른 '화음'을 만들어내리라 기대하면서 한자리에 모았다. 좋은 글을 앞서 우리말로 옮기고 소개한 분들에게 감사드린다.

좋아하는 글을 읽고 옮기는 일이야말로 번역하는 사람의 로망인데 몇 달 동안 좋은 글에 푹 빠져 지내는 호사를 누렸다. 좁은 날개로 열심히 둘러보긴 했지만 독서의 폭과 깊이가 좁고 얕다 보니 더 많은 글을 두루 싣지 못한 아쉬움이 남는다. 소박한 차림상이지만 여기에 담긴 글쓴이들의 목소리가 새롭게 독자를 만나 천천히, 스미는 어떤 온기를 전할 수 있으면 좋겠다.

마지막으로 산문선 작업을 제안하고 이 책을 함께 엮으며 많은 자료를 수소문하고 공수해준 봄날의책 박지홍 대표에게 감사드린다. 봄날의책에서는 이 책을 시작으로, 사정상 뒤로 미룬 좀더 가까운 현재의 영미 산문들 그리고 프랑스어, 독일어, 스페인어, 포르투갈어, 일본어, 중국어 등 다양한 색과 향을 뿜내는 각 언어권의 아름다운 산문들을 차근차근 준비하려 한다고 한다. 많은 기대와 격려 부탁드린다.

엮은이를 대표하여 강경이

차례

내가 바람이라면

어떤 질문

소소하고 은밀한

길 위에서

일러두기

· 각주는 원주라고 표시된 것을 제외하면 모두 옮긴이 주입니다.
· 수록된 글의 원제는 글마다 끝에 표기했으며 일부를 발췌한 글은
  원제 옆에 일부임을 밝혔습니다.
· 글을 엮고 옮길 때 참고한 원문의 출처는 책 뒤편 출처 목록으로
  실었습니다.

삶이 늘 시적이지는
않을지라도

나방의 죽음

버지니아 울프

낮에 나는 나방은 나방이라는 이름이 어울리지 않는다. 우리가 커튼 그늘에 잠든 흔한 노랑 줄무늬 나방을 볼 때마다 떠올리게 되는, 어두운 가을밤과 담쟁이 꽃의 유쾌한 감각을 일깨우지 못한다. 낮에 나는 나방은 나비처럼 화사하지도 동족처럼 우울하지도 않은 잡종 생명체이다. 그런데도 건초 색깔 좁은 날개에 같은 색 술을 단 이 나방은 삶이 만족스러운 듯했다. 구월 중순 상쾌한 아침이었다. 날씨는 포근하고 온화했지만 살랑대는 바람은 여름보다 쌀쌀했다. 창 너머에서는 쟁기가 이미 밭에 줄을 긋고 있었고 쟁기 날이 지나간 곳마다 평평하게 눌린 땅이 습기로 반짝였다. 창 너머 밭과 그 너머 초원에서 밀려들어오는 그런 활기 때문에 책에 눈을 붙이기가 힘들었다. 떼까마귀들도 해마다 벌이는 축제에 여념이 없었다. 수천 개의 검정 매듭이 달린 거대한 그물을 공중에 던져 올린 듯 나무 위로 날아올랐다가 잠시 뒤 천천히 나무에 내려앉는 모습이 잔가지 끝마다 매듭이 하나씩 달리는 것 같았다. 그러고는 갑자기 하늘로 던져져서 이번에는 더 큰 동그라미로 퍼지곤 하는데 그렇게 던져졌다가 나무 위로 천천히 내려앉는 게 엄청나게 신나는 일인 듯 큰 소리로 야단법석을 떨어댔다.

떼까마귀들과 밭 가는 농부, 말, 심지어 메마른 초원마저 활기차게 만드는 그 에너지가 나방까지 움직여 네모난 유리창을 파닥대며 오가게 하는 듯했다. 그 나방을 쳐다보지 않을 수 없었다. 사실, 연민이라는 이상한 감정이 느껴졌다. 너무도 거대하고, 너무도 다채로운 즐거움을 약속하는 듯한 그날 아침에 오직 나방의 몫만큼, 그것도 낮에 나는 나방의 몫만큼 삶을 산다는 것은 가혹한 운명처럼 보였다. 그리고 자신의 보잘것없는 기회를 한껏 누리려는 그의 열정은, 측은했다. 나방은 자신에게 주어진 네모 칸 귀퉁이로 열심히 날아가서 잠시 머물다가 다른 귀퉁이로 날아갔다. 그 다음에는 무슨 일을 할 수 있을까? 세 번째 귀퉁이, 네 번째 귀퉁이로 날아가는 일밖에는. 초원은 넓고 하늘은 광활한데, 저 멀리 집들에서 연기가 피어오르는데, 먼바다에서는 이따금 증기선의 낭만적인 소리가 들려오는데 나방이 할 수 있는 일이라곤 그것밖에 없었다. 그리고 그는 자신이 할 수 있는 일을 했다. 나방을 쳐다보고 있으려니 세상의 거대한 힘으로 이루어진 매우 얇지만 순수한 섬유 하나가 그의 연약하고 조그만 몸속에 들어차 있는 것처럼 보였다. 나방이 파닥이며 유리창을 가로지를 때마다 생명으로 반짝이는 실 한 가닥이 보이는 듯했다. 그는 생명 그 자체였다.

하지만 나방은 열린 창문으로 밀려 들어와 내 두뇌와 다른 사람들 두뇌의 수많은 좁고 복잡한 통로를 움직여가는 그 힘의 너무 작고, 너무 단순한 형태이므로 측은할 뿐 아니라 경이로운 구석도 있었다. 마치 누군가 순수한 생명으로만 만들어진 아주 작은 구슬을 가져다가 솜털과 깃털로 최대한 가볍게 꾸민 뒤 우리에게 삶이란 바로 이런 것이라고 보여주기 위해 춤을 추며 이리저리 오가게 만든 것 같았다. 그렇게 꾸며도 여전히 이상했다. 둥근 혹과 돌기, 장식을 달아 무거운 몸으로 세심하게, 위엄 있게 움직여야 하는 나방을 보면 삶에 관한 것은 모두 잊기 쉽다. 그래도 나방이 다른 모습으로 태어났더라면 어떤 삶을 살았을까 하는 생각에 그의 수수한 움직임을 연민을 품고 보게 된다.

　얼마 뒤 춤을 추다 지쳤는지 나방은 해가 비치는 창턱에 내려앉았고 기이한 광경은 막을 내렸다. 나는 나방을 잊었다. 그러다가 문득 고개를 들던 내 눈에 다시 나방이 들어왔다. 나방은 다시 춤을 추려고 하지만 너무 뻣뻣해서인지 너무 서툴러서인지 유리창 아래쪽에서 바르르 떨고만 있었다. 다른 쪽으로 날아가 보려 하지만 실패했다. 나는 다른 문제에 골몰한 채 멍하니 나방의 헛된 몸짓을 한동안 바라보며 나방이 다시 날기를 기다렸다. 잠시 멈춘 기계가 다시 움직이길, 왜 움직이지 못하는지는 고민도 하지 않으면서 기다리듯 그렇게 기다렸다. 나방은 아마 일곱 번쯤 다시 날아 보려 하다가 결국 나무 창턱에서 미끄러져 날개를 바르르 떨며 창틀로 나자빠졌다. 그 무력한 행동에 나는 정신을 차렸다. 나방이 어려움에 처했다는 생각이 들었다. 나방은 더 이상 몸을 일으키지 못하고 헛되이 다리를 버둥댔다. 나는 나방을 도와주려고 연필을 앞으로 내밀었지만 날아오르지 못하는 그 서툰 동작은 죽음이 가깝기 때문이라는 생각이 들었다. 나는 연필을 도로 내려놓았다.

　나방의 다리가 다시 격렬하게 버둥거렸다. 싸우고 있는 적에게 발길질을 해대는 것 같았다. 나는 밖을 내다봤다. 밖에는 무슨 일이 벌어졌을까? 아마 정오가 된 것 같다. 들판의 일손이 멈추었다. 활기차게 움직이던 밖이 고요하고 적막해졌다. 떼까마귀들도 시냇가에 먹이를 잡으러 떠나고 없었다. 말들도 가만히 서 있었다. 그러나 세상을 활기차게 했던 그 힘은 그대로 머물며 무관심하게 무감하게 그 무엇에도 특별히 관심을 두지 않고 그곳을 가득 채우고 있었다. 어쩐지 그 힘은 건초빛 조그만 나방과 대비되었다. 무엇을 시도한들 소용없었다. 다가오는 운명에, 마음만 먹으면 도시 하나를 통째로, 도시뿐 아니라 수많은 사람들까지 삼켜버릴 그 운명에 맞선 조그만 다리의 놀라운 투쟁을 지켜볼 도리밖에 없었다. 내가 알기로 그 무엇도 죽음에 맞서서는 승산이 없다. 그럼에도 기진맥진해서 잠시 멈추었던 다리가 다시 버둥거렸다. 그것은, 그 마지막 저항은 웅장했다. 너무도 격렬히 다리를 버둥거린 끝에 나방은 몸을 뒤집었다. 물론 우리는 전적으로 생명을 지지한다. 게다가 신경 쓰거나 아는 이가 아무도 없는데도 이 보잘것없는 작은 나방이 그토록 거대한 힘에 맞서 자신 말고는 아무도 소중히 여기거나 간직하려 하지 않는 것을 지키기 위해 거인 같은 힘으로 저항하는 모습에 이상하게 마음이 움직였다. 어쨌든 나방은 생명, 순수한 생명의 구슬이었다. 나는 헛된 일인 줄 알면서도 다시 연필을 들어 올렸다. 하지만 내가 연필을 들어 올리는 순간 죽음이 분명한 신호를 보냈다. 나방의 몸이 축 늘어졌고 곧 뻣뻣해졌다. 싸움은 끝났다. 보잘것없는 작은 생명체는 이제 죽음을 받아들였다. 죽은 나방을 바라보자니 너무나 거대한 힘이 너무나 하찮은 적에게 거둔 이 사소한 승리가 불가사의하게 느껴졌다. 조금 전에 삶이 기이했던 만큼이나 이제는 죽음이 기이했다. 원래대로 몸을 뒤집은 나방은 이제 무척 우아하게, 아무런 불평 없이 평온하게 누워 있었다. 이렇게 말하는 듯했다. 그래요. 죽음이 저보다 강합니다.

〈The Death of the Moth〉(1942)

버지니아 울프(1882~1941)

1882년 런던에서 작가이자 비평가 레슬리 스티븐의 딸로 태어났다. 정식 교육은 받지 않았고 아버지 서재의 책을 두루 읽으며 독서와 글쓰기를 익혔다. 1905년 〈더 타임스 리터러리 서플리먼트〉에 글을 쓰기 시작해 500편이 넘는 방대하고 다양한 에세이와 비평을 남겼다. 문예 비평지뿐 아니라 〈보그〉와 〈애틀랜틱 먼슬리〉 같은 대중적인 잡지, 〈타임앤타이드〉 같은 페미니스트 잡지에도 글을 썼다. 정치평론가인 레너드 울프와 결혼하여 호거스 출판사를 함께 운영했으며《댈러웨이 부인》과《등대로》등의 소설을 발표했다.

잠과 깸

F. 스콧 피츠제럴드

몇 년 전 나는 어니스트 헤밍웨이의 〈이제 나를 누이며〉를 읽으며 불면증에 대해서라면 더 이상 말할 게 남아 있지 않다고 생각했다. 이제 보니 내가 불면증을 충분히 겪어보지 않았기 때문이었다. 낮에 품는 희망과 열망이 사람마다 다르듯 누군가의 불면증은 그 이웃의 불면증과 다른 듯하다.

삶의 일부로 자리 잡는 불면증은 삼십대 후반에 나타난다. 소중한 일곱 시간 수면이 갑자기 둘로 쪼개진다. "첫 번째 달콤한 밤잠"(운이 좋다면)을 자고 난 뒤 두 번째 깊은 새벽잠에 들 때까지 음울한 공백이 갈수록 길어진다. 〈시편〉에 기록된 바로 그런 시간이다. "그의 진실함이 너의 방패가 될 것이니, 밤의 공포와 낮에 날아드는 화살, 한밤에 서성대는 일을 두려워하지 않으리."

내가 아는 사람은 생쥐 한 마리 때문에 불면증이 시작됐다. 나는 내 불면증이 모기 한 마리 때문에 시작됐다고 생각하고 싶다.

내가 아는 그 사람은 혼자 힘으로 시골집을 청소하고 정리하는 중이었다. 고단한 하루를 보내고 보니 침대로 쓸 만한 물건이 아이 침대밖에 없었다. 길이는 넉넉했지만 너비가 유아 침대보다 넓으나 마나 했다. 그는 그 침대에 푹 쓰러져 한쪽 팔을 침대 가장자리 너머로 비죽이 내민 채 곧 잠에 빠졌다. 몇 시간 뒤 그는 손가락이 바늘에 콕콕 찔리는 느낌에 잠이 깼다. 잠결에 팔을 바꾸고 다시 잠이 들었지만 결국 똑같은 느낌에 다시 잠이 깼다.

이번에는 머리맡 램프를 켰다. 그랬더니 피가 흐르는 손가락 끝에 작고 탐욕스러운 생쥐 한 마리가 앉아 있었다. 순간 친구는 "탄성을 내뱉었다"고 표현했지만 아마 미친 듯 비명을 내지르지 않았을까 싶다.

생쥐가 그의 손가락을 놓았다. 만약 그가 영원히 잠에서 깨지 않았더라면 생쥐는 그를 통째로 갉아먹을 참이었을 것이다. 그때부터 그는 잠시라도 잠이 들까 두려웠다. 피해자는 몸을 떨며 일어나 앉았고 몹시 피곤했다. 침대 위를 덮는 우리를 만들고 남은 평생 그 아래에서 잠을 자면 어떨까 궁리했다. 그러나 그날 밤은 우리를 만들기에 너무 늦었고 그는 결국 까무룩 잠에 빠졌다가 반란을 일으킨 쥐 떼에 쫓기는 피리 부는 사나이가 되는 무시무시한 꿈에 잠을 깨길 반복했다.

그 뒤 그 친구는 개나 고양이를 방에 들여놓지 않으면 절대 잠을 잘 수 없었다.

내가 한밤의 유해 동물을 경험한 때는 지독히 지쳐 있던 때였다. 해야 할 일이 너무 많은데다 나와 주변 사람들이 병에 걸리는 이런저런 상황이 맞물리면서 일이 두 배로 고되게 느껴졌다. 불행은 결코 혼자 오지 않는다는 옛말이 있지 않은가. 그리고 아, 나는 험난한 싸움의 끝을 장식할 잠을 얼마나 기대했던가! 구름처럼 폭신하고 무덤처럼 영원한 침대에서 휴식하기를 얼마나 고대했던가! 배우 그레타 가르보와 단 둘이 만나는 저녁 식사에 초대받았다 해도 무관심했을 것이다.

하지만 그레타 가르보가 진짜 나를 초대했다면 초대를 받아들이는 게 현명했을 것이다. 왜냐하면 대신에 나는 혼자 먹었기 때문이다. 아니, 한 마리 외로운 모기의 먹잇감이 되었기 때문이다.

모기 떼보다 모기 한 마리가 얼마나 더 끔찍할 수 있는지 놀랍다. 모기 떼는 대비할 수 있지만 모기 '하나'는 성격을 지닌 사람처럼 느껴진다. 증오, 죽을 때까지 싸우겠다는 심술을 품은 인물 말이다. 이 인물이 아르마딜로*처럼 난데없이 구월 뉴욕의 어느 호텔 이십층에 혼자서 등장했다. 뉴저지주 습지 배수 예산 감축 때문에 그를 비롯해 다른 어린 모기들이 먹이를 찾아 이웃 뉴욕으로 날아왔다.

그날 밤은 더웠다. 그러나 첫 번째 대결 이후, 그러니까 바보처럼 허공을 때리고, 헛되이 모기를 찾다가, 간발의 차이로 내 귀를 후려친 뒤, 나는 오래된 방법대로 이불을 머리끝까지 덮어썼다.

그렇게 흔한 이야기가 이어진다. 모기는 이불을 뚫고 나를 물고

* 등에 갑옷 모양 골판이 덮인 포유류로 아메리카 대륙의 건조지대에 서식한다.

이불을 꼭 붙드느라 노출된 내 손을 저격한다. 담요를 뒤집어쓰니 숨이 막힐 것 같다. 뒤이어 마음가짐이 달라지고 잠이 점점 달아나며 무력한 분노가 치밀어 오른다. 드디어 두 번째 사냥이다.

이제 광적인 단계에 돌입한다. 스탠딩 램프를 횃불 삼아 침대 밑을 기는가 하면 방을 한 바퀴 돌다가 결국 천장에 있는 놈의 은신처를 발견하고는 수건으로 매듭을 묶어 후려쳐보지만 결국 내가 맞을 뿐이다. 젠장!

그 뒤 잠시 몸을 추스르고 있자니 놈이 어떻게 알았는지 내 머리 옆을 오만하게 서성댄다. 나는 또 놓치고 만다.

다시 삼십 분 동안 미친 듯 신경을 곤두세운 끝에 결국 피로스의 승리*를 거둔다. 침대 머리판에 뭉개진 작은 핏자국이 남는다. '내' 피다.

이미 말한 대로 나는 2년 전 그날 밤 내 불면이 시작되었다고 여긴다. 그날 나는 무한히 작은 요소 하나 때문에 어떻게 잠을 설칠 수 있는지 알게 되었다. 그러니까 그날 이후 나는 이제는 진부해진 용어로 말하자면 "잠을 의식하게" 되었다. 잠이 내게 허락될지 걱정하게 되었다. 나는 늘 술을 마시지는 않지만 마실 때는 아주 많이 마시는데 술을 한 잔도 마시지 않은 밤이면 잠자리에 들기 오래전부터 잠을 잘 수 있을까 하는 생각에 시달린다.

• 많은 희생을 치르고 로마군을 격파했지만 다시 시작된 전투에서 결국 패배하고 만, 고대 그리스의 에페이로스의 왕 피로스의 사례에서 나온 표현으로 터무니없는 대가를 치른 실속 없는 승리를 뜻한다.

전형적인 불면의 밤(이런 밤이 이제는 모두 지나간 일이라 말할 수 있다면 얼마나 좋을까)은 특히 하루 종일 앉아서 담배를 피우며 일한 뒤에 찾아온다. 이를테면 중간에 조금도 쉬지 못하고 잠잘 시간이 되어서야 하루가 끝나는 날이다. 나는 잠자리에 들 준비를 마친다. 책과 물잔, 혹시 한밤에 땀을 흠뻑 흘리며 깨어날 때 필요한 여벌 잠옷, 작고 동그란 통에 든 루미놀 알약*, 밤에 기록할 만한 생각이 떠오를 때를 위한 공책과 연필. (사실 그런 생각은 거의 없다. 대체로 아침에 보면 하찮은 생각들이지만 밤에는 늘 강렬하고 다급하게 여겨지는 법이다.)

잠자리에 든다. 아마 술 한 잔을 들 것이다. 나는 마침 하던 일 때문에 비교적 학술적인 책을 읽는 중이므로 그 주제를 다룬 가벼운 책을 골라서 마지막 담배 한 대를 피우며 졸릴 때까지 읽는다. 하품이 나올 때쯤 책갈피를 꽂아 책을 탁 덮고 담배를 난로바닥에 넣고 램프를 끈다. 처음에는 왼편으로 눕는다. 그렇게 누워야 심장 박동이 더뎌진다는 이야기를 들었기 때문이다. 그리고 잠에 빠진다.

아직까지는 괜찮다. 자정부터 새벽 두시 반까지 방은 평화롭다. 그러나 문득 잠이 깬다. 어디가 아프거나 몸의 일상적인 기능 때문이거나 너무 생생한 꿈을 꾸었거나 방이 덥거나 춥기 때문이다. 잠을 계속 잘 수 있기를 바라며 얼른 문제를 해결한다. 하지만

* 신경안정제의 일종으로 불면증 치료에 사용되었다.

다시 잠을 이루지 못한다. 한숨을 쉬며 불을 딸깍 켜고 작은 루미놀 알약을 먹고 다시 책을 편다. '진짜' 밤이, 가장 어두운 시간이 시작된다. 너무 피곤해서 책을 읽으려면 술을 마셔야 하지만 술을 마시면 다음날 몸이 안 좋을 것이다. 일어나서 걷는다. 침실을 나와 복도를 거쳐 서재까지 갔다가 되돌아온다. 여름이면 뒷문까지 나갔다 온다. 볼티모어에는 온통 안개가 껴 있다. 첨탑 하나 셀 수 없다.

다시 서재로 간다. 끝내지 못하고 쌓아놓은 일에 시선이 머문다. 편지들, 교정지들, 메모들. 그쪽으로 간다. 안 돼! 지금 일을 시작했다가는 치명적일 것이다. 이제 루미놀이 희미하게 약효를 내기 시작한다. 다시 잠을 시도해본다. 이번에는 초조하게 베개로 목을 에워싼다.

"옛날 옛날에" (혼자 중얼거린다.) "프린스턴 대학 축구팀에 쿼터백이 필요했는데 할 만한 사람이 아무도 없어서 다들 절망하고 있었어. 수석 코치가 구장 옆에서 공을 차고 패스하는 나를 보더니 외쳤어. '쟤는 누구야? 왜 우리가 미처 보지 못했지?' 그 밑에 있던 코치가 말했어. '지금까지 활동하지 않았어요.' 그러자 수석 코치가 말했지. '이리 데려와.' 우리는 예일대와 벌이는 시합에 나갔어. 나는 61킬로그램밖에 나가지 않아서 우리 팀은 3쿼터에 이르러서야 나를 내보냈지. 그때 점수는—"

그러나 소용없다. 내 좌절된 꿈을 거의 20년간 수면 유도제로 써먹었고 결국 효과가 약해졌다. 이제 더는 그 꿈에 의지할 수 없다. 하지만 아직도 더 편안한 밤에는 어느 정도 나를 진정시켜준다.

그러면 전쟁 꿈을 동원해보자. 일본군이 도처에서 승리하고 있다. 내가 속한 사단은 흩어져서 미네소타 지역에서 방어태세에 들어갔다. 미네소타라면 내가 속속들이 잘 아는 곳이다. 그때 사령부와 대대장들이 함께 회의를 하다가 한 포탄에 맞아 모두 죽고 만다. 지휘권이 피츠제럴드 장군에게 맡겨진다. 당당한 풍채로……

그만하자. 이것도 여러 해 써먹어서 이제 너덜너덜해졌다. 피츠제럴드 장군이 또렷이 그려지지 않는다. 나는 죽은 듯 고요한 한밤에 어딘지 모를 곳을 향해 검은 버스를 타고 가는 음울한 수백만 명 중 하나일 뿐이다.

이제 다시 뒷 베란다로 나간다. 정신은 심히 피곤한데 신경은 이상하게 곤두선 상태에서—격렬하게 울리는 바이올린 위 현이 끊어진 활처럼—한밤의 택시가 울리는 거슬리는 경적 소리와 길 건너편에 도착한 술꾼들이 불러 재끼는 구슬픈 노래 사이로, 진짜 끔찍한 것이 지붕 위에 서서히 나타난다. 참담함과 폐허.

폐허와 참담함. 어쩌면 내가 될 수 있었던 것과 어쩌면 내가 할 수 있었던 것들. 그러나 놓쳐버리고 낭비해버리고 다 써버리고 탕진하고 되찾을 수 없는 것들. 이렇게 행동할 수 있었을 텐데. 그걸 절제할 수 있었을 텐데. 소심했던 그때 대담할 수 있었을 텐데. 경솔했던 그때 신중할 수 있었을 텐데.

그녀에게 그렇게 상처 줄 필요가 없었는데.

그에게 그렇게 말할 필요도.

부서트릴 수 없는 것을 부서트리려고 기를 쓰느라 내 자신이 부서질 필요도.

이제 끔찍함이 폭풍처럼 몰려온다. 이 밤이 죽음 뒤의 밤을 미리 보여주는 것이라면 어쩌겠는가. 죽은 뒤에는 심연의 가장자리에서 영원히 몸을 떨 뿐이라면, 세상의 야비함과 사악함의 코앞에서 자신 안의 온갖 야비하고 사악한 것들에 떠밀릴 뿐이라면 어쩔 것인가. 선택도, 길도, 희망도 없이 추악하고 비극적인 것이 끝없이 반복될 뿐이라면. 아니, 어쩌면 삶의 문턱에 영원히 못 박힌 채 삶을 건너지도 돌아가지도 못할지 모른다. 이제 나는 유령이다. 시계가 네시를 친다.

침대 가장자리에서 두 손으로 머리를 감싼다. 침묵, 침묵이다. 돌연 잠이 든다. 돌이켜보면 그랬던 것 같다.

잠이다. 진짜 잠. 소중하고 사랑스러운 잠. 자장가 같은 잠. 침대와 베개가 깊고 따뜻하게 나를 감싸고 평화 속으로, 없음 속으로 나를 빠트린다. 어두운 시간을 거쳐 정화된 내 꿈에서 이제 젊고 사랑스러운 사람들이 젊고 사랑스러운 일을 한다. 내가 옛날에 알았던 큰 갈색 눈과 진짜 노랑머리를 가진 소녀들이 나온다.

> 1916년 가을 서늘한 오후에
> 나는 하얀 달 아래에서 캐롤라인을 만났지

관현악단—빙고 뱅고—이 있었지
우리가 탱고를 출 수 있게 음악을 연주했어
우리가 자리에서 일어나자 사람들이 모두 박수를 쳤지
그녀의 어여쁜 얼굴과 내 새 옷에—

결국 삶은 그런 것'이었다.' 내 정신이 망각의 순간에 솟구치더니 베개 속으로 깊이, 깊이 내려온다…….

"…… 그래, 에시, 그래. 오, 세상에, 괜찮아. 내가 직접 전화를 받을게."

저항할 수 없는, 찬란한—오로라다—또 하루가 시작된다.

〈Sleeping and Waking〉(1934)

F. 스콧 피츠제럴드(1896~1940)

《위대한 개츠비》,《낙원의 이편》,《밤은 부드러워》 같은 소설을 남겼고 여러 잡지에 160편이 넘는 단편과 중편 소설을 썼다. 1920년대 잃어버린 세대의 모습을 묘사한《위대한 개츠비》로 명성을 얻었으나 이후 개인적 불행과 작품의 연이은 실패로 알코올에 빠져 힘든 시기를 보냈다. 1940년《마지막 거물》을 집필하다가 심장마비로 생을 마감했다. 사후에 그의 친구이자 문학평론가인 에드먼드 윌슨이 미완성 소설《마지막 거물》을 편집해 출간했고 피츠제럴드의 에세이와 미공개 편지글, 메모 등을 모은 유작 에세이집《균열》(1948)을 펴냈다.

녹스빌: 1915년 여름

제임스 에이지

이제 우리는 내가 용케 스스로에게 아이로 위장해 살던 시절 테네시 녹스빌의 여름 저녁을 이야기하려 한다. 다소 잡다하게 뒤섞인 종류의 동네였던 그곳은 중하 계층이 대부분이었고 양쪽으로 한둘이 따로 툭 튀어나와 있었다. 집들도 마찬가지였다. 1890년대 말과 1900년대 초반에 우아한 무늬목으로 지은 중간 크기 집들에는 좁은 앞뜰과 옆 뜰, 더 널찍한 뒤뜰이 있었다. 뜰에는 나무들이 있고 현관 앞 베란다가 있었다. 나무들은 침엽수들, 포플러나무, 튤립나무, 미루나무들이었다. 한두 집에 담장이 있긴 했지만 대개 집집마다 뜰은 서로 이어져 있었고 간혹 낮은 산울타리가 있었지만 제구실을 하지는 못했다. 어른들끼리 친하게 지내는 경우는 드물었고 그다지 가난하지 않았기에 서로 친밀하게 알고지낼 일도 없었다. 하지만 모두 고개를 끄덕여 인사를 나누었으며 대수롭지 않게 짧은 대화를, 지극히 일반적이거나 지극히 특별한 일을 주제로 나누기도 했다. 옆집 이웃끼리는 우연히 마주치면 꽤 이야기를 나누는 일이 많았지만 서로 집으로 찾아가지는 않았다. 남자들은 대개 작은 회사의 회사원들이었고, 한둘은 보잘것없는 경영인, 한 둘은 육체노동자, 대부분은 사무직 종사자였으며 거의 서른 살에서 마흔다섯 살 사이였다.

하지만 내가 말하려는 것은 이 동네의 저녁이다.

저녁 식사는 여섯시였고 삼십 분 후면 끝났다. 아직 햇빛이 남아 부드럽고 흐릿하게 조개 속껍질처럼 반짝였고 그 흐릿한 빛 속에서 모퉁이 탄소등이 켜지고 메뚜기가 울기 시작하고 반딧불이가 날아다니고 이슬 맺힌 풀밭에 개구리 몇 마리가 팔딱거릴 무렵 아버지들과 아이들이 밖으로 나왔다. 아이들이 먼저 무작정 서로 별명을 외치며 달려 나가고 나면 십자멜빵을 맨 아버지들이 한가로이 뜰로 내려섰다. 옷깃을 풀어헤친 아버지들의 목이 길고 수줍어 보였다. 어머니들은 부엌에 남아 그릇을 씻고 말리고 치우며 평생 반복되는 꿀벌의 여행처럼 흔적 없는 자신의 발자국을 되밟고 아침에 먹을 코코아 가루를 계량해두었다. 앞치마를 벗고 어머니들이 밖으로 나오면 치마가 축축하게 젖어 있었다. 어머니들은 현관 베란다 흔들의자에 말없이 앉았다.

내가 지금 이야기하고 싶은 것은 아이들의 저녁 놀이가 아니라 아이들의 놀이와는 거의 관계없는 그 시대의 분위기이다. 가족의 아버지들에 관한 이야기이다. 각자 자기 공간인 잔디밭에서 부자연스러운 조명 아래 물고기처럼 창백한 셔츠를 걸치고 거의 다를 것 없는 얼굴로 호스로 물을 뿌리는 아버지들. 호스는 집집마다 벽돌 기반 위로 튀어나온 수도꼭지에 연결돼 있었다. 호스 주둥이를 조정하는 방식은 다양하지만 대개 길고 상쾌하게 물을 분사할 수 있게, 손에 쥔 주둥이에서 물이 나와 오른팔과 걷어붙인 소맷부리로 똑똑 떨어지다가 쉿 하고 길고 느슨하고 낮게 구부러지는 원뿔을 그리며 너무도 부드러운 소리를 내도록 조정된다. 처음에는 미치광이 같은 격렬한 소리, 다음에는 여전히 음을 고르는 불규칙한 소리, 그러다가 고른 소리로 가라앉으며 여느 바이올린처럼 물줄기 크기와 모양에 따라 정확히 조율된 음을 연주한다. 아주 다양한 음색이 하나의 호스에서 나온다. 아주 다양한 음색의 합창이 소리가 들리는 곳에 있는 여러 호스에서 나온다. 어느 호스든 물이 분출되는 순간은 거의 죽음처럼 적막하다. 참은 숨처럼 고요하게, 큰 물방울이 따로따로 짧지만 아치를 그리며 떨어진다. 들리는 소리라곤 물방울이 떨어지며 나뭇잎에 파닥이고, 풀잎에 찰싹대는 소리뿐이다. 나뭇잎에 풀잎에 물방울 떨어지는 소리 그리고 세찬 물줄기의 세찬 쉬익 소리. 그런 소리 그리고 물줄기의 세기는 줄지 않지만 주둥이를 움직이는 손놀림에 따라 소리는 점점 더 고요하고 섬세해지다가 물이 넓찍한 종 모양 얇은 막이 되어 나올 무렵이면 극도로 부드러운 속삭임에 이른다. 대개 호스 주둥이들은 거리와 세기를 절충하여(아마 이런 절충 뒤에 숨은 예술 감각도, 그리고 너무나 현실적이어서 인식조차 하지 못하는 깊고 고요한 즐거움도) 엇비슷하게 조정되므로 음조도 대개 엇비슷하다. 새로 가세한 호스가 거센 콧김으로 방점을 찍고 호스 주둥이를 장난스럽게 놀리는 몇몇 남자들이 꾸밈음을 연주하며 어느 한 호스라도 멈추면 하느님이 참새 한 마리도 잊지 않으시듯 빈자리가 남는다. 거의 엇비슷하지만 온갖 다양한 음조를 낸다. 그리고 이런 조화 속에서, 파리하고 시원한 물줄기들이 빛 속에서 그들의 창백함과 그들의 소리를 한꺼번에 들어 올리고 어머니들은 아이들을 유난히 오래도록 조용히 시킨다. 남자들은 점잖게 말없이 각자 혼자 하는 일의 고요 속에 달팽이처럼 틀어박힌다. 그것은 보이지 않은 벽 앞에 느슨한 군대처럼 줄지어 선 다 큰 아이들의 방뇨. 입 안에 남은 저녁 식사의 맛처럼 그들 삶의 보잘것없는 평온을 맛보는 잔잔한 행복과 평화. 그러는 동안 메뚜기는 호스의 합창을 훨씬 높고 날카로운 음으로 이어간다. 메뚜기 울음은 메마르다. 목을 긁지도 울리지도 않고 결코 토해낼 수 없는 숨을 작은 구멍으로 밀어내듯 운다. 게다가 결코 혼자가 아니라 족히 천 마리는 울어대는 느낌을 준다. 메뚜기 한 마리 한 마리는 메뚜기의 전형적인 음역 안에서 음을 내며, 어떤 메뚜기도 두 음 이상 벗어나지 않는다. 그래도 메뚜기 하나하나의 울음은 다른 메뚜기들과 구분된다. 메뚜기 울음은 길고 높은 다리의 흐릿한 아치처럼 길고, 느리게 고동친다. 나무마다 곳곳에서 울리기 때문에 어딘지 모를 곳에서 울리는 동시에 어디에서나 울리는 것 같다. 지붕처럼 하늘 전체를 뒤덮고 살을 전율케 하고 고막을 간질이며 울린다. 밤의 모든 소리 중에서 가장 대담하다. 그럼에도 메뚜기 울음은 여름밤에 늘 들리는 소리이며 소리의 위대한 질서를 따르는 소리이다. 바다의 소리처럼, 바다의 조숙한 손자인 피의 소리처럼 우리가 듣고 있는 것을 의식할 때만 듣고 있는 줄 알게 되는 소리이다. 그동안 어둠의 바닥에서, 호스들의 출렁이는 수평선 바로 밖에서, 이슬에 젖은 풀과 그 강렬한 진초록 내음을 언제나 실어 나르는 귀뚜라미 울음이 일정하지만 띄엄띄엄 들린다. 각각 상쾌하고 차가운 은빛 3화음으로, 하나의 작은 사슬로 연결된 고리 세 개가 하나씩 미끄러지듯 운다.

그러나 남자들은 이제 하나씩 하나씩 호스를 끄고 물을 빼어 돌돌 만다. 이제 두 사람만, 이제 한 사람만 남았다. 소매 멜빵을 한, 유령 같은 셔츠가 혼자 남았다. 캄캄한 초원에서 고개를 들고 우리가 있는지 묻는 몸집 큰 가축의 얼굴처럼 점잖게 의아해하는 그의 순한 얼굴이 보인다. 그 역시 사라진다. 이제 사람들이 현관 앞 베란다에 앉아 부드럽게 의자를 흔들며 부드럽게 이야기를 나누며 거리를 쳐다보고 자기들 영역에 서 있는 나무들, 새들의 매달린 천국, 새들의 격납고를 쳐다볼 시간이다. 사람들이 지나간다. 사물들이 지나간다. 말 한 마리가 작은 마차를 끌고 아스팔트길에 텅 빈 편자 소리를 낮게 울리며 지나간다. 시끄러운 자동차. 조용한 자동차. 둘씩 함께 걷는 사람들이 여름 몸무게를 실은 발을 한 발씩 무겁게 내딛으며 편하게 이야기를 나누며 천천히 걸어간다. 그들 위를 맴도는 바닐라 맛, 딸기 맛, 포장 용기 맛, 우유 푸딩 맛. 흐릿한 호박색 광대와 함께 그려진 연인들과 말 탄 사람들의 이미지. 전차는 쇠막대*를 구슬프게 울린다. 멈추고 종을 울리고 출발

한다. 가쁜 숨을 쉬며 기운을 차리고 쇠막대를 다시 세워 점점 더 구슬프게 울린다. 금색 유리창과 밀짚 의자가 흘러간다. 지나쳐 지나쳐 지나쳐 간다. 전차 머리 위에서는 적막한 불꽃이 끈질기게 뒤를 쫓는 작고 사악한 요정처럼 탁탁 바지직거린다. 속도가 빨라질수록 쇠막대가 더 크게 흐느낀다. 더 크게 울고, 희미해지고, 멈춘다. 가냘프고 날카로운 종소리 다시 커지다 더 희미해진다. 희미해지다 솟구친다. 솟구치고 희미해지고 사라진다. 잊힌다. 이제 한 방울 푸른 이슬 같은 밤이다.

이제 한 방울 푸른 이슬 같은 밤, 아버지는 물을 빼고 호스를 만다.
잔디밭 바닥에서 숨 쉬는 연약한 불꽃
만족한 은빛 귀뚜라미 삑삑대는 불빛처럼 젖은 풀밭에서 거듭거듭 말참견한다.
차가운 두꺼비 한 마리가 쿵쿵 헐떡이며 나아간다.
축축한 옆 뜰 그늘에서 서성대는 아이들, 두려움의 쾌감에 사로잡혀 전신주 보호대 벗기는 모습을 지켜본다.
모퉁이 흰 탄소등 둘레에는 크고 작은 벌레들이 타원형 태양계로 떠 있다. 몸집 큰 딱정벌레들, 공격자들, 상처를 입고 뒤로 자빠져 다리를 뒤튼다.
현관 베란다의 부모님들, 흔들흔들 의자를 흔들고 축축한 끈에는 나팔꽃들, 오래된 얼굴을 매달고 있다.
메마르고 의기양양한 메뚜기 울음소리 사방에서 동시에 내 고막

• 전차 지붕에 매달려 집전장치로 쓰이는 트롤리폴을 말한다.

을 흘린다.

거칠고 축축한 뒤뜰 풀밭에 아빠와 엄마가 퀼트를 펼쳤다. 우리 모두 그곳에 눕는다. 엄마, 아빠, 삼촌, 이모 그리고 나도 그곳에 눕는다. 처음에 우리는 앉아 있었는데 그러다 한 사람이 눕자 모두 따라 누웠다. 엎드리거나 옆으로 눕거나 등을 대고 눕는다. 그들은 말이 많지 않고 조용히 이야기한다. 별로 특별하지 않은 이야기, 전혀 특별하지 않은 이야기, 아무 이야기도 아닌 이야기. 별들은 드넓고 살아 있다. 별 하나하나 달콤한 미소처럼, 매우 가까이 있는 것처럼 보인다. 우리 가족 모두 나보다 크고 잠자는 새의 목소리처럼 부드럽고 의미 없게 조용히 말한다. 한 사람은 화가, 삼촌은 집에서 산다. 한 사람은 음악가, 이모는 집에서 산다. 한 사람은 내게 다정한 우리 엄마, 한 사람은 내게 다정한 우리 아빠. 어쩌다 여기에 그들이 있다. 모두 이 지상에. 이 지상에 있는 슬픔을, 여름 저녁 밤의 소리에 둘러싸여 퀼트 위에 누워 있는 슬픔을 누가 말할까? 우리 가족을, 우리 삼촌을, 우리 이모를, 우리 엄마를, 우리 착한 아빠를 하느님이 축복하시길. 아, 그리고 그들을 친절하게 기억하시길. 그들이 어려운 시간에도, 그들이 떠난 시간에도.

잠시 뒤 나는 집안으로 들려가 침대에 뉘였다. 잠이 부드럽게 미소 지으며 나를 끌어당긴다. 그리고 나를 받아주고 그 집에서 친숙하고 사랑받는 존재로 말없이 대해주는, 하지만 내가 누구인

지 결코, 결코, 지금도, 앞으로도, 결코 내게 알려주지 않을 그들
도.

〈Knoxville: Summer of 1915〉(1933)

제임스 에이지(1909~1955)

미국의 시인이자 소설가, 영화평론가이다. 1909년에 테네시, 녹스빌에서 출생했고 여섯 살에 교통사고로 우체국 직원이던 아버지를 잃었다. 이후 기숙학교를 거쳐 하버드대를 졸업한 뒤 저널리스트로 활동했다. 에이지는 1930년대와 40년대 미국에서 가장 영향력 있던 영화평론가 중 한 사람으로 〈타임〉과 〈더 네이션〉에 영화평을 썼다. 대표적인 저서로는 1936년에 사진가 워커 에반스와 함께 미국 남부 지역의 소작농 가족과 함께 머물며 생활한 경험을 바탕으로 쓴 《이제 유명인들을 찬양하자》(1941), 영화평을 모은 《에이지의 영화론》, 사후에 출간되어 퓰리처상을 수상한 자전적 소설 《가족의 죽음》(1957)이 있다. 1955년 45세의 나이로 세상을 떠났다. 〈녹스빌: 1915년 여름〉은 아버지를 잃기 직전 어느 여름날 저녁을 회상한 글로 1933년 〈파르티잔 리뷰〉에 실렸다. 나중에 사후에 출간된 소설 《가족의 죽음》의 프롤로그로 쓰였으며 미국의 작곡가 새뮤얼 바버가 이 글의 일부에 곡을 붙이기도 했다.

오버롤스 작업복

제임스 에이지

오버홀스*라 발음된다.

다른 의복과 비교했을 때 오버홀스가 당신의 몸에 닿는 느낌이 어떻게 다른지—나는 이 글에서 그 느낌을 쓰지 못한다—상상하고 알려고 애써보라. 끌어올려져서 배 전체와 가슴에 가슴받이가 덮이고, 뒤쪽 콩팥 위로는 엇갈리며 지나는 널따란 끈 말고는 아무것도 없다. 끈은 어깨 너머 멜빵으로 매인다. 허벅지 양쪽에 비스듬한 주머니, 엉덩이 양쪽에 깊은 사각 주머니. 가슴에는 연필, 자, 시계를 넣도록 만들어진 비스듬한 주머니들. 아직 새것일 때 흘리는 땀의 차가움, 뻣뻣한 느낌. 오래됐을 때 살에 닿는 부드러운 느낌과 땀 흘리는 상쾌함. 바지 앞섶의 얇은 쇠단추들. 끈이 옆으로

• 대공황기이던 1936년 제임스 에이지는 〈포춘〉지의 의뢰로 사진가 워커 에반스와 함께 남부 앨라배마에 머물며 목화 소작농의 생활상을 조사 기록한다. '오버홀스'는 목화 소작농들이 쓰는 남부식 발음이다. 에이지의 산문과 에반스의 사진은 〈포춘〉지에 실리지 못했고 나중에《이제 유명인들을 찬양하자》(1939)로 출판되었다.

들리는 느낌, 배변할 때 밑으로 쑥 내려가는 느낌. 허리를 고정하기 위해 벨트를 매는 남자도 있다. 다른 어떤 의복보다 더 신속하고 단순하게, 언제나 무심하게 입고 벗을 수밖에 없는 동작은 험하게 부려진, 피곤한 동물의 어깨에 마구馬具를 채우고 푸는 동작이다.

다리는 난로 연통처럼 둥글다(하지만 몇몇 아내들은 주름을 잡아달라는 말을 듣기도 한다).

콩팥 위를 지나는 끈도 마구를 닮았다. 엇갈리는 모양도 쇠단추들도.

그리고 가슴받이에 설계된 기능적 주머니도 도구가 필요할 만큼 지능이 높은, 부려지는 동물의 편리를 위해 개량된 마구이다.

그리고 전체적인 구조도 그렇다. 튼튼한 양다리와 허벅지, 엉덩이의 힘은 완전히 가리고 뒤에는 벗은 부분과 마구를 씌운 부분이 있다. 옆구리는 드러낸다. 앞에는 짧고 튼튼한 탑 같은 가슴받이가 위로 점점 좁아지며 젖꼭지까지 배와 가슴을 덮는다.

그리고 이 정면에는 두 다리를 위해 갈라진 공간, 성기를 위해 튼튼한 솔기로 만들어진 통로, 허리 부분의 넓찍한 수평선, 비스듬한 허벅지 주머니들, 양쪽 허리께의 단추들이 있고 가슴에는 더 단순한 일에 쓰이는 기하학적 구조물이 있다—이 실용적인 주머니들의 복잡한 솔기는, 이중 삼중으로 꿰맨 실이 여전히 하얄 때는, 진한 옷감을 배경으로 무척 선명하게 도드라진다. 따라서 새로 구입한 오버롤스 작업복의 아름다움으로 청사진 같은 아름다움을 꼽을 수 있다. 그것은 일하는 남자의 지도이다.

작업복 셔츠도 정확하게 마름질되고 튼튼하게 바느질되며 큰 사각 주머니들과 쇠단추들이 달린다. 새 셔츠는 옷감이 뻣뻣하고 땀이 서늘하다. 새 느낌이 나는 큼직한 옷깃이 귀 밑으로 쑥 나온 모습이 도드라진다. 그래서 새 작업복 셔츠를 입은 남자는 통신판매 카탈로그 도판처럼 수줍고 유치한, 틀에 박힌 매력을 풍긴다.

시간과 사용, 날씨가 만드는 변화

처음에는 기계에서 싼값에 대규모 종족으로 생산되는 대부분의 사물처럼 둔하지만 섬세한 아름다움이 있다. 그리고 이런 기본적인 구조를 토대로 자연의 이미지와 경이로움으로 변모한다.

구조가 축 처지며 모양이 생긴다. 사용으로 생기는 모양도 있다. 연필 주머니처럼 전혀 쓰지 않는 몇몇은 곱게 퇴화한다. 허벅지 주머니 가장자리는 늘어나고 생선 아가미처럼 세로로 벌어진다. 선명한 솔기는 흰색을 잃고 선과 능선이 된다. 구입할 때는 컸던 옷의 옷감 전체가 맞춤한 크기로 줄어든다. 전체적인 모양, 촉감, 색, 마지막으로 재질 모두가 달라진다. 특히 허벅지의 긴박한 앞면을 따라 무릎의 전체 구조와 허벅지 근육이 조각된다. 한 사람의 옷은 복제할 수 없는 그 몸의 형태와 아름다움을 입는다. 시간과 사용의 끊임없는 압력 속에서 땀과 햇빛, 빨래 때문에 색과 결이 함께 달라진다. 결국 색과 결 모두 장식주름과 벨벳이 벌이는 빛의 유희처럼 경이롭고 정제된 부드러움의 영역으로, 섀미가

죽*과 실크가 어렴풋이 흉내나 낼 뿐 따라잡지 못할 영역으로 들어선다.* 그리고 색은 미묘하고 감미롭고 노련한 파랑색의 범위와 영역으로 변한다. 나는 그 비슷한 색을 드물게 하늘에서밖에, 간혹 하늘을 얇게 덮는 흐릿한 빛과 세잔의 그림에 등장하는 몇몇 파랑색에서밖에 본 적이 없다. 이런 옷 한 점을 관찰하고 만지고 눈으로, 손가락으로, 가장 민감한 입술로 거의 무한에 가깝도록 오래 연구하고도 결코 완전히 이해하지 못할 수 있다. 그리고 나는 나름의 아름다운 세상을 담지 않은 작업복은 한 벌도 보지 못했다. 마지막으로 특히 셔츠 어깨 꼭대기와 굴곡도 변한다. 옷감이 눈처럼 해지고 꿰매어지고 덧대어진다. 이렇게 꿰매고 덧댄 곳이 다시 해지고 다시 꿰매어지고 덧대어지고 다시 해져서 바늘땀과 헝겊 조각 위로 다시 바늘땀과 헝겊 조각이 여러 겹 덧대어진다. 그리고 다시 꿰매어지고 덧대어지니 결국 셔츠 어깨에는 원래 옷감이랄 게 거의 남지 않는다. 내가 너무나 잘 기억하는 조지 거저*와 비슷한 수많은 남자들이 일을 할 때 힘을 쓰는 어깨에는 톨텍* 군주의 깃털 망토만큼 복잡하고 가냘프며, 세상을 다스리는 태양을 깊이 공경하는 천이 걸쳐져 있다.

거저에게는 세 벌이 있다. 아마 여벌 오버롤스 작업복과 셔츠가

• 양, 염소의 무두질한 가죽.
• 오래된 지폐의 질감.(원주)
• 제임스 에이지를 집에 머물게 해준 앨라배마의 소작농.
• 10~13세기 멕시코 중부에 번성했던 문명.

네 점일 것이다. 세 벌은 오래된 정도와 아름다움의 단계에서 각각
뚜렷이 다르다. 그래서 내가 기억하는 세 벌에서 한 벌씩 할 수 있
는 한 따로 자세히 살펴봐야 하지만 이 글에서는 세 벌이 각각 초
기 중년, 중년, 후기 중년 단계를 대표한다는 정도만 말하고 이들
을 어렴풋하게나마 그려보겠다. 가장 젊은 오버롤스는 여전히 색
이 짙고 솔기도 아직 뚜렷하다. 옷감에도 아직 견고함이 남았고 단
추에도 광택이 남았다. 다리 모양대로 형태가 변하긴 했지만 여전
히 자연의 산물인 만큼이나 기계의 산물이다. 중년 오버롤스는 결
이 완전히 부드럽고 우아해지며, 기계를 벗어나 자연의 절정기로
들어선다. 몸의 모양대로 형태가 완전히 자리를 잡고 솔기는 살아
있는 식물이나 동물의 주름살 같다. 옷감의 올은 거의 보이지 않고
단추는 닳아서 매끄러워졌으며 색깔은 파랑색 단계에서도 최고
로 고요하고, 무척 차분한 힘을 지닌 색으로 바뀐다. 작업복에 덧
댄 천 조각은 많지 않고 꼭 필요한 곳에 붙는다. 오른쪽[*] 무릎, 양
쪽 엉덩이 뼈, 팔꿈치[*], 어깨에 조용히 깃이 달린다. 옷은 여전히 제
구실을 완전히 해내며 최고로 편안한 단계이다. 늙은 오버롤스는
몸의 돌출된 부위에는 달라붙어 평화롭게 잠들고 무릎 아래처럼
헐렁하게 걸쳐지는 곳은 축 늘어지고 흐트러져서 형태를 잃고 주

• 왼쪽 무릎은 닳아서 얇아지고 그 동네 진흙의 희미한 금빛에 돌이킬 수 없이 물들었
  다.(원주)
• 대개 소매는 이두박근까지 단단하게 말아 올리지만 늘 그렇지만도 않다. 다른 곳과 비
  교하면 덧댄 곳이 적지만 아주 적지는 않고 큼직한 천 조각이 여러 겹 덧대어 있다.(원
  주)

름이 지는데 아마 어떤 조각가도 표현한 적 없는 모습일 듯하다. 색깔은 대단히 희미해지고 퇴색해서 파랑색보다는 주택의 목재와 천재의 얼굴에 빛나는 광채처럼 매우 잔잔한 은빛으로 보인다. 색깔과 천이 아주 오랜 세월과 경험을 거친 것처럼 편안해 보이고 존재의 근원으로 돌아가는 것도, 형태가 잠들고 떠밀려 다니는 것도 인내하는 듯 보인다. 어깨는 앞에서 말했던 꿰맨 눈송이의 그물로 완전히 덮였다. 단추는 백내장처럼 눈이 멀고 헐거워진 구멍에서 미끄러진다. 엉덩이 전체와 무릎, 팔꿈치는 해지고 천 조각이 덧대어졌는데 덧대진 천 조각도 원래 옷감과 더불어 나이가 들고 부드러워지다가 어깨의 깃털에 점점 가까워진다.

《Let Us Now Praise Famous Men》(1939) 일부

어린 시절의 고통

토머스 드 퀸시

누나가 죽은 다음날 누나의 뇌가 담긴 싱그러운 사원이 사람의 검시로 아직 모독되지 않았을 때 나는 누나를 한 번 더 볼 계획을 세웠다. 세상에 알리지도, 나와 함께할 증인을 데려가지도 않을 작정이었다. 그때까지 나는 "감상적"이라는 이름으로 불리는 감정은 들어보지 못했고 그런 감정이 가능하리라 꿈꾸지도 않았다. 하지만 아이도 슬플 때는 빛을 싫어하고 사람의 시선을 피하는 법이다. 집은 컸다. 계단이 둘 있었는데 내가 알기로 정오 무렵에 둘 중한 곳이 온통 조용할 테니 그 계단으로 누나 방에 몰래 들어갈 수 있을 듯했다. 누나 방문 앞에 이른 때는 정확히 정오였다고 나는 짐작한다. 방문은 잠겨 있었지만 열쇠가 채워지지 않았다. 문은 계단을 통해 위층까지 이어지는 복도에 있었지만 나는 방에 들어간 뒤 문을 아주 살짝 닫아서 고요한 벽을 따라 소리가 조금도 울리지 않도록 했다. 그러고 나서 몸을 돌리고 누나의 얼굴을 찾았다. 하지만 침대가 옮겨져서 등을 돌리고 있었다. 내 눈을 맞이한 것은 활짝 열린 큰 창문뿐이었다. 한여름 정오의 눈부신 태양이 창문으로 쏟아져 들어왔다. 날씨는 맑았고 하늘은 청명했으며 그 파란 심연은 무한을 그대로 옮겨놓은 듯했다. 삶과 삶의 아름다움을 이보다 더 아프게 환기시키는 상징을 눈으로 보거나 마음으로 그릴 수는 없었다.

내 마음에 크게 영향을 미치고 내 마음을 뒤흔들었던 기억, 그리고 내 죽음의 시간에도 내게 남아 있을(지상의 기억이 조금이라도 남아 있다면) 기억을 회상하는 일을 잠시 멈추고 내가 처음 쓴《어느 영국인 아편 중독자의 고백》에서 적어도 죽음의 영향이 풍경이나 계절 같은 부수적 요소에 따라서 조금이라도 가감이 가능한 한에서는 다른 조건이 모두 같다면 다른 계절보다 여름에 경험하는 죽음이 왜 마음을 더 깊이 흔드는지* 설명하려 했던 것을 몇몇 독자들에게는 상기시키고, 다른 독자들에게는 알려야겠다. 《아편 중독자의 고백》에서 나는 열대지방처럼 왕성한 여름의 생명력과 무덤의 어두운 불모성이 서로 반목하기 때문이라는 이유를 제시했다. 우리가 눈으로 보는 여름과 우리 생각을 맴도는 무덤. 우리를 둘러싼 찬란함과 우리 안의 어둠. 둘이 충돌하면서 서로를 더 뚜렷이 도드라지게 만든다. 하지만 내게는 여름이 죽음의 이미지나 생각을 왜 그토록 선명하게 만드는지에 대해 훨씬 더 설

---

* 이 사실에 의심을 품고 왜 그런지 궁금해하지 않을 독자도 있을 것이다. 하지만 그런 독자들은 연중 '어느' 계절이든 슬픔을 느껴본 적이 있을까?(원주)

명하기 힘든 이유가 있었다. 그 일을 회상할 때면 나는 중요한 진실을 퍼뜩 깨닫게 되는데 우리의 가장 깊숙한 생각과 느낌이 추상적 형태로 직접 전해질 때보다 구체적인 사물들의 당혹스러운 조합으로, 곧 풀어낼 수 없는, 복합적인 경험의 소용돌이들(이런 단어를 써도 된다면)로 전해질 때 훨씬 강렬하다는 사실이다. 어쩌다 보니 어린 시절 우리 집 아이들 방에는 삽화가 많이 실린 성경책이 있었다. 길고 어두운 저녁이면 세 누나와 나는 난로 불빛을 듬뿍 받으며 난로 철망 앞에 둘러앉았다. 우리에게 가장 인기 있던 책은 바로 그 성경책이었다. 그 책은 우리를 사로잡았고 음악처럼 신비롭게 우리 마음을 흔들었다. 우리 남매가 모두 좋아했던 젊은 보모 한 사람은 촛불을 켜기 전에 눈을 혹사시켜가며 우리에게 그 책을 자주 읽어주었다. 그리고 가끔은 우리가 잘 이해하지 못하는 것들을 그녀가 단순히 이해하는 대로 설명해주려 애썼다. 우리 아이들은 모두 기질적으로 수심에 잘 잠기는 편이었다. 난로 불빛에 갑자기 흔들리며 어른대던 어둠은 저녁 무렵 우리의 기분과 잘 맞았다. 또한 우리에게 경외심을 불러일으켰던, 신비롭게 아름답고 강렬했던 신의 계시들과도 잘 어울렸다. 무엇보다 그냥 사람인 사람이면서 사람이 아닌 사람의 이야기, 팔레스타인에서 죽음의 수난을 당한 사람의 이야기, 가장 사실적이지만 가장 어스름한 그 이야기가 새벽 여명이 강물에 닿듯 우리 마음에 깃들었다. 보모는 동방 기후의 주요 특징을 알고 있었고 우리에게 설명해주었다. 그 모든 특징은 (공교롭게도) 대단히 다양한 여름의 모습으로 표현되었다. 구름 한 점 없이 해가 빛나는 시리아의 하늘은 끝없는 여름을 보여주는 듯했다. 제자들이 밀 이삭을 땄다니 분명 여름이겠지. 그리고 무엇보다 영국 국교회의 축일인 종려주일*이라는 이름이 성가처럼 나를 혼란스럽게 했다. "주일이라니!" 그게 뭐지? 그것은 사람의 마음이 이해할 수 있는 것보다 더 깊은, 또 다른 안식을 감추는 안식의 날이었다. "종려!" 그건 뭐지? 모호한 단어였다. 승리의 상징인 종려는 삶의 화려함을, 자연의 산물인 종려는 여름의 화려함을 표현한다. 하지만 이렇게 설명해도 충분치 않다. 나를 사로잡은 것은 단지 안식과 여름만이 아니었다. 모든 안식보다 더 깊고 완벽한 안식과 찬란하게 솟아오르는 아름다움만이 아니었다. 이해하기 힘든 종려주일의 이미지들이 예루살렘과 시간으로나 공간으로나 가까웠기 때문이기도 했다. 종려주일이 오면 예루살렘에서 일어난 그 위대한 사건도 다가온다. 그런데 그 시절 예루살렘은 무엇이었나? 나는 그곳을 세상의 배꼽으로 상상하지 않았나? 이런 허세는 한때 예루살렘에, 그리고 한때 델포이에도 적용됐다. 하지만 이제 지구의 모양이 알려졌으니 두 주장 모두 우스꽝스럽게 돼버렸다. 그렇다. 하지만 예루살렘은 지구의 배꼽이 아닐지라도 지구의 주민들에게 필멸성의 배꼽이었다. 하지만 어떻게? 오히려 어린 시절 우리가 이해한

---

* 예수가 예루살렘에 입성할 때 군중이 종려나무 가지를 흔들며 환영했다는 복음서 구절에서 유래한 축일로, 부활주일 바로 전 주일을 가리킨다.

바에 따르면 예루살렘은 죽음을 짓밟은 곳이다. 맞다. 하지만 그렇게 짓밟혔기 때문에 그곳에서 필멸성의 가장 어두운 분화구가 열렸다. 그곳에서 인간은 무덤으로부터 가볍게 날아올랐다. 하지만 그랬기 때문에 그곳에서 신성은 심연에 묻히고 말았다. 더 큰 별이 진 뒤에야 더 작은 별이 뜨는 법이다. 그러므로 여름은 죽음과 연결되었다. 단지 죽음과 대립되기 때문이 아니라 성경 속 풍경과 사건들과 맺는 복잡한 관계로 말이다.

죽음에 대한 내 느낌과 이미지가 어떻게 여름과 얽혀 있는지를 설명하기 위한 여담은 이제 끝내고 다시 누나 방으로 돌아가자. 눈부시게 쏟아지는 햇빛에서 나는 시체 쪽으로 몸을 돌렸다. 사랑스러운 아이의 형체가 누워 있었다. 천사 같은 얼굴이 있었다. 사람들이 흔히 생각하는 대로 누나의 모습이 조금도 달라지지 않았다고들 집안사람들은 이야기했다. 정말 변하지 않았나? 이마는, 침착하고 고귀한 이마는, 진짜 똑같을지 몰랐다. 하지만 얼어붙은 눈꺼풀, 그 눈꺼풀 아래 몰래 번진 어둠, 대리석 같은 입술, 고통을 끝내달라고 거듭 탄원하는 것처럼 손바닥을 맞댄, 뻣뻣해진 두 손. 이런 것들을 생명으로 착각할 수 있었을까? 그랬다면 나는 왜 그 천상의 입술로 달려가 눈물을 흘리며 영원히 입 맞추지 않았을까? 나는 그렇게 하지 않았다. 한동안 나는 움직이지 못했다. 두려움이 아니라 위압감이 나를 덮쳤고 그렇게 서 있는 동안 엄숙한 바람이 불기 시작했다. 귀가 들었던 것 중 가장 애절한 바람이. 애절하다! 그 말로는 조금도 표현할 수 없다. 그것은 백세기 동안 필멸의 들판을 휘몰아친 바람이었다. 나는 그 뒤로도 여러 번 여름날, 태양이 가장 뜨거울 때 그날과 똑같은 바람이, 그날과 똑같이 공허하고 엄숙하게, 멤논*처럼, 그러나 성스럽게 부는 소리를 느꼈다. 그것은 이 세상에서 유일하게 귀로 들을 수 있는, 영원의 상징이다. 그리고 평생 동안 나는 어쩌다 보니 똑같은 소리를, 똑같은 상황에서, 곧 여름날 열린 창문과 주검 사이에 서서 세 번 들었다.

내 귀가 이 광대한 바람의 신 아이올로스의 음조에 사로잡히고, 내 눈이 삶의 황금빛 충만으로, 바깥 하늘의 화려하고 눈부신 빛으로 가득 덮인 상태에서 눈을 돌려 누나의 얼굴 위에 덮인 차가운 서리를 보았을 때 나는 즉시 넋을 잃고 말았다. 멀리 파란 하늘 끝 천장이 열리고 막대 하나가 끝없이 올라가는 듯했다. 내가, 내 영혼이, 그 막대를 따라 끝없이 뭉게뭉게 피어오르는 구름을 탄 듯 올라갔다. 구름은 신의 왕좌를 따라잡으려는 듯했지만 왕좌도 우리 앞을 달려 끝없이 달아났다. 달아남과 쫓아감이 영원히, 영원히 이어지는 듯했다. 서리가, 점점 쌓여가는 차가운 서리가, 비명을 질러대는 죽음의 바람이 나를 내모는 듯했다. 나는 잠이 들었다—얼마나 오래 잤는지는 모르겠다. 나는 천천히 정신을 차렸

• 그리스 신화에 등장하는 인물로 새벽의 여신 에오스의 아들이자 에티오피아의 왕으로 트로이 전쟁에서 아킬레우스와 싸우다 전사했다. 상이집트에 있는, 아멘호테프 3세에게 바쳐진 거상이 기원전 27년 지진으로 금이 간 뒤 해 뜰 무렵 종소리 비슷한 소리를 내는데 이 소리가 멤논이 어머니인 새벽의 여신에게 인사하는 소리 같다고 하여 이 거상을 '멤논의 거상'이라고도 부른다.

고 조금 전처럼 누나의 침대 옆에 서 있다는 걸 알았다.

아, 외로운 아이가 외로운 신에게 달아난다*—파멸된 시체를 떠나 파멸될 수 없는 왕좌로 도피한다! 그대는 그 이후의 세월에도 참으로 얼마나 풍요롭던가! 아이가 견디기에 너무 강렬했던 슬픔의 파열은 천상의 꿈속에서 행복하게 망각되고, 그 잠 속에 감추어진 꿈의 의미는 여러 해 뒤 내가 천천히 해석했을 때 불현듯 내게 새롭게 다가왔다. 그리고 내가 차후에 보여주겠지만 아이의 슬픔으로도 철학자의 거짓이 입증된다.*

《아편 중독자의 고백》에서 나는 (오래 사용한 뒤에는) 시간의 범위를 확장하는 아편의 놀라운 능력을 잠깐 다루었다. 아편은 때로는 공간도 지독히 확장한다. 그러나 고양시키고 증대시키는 아편의 힘이 주로 작동하는 곳은 시간이다. 시간이 무한히 늘어난다. 측정할 수 없는, 끊임없이 사라지는 종점까지 늘어나므로 깨었을 때 삶에 상응하는 표현으로 그 시간의 느낌을 어림하는 일은 우스워 보인다. 우주를 이야기할 때 지구 궤도나 목성 궤도의 지름으로 어림잡는 것처럼 어떤 꿈을 꾸는 동안에 사는 실제 시간을 세대 단위로 측정하는 일은 우습다. 천년 단위도 우습다. 이온*은 어떤가? 이온도 한정된 시간에 가깝다면 우습다고 말할 수밖에.

---

* Φυγη μονου προς μονον - 플로티노스.(원주)
* 이 생각은 지금 다루기에는 이야기의 흐름을 너무 방해하니 마지막에 다루도록 하겠다.(원주)
* 원래 무한한 시간을 뜻했으나 10억 년을 뜻하기도 하며 지질시대를 구분하는 단위로 쓰이기도 한다.

그러나 내가 살아오는 동안 그날만큼은 반대 현상이 일어났다. 그런데 왜 이 일을 아편과 연결해서 말하는가? 여섯 살짜리 아이가 아편에 취하기라도 했단 말인가? 아니다. 단지 그 일이 아편의 작용과는 정반대였을 뿐이다. 짧은 순간이 거대한 간극으로 늘어나는 대신 긴 시간이 짧은 순간으로 축약되었다.

그날 내 온전한 마음이 방황하거나 정지된 사이에 분명 매우 긴 시간이 흘렀다. 정신을 차렸을 때 나는 계단에 울리는 발자국 소리를 들었다(또는 들었다고 상상했다). 나는 겁에 질렸다. 왜냐하면 누구라도 나를 본다면 다시 그 방에 오지 못하게 되리라 믿었기 때문이다. 그래서 나는 더 이상 입 맞출 수 없는 입술에 급히 입을 맞추고 죄인처럼 살금살금 걸어서 은밀하게 그 방을 떠났다. 그렇게 그 모습이, 세상이 내게 보여준 가장 아름다운 모습이 사라졌다. 영원히 끝나지 말아야 할 이별이 그렇게 훼손되었다. 사랑과 슬픔, 영원한 사랑과 영원한 슬픔에 바쳐진 그 작별인사는 그렇게 두려움으로 얼룩지고 말았다.

오, 아하수에로*, 영원한 유대인!* 우화이든 아니든 그대가 끝없는 두려움의 순례를 처음 시작했을 때, 그대를 쫓아오는 저주를 따돌릴 수 있기를 헛되이 바라며 예루살렘 성문을 처음 빠져 나왔

---

* 전설 속 인물로, 십자가를 지고 가는 예수를 모욕하여 영원히 세상을 떠도는 벌을 받은 유대인. 아하스베르라고도 불리며 여러 민담뿐 아니라 낭만주의 문학의 소재로 등장한다.
* '영원한 유대인!'(der ewige Jude)은 '방랑하는 유대인' 대신 흔히 쓰이는 독일 표현으로 우리가 쓰는 '방랑하는 유대인'이라는 표현보다 훨씬 더 기품 있다.(원주)

을 때 그대의 혼란스러운 머리로 그대의 슬픈 운명을 짐작했겠지만 누나 방을 영원히 떠나는 나만큼 슬픈 운명을 확실히 예감하지는 못했을 것이다. 그렇게 마음을 좀먹는 벌레가 내 마음에 들어와 자신이 살아남을 수 있는 삶의 상태에 나를 가두었던 것 같다. 쉴 새 없이 갉아대는 그 벌레를 내가 성년의 문턱에서 더 이상 느끼지 못했다면 그것은 그 무렵 내 지성이 드넓게 팽창했기 때문에, 새로운 희망과 필요, 젊은 피와 열정으로 내가 새로운 존재로 변화했기 때문이었다. 사람은 갓 태어난 아기 때부터 노쇠한 늙은이가 될 때까지 우리가 알아채지 못하는, 미묘한 결합으로 한 사람이 된다. 그러나 인생의 여러 단계에서 그의 기질에 일어나는 많은 감정과 열정으로는 한 사람이 아니다. 이런 감정과 열정으로 생기는 동일성은 그 열정이 속한 단계하고만 공존한다. 어떤 열정, 이를테면 성적 사랑 같은 열정은 반쯤 거룩하고 반쯤 세속적이다. 이런 열정은 특정 단계를 넘어서까지 지속되지 않는다. 그러나 어린 두 아이의 사랑처럼 전적으로 신성한 사랑은 틀림없이 노년의 침묵과 어둠에도 잠깐씩 다시 찾아온다. 그래서 거듭 말하건대 누나 방에 갔던 그 마지막 경험이나 누나의 순수함과 관련된 다른 경험들은 내 육신의 고통이 가로막지 않는 한 죽음의 순간을 비추기 위해 나를 다시 찾아오리라 믿는다.

이튿날 누나의 뇌를 검사하고 병의 특징을 연구하기 위해 한 무리의 의사가 찾아왔다. 이해할 수 없을 정도로 이례적인 증상이 있었기 때문이다. 죽음은, 특히 순진한 아이에게 내려앉은 죽음은 너무도 거룩한 것이어서 뒤에서 수군거리길 좋아하는 사람들조차 그 일에 대해서는 수군대지 않았다. 그래서 나는 의사들이 그렇게 몰려온 목적도 알지 못했고, 그들이 누나의 머리에 어떤 잔인한 일을 할지 모른다는 의혹도 좀체 하지 않았다. 한참 뒤에야 나는 비슷한 사례를 보았다. 의사들이 한 시간 전에 머리를 엉망으로 헤집어놓은 시체(누나와 같은 병으로 죽은 열여덟 살 아름다운 소년의 시체였다)를 검사하게 됐다. 하지만 정밀한 검시의 치욕은 붕대로 가려져서 고요히 잠든 소년의 얼굴은 흐트러지지 않았다. 그러니 누나도 그러했을 것이다. 하지만 만약 그렇지 않았다면 얼음처럼 차고 뻣뻣한, 대리석 같은 안식의 이미지를 망가트릴 모습을 보지 않았으니, 충격을 모면했으니 나는 운이 좋았다. 낯선 사람들이 철수하고 몇 시간 뒤 나는 몰래 누나 방으로 다시 갔다. 하지만 문은 이제 잠겼고 열쇠는 사라졌다. 나는 영원히 추방당했다.

《Suspiria De Profundis》(1845) 일부

토머스 드 퀸시 (1785~1859)

찰스 램, 윌리엄 해즐릿과 더불어 19세기 초반 영국에서 가장 영향력 있는 에세이 작가로 꼽힌다. 〈런던 매거진〉에 네 편으로 나뉘어 실렸던 자전적 기록인 《어느 영국인 아편 중독자의 고백》으로 잘 알려져 있다. 몇 편의 단편소설과 소설, 데이비드 리카도의 경제이론에 대한 논문도 썼으나 무엇보다 문헌학부터 천문학, 고대사, 문학평론, 정치경제론에 이르기까지 광범위한 주제의 에세이를 많이 남겼다. 독일 관념론 철학을 좋아하여 칸트의 글을 비롯해 독일의 낭만주의 소설을 번역하기도 했으며 스스로 '격정적 산문'이라 부른 정교하고 시적인 산문을 썼다.

그의 이름은 피트였습니다

윌리엄 포크너

그의 이름은 피트였습니다. 그냥 한 마리 개였지요. 열다섯 달을 산 포인터종 사냥개로 아직 강아지나 다름없었어요. 사냥철 한철을 보내며 이삼 년을 더 살았더라면 그 또래 사냥개가 갖춰야 할 자질을 배우긴 했지만 말입니다.

하지만 한 마리 개일 뿐이었지요. 과거 없이 태어난 이 세상에 기대하는 것도 거의 없었고 불멸 같은 것은 바라지 않았어요. 먹이(애정으로—자신이 이해도 못하고 대답도 못하는 말을 하지만 친숙한 목소리와 손길로—주는 먹이는 무엇이든, 얼마나 조금이든 상관하지 않았지요)와 달려갈 땅, 숨 쉴 공기, 철따라 찾아오는 태양과 비 그리고 피트가 땅을 알고 태양을 느끼기 오래전부터 물려받은 유산인 꿩 무리면 충분했습니다. 피트는 직접 꿩 냄새를 맡기 전부터 충실하고 충직한 사냥개 혈통의 조상들로부터 그 냄새를 알고 있었지요. 그게 피트가 원하는 전부였습니다. 그 정도면 포인터의 자연수명인 8년이나 10년, 혹은 12년을 채우는 데 충분하지요. 12년은 그다지 긴 시간이 아니니 그 시간을 채우기 위해 그리 많은 것이 필요하지 않을 테니까요.

12년이 아무리 짧다 한들 그를 죽인 자동차의 네 바퀴보다는 당연히 오래 살았어야 했지요. 다 자란 포인터종 사냥개를 피하지도 못할 만큼 지나치게 빨리 언덕을 오를 수 있는 그 차 말입니다. 하지만 피트는 첫 4년도 살지 못했어요. 피트가 자동차를 쫓아갔던 게 아닙니다. 자동차를 쫓아가서는 안 된다는 것쯤은 도로에 드나들기 전에 이미 배웠지요. 피트는 말을 타고 따라오는 어린 여주인을 집까지 호위하려고 길에 서서 기다리고 있었어요. 길에 있지 말았어야 했지요. 도로세도 내지 않고 운전면허도 없고 투표도 하지 않았으니까요. 어쩌면 피트와 한마당을 쓰는 자동차에는 경적도 있고 브레이크도 있었던 게 문제였는지도 모릅니다. 피트는 모든 자동차가 그러리라고 생각했겠지요. 차가 저녁 햇빛을 등지고 달려왔기 때문에 피트가 차를 미처 보지 못했다고 말해봐야 궁색한 변명이 되고 말 겁니다. 그렇게 말하면 시력 문제를 끌어들이게 될 텐데 해를 등지고 곧은 2차선 도로를 운전하면서 다 자란 포인터 사냥개를 보지 못하는 사람은 분명 차를 운전할 생각 따위는 하지 말아야 할 테니까요. 경적이나 브레이크가 없는 차라면 더군다나 곤란하지요. 다음에는 피트 대신 어린아이가 그 자리에 있을지도 모르는 일이고 자동차로 사람의 아이를 죽이는 것은 분명 법을 위반하는 일이니까요.

하지만 시력 문제가 아닙니다. 운전자는 서두르고 있었어요. 그

것이 피트를 친 이유입니다. 어쩌면 이미 저녁 식사에 늦었는데 갈 길이 몇 킬로미터나 남아 있었는지도 모르지요. 그래서 피트를 보고도 속도를 늦추거나 멈추거나 살짝 비켜갈 시간이 없었겠지요. 그럴 시간이 없으니 피트를 치고 나서도 차를 멈출 시간이 없었을 겁니다. 어쨌든 피트는 부상당해 길옆 도랑에 내동댕이쳐진 채 울고 있는 한 마리 개일 뿐이니까요. 그때쯤 차는 이미 피트를 지나친 뒤였고 태양이 피트의 등 뒤에 있었을 테니 어떻게 운전자가 피트의 울음을 들을 수 있겠습니까?

그러나 피트는 그를 용서했습니다. 한 해와 한 계절을 사는 동안 사람들에게 친절함만 받았던 피트이니 한 사람을 저녁 식사에 늦게 만드는 것보다 차라리 생의 남은 6년이나 8년, 혹은 10년을 기쁘게 내주었겠지요.

〈His Name Was Pete〉(1953)

윌리엄 포크너(1897~1962)

1897년 미시시피주에서 태어났다. 잠깐 여행을 떠나거나 영화 시나리오 작가로 할리우드에 머물던 때 말고는 대개 고향에서 글을 썼으며 고향을 모델로 한 가상의 소읍 요크나파토파(Yoknapatawpha)를 배경으로 여러 작품을 썼다. 1949년에 노벨문학상을 받았고 이후 퓰리처상을 두 차례 수상했다. 작품으로는《소리와 분노》,《압살롬, 압살롬》,《내가 죽어 누워 있을 때》,《8월의 빛》등이 있고 1962년 마지막 소설《도둑들》을 남기고 세상을 떠났다.

윌리엄과 메리

맥스 비어봄

윌리엄을 처음 만났을 때 내가 서른 살쯤 더 먹었더라면 요즘 1.5 페니짜리 우표만큼도 그에게 관심을 가질 가치를 못 느꼈을지 모른다. 아니다. 윌리엄에게는 나이 든 사람도 관심을 기울일 만한 특이한 구석이 있었다. 윌리엄이라는 사람 자체는 내가 곧 알게 된 것처럼 그다지 특이하지는 않았다(그와 나는 동년배였지만). 하지만 겉모습을 뜯어보면 특이했다. 어쩌다 보니 그런 면에서 그는 시대를 앞서간 사람이었다. 우선 그는 사회주의자였다. 1890년에 옥스퍼드 대학에는 그말고 사회주의자가 딱 한 사람 더 있었다. 학생이 아니라 하인즈라는 은퇴한 굴뚝 청소부였는데 하인즈가 순교자 기념탑 근처에서 하는 연설에 귀 기울이는 사람이라곤 윌리엄밖에 없었다. 게다가 윌리엄은 플란넬 셔츠를 입었고 자전거를 타고 다녔는데 그 시절에는 매우 이상하고 매우 끔찍한 습관이었다. 그는 (근시에 안경을 쓰긴 했지만) 축구 경기에서는 최고의 "후위" 선수라고들 했다. 하지만 그 시절 축구는 조정*을 하는

63

사람들이 눈살을 찌푸리고 귀족들이 차갑게 무시하던 운동이었으니 축구를 잘해서 득이 될 게 없었다. 그는 옥스퍼드 대학의 불가촉천민이나 다름없었다. 그러니 내가 2학년 때 그와 사귀기 시작한 것은 다소 허세에서 비롯되었다. 그러니까 내가 얼마나 자신만만한지 보여주고 싶었던 마음이 없지 않았다.

우리는 공통점이 거의 없었다. 나는 정치경제학을 그가 늘 쓰는 표현대로 "세상에서 가장 흥미진진한 것"으로 여길 수 없었다. 게다가 독실한 젊은 사회주의자인 내 친구가 "눈부시다"고 생각하는 윌리엄 모리스의 끝도 없이 밋밋한 아이슬란드 영웅시는 몇 줄만 들어도 하품이 나왔다. 윌리엄 자신도 아이슬란드 영웅시를 쓰기 시작해서 이미 몇백 줄을 써놓은 상태였다. 윌리엄은 자신이 쓴 시는 단 한 줄도 만족하지 못했다. 내가 보기에는 그가 섬기는 스승의 글과 매우 비슷했는데 말이다. 윌리엄이 난로 앞 양탄자에 서서 근시인 눈에 원고를 바짝 갖다 대고 시 구절을 낭랑하게 낭독하며 그 구절에 활기를 불어넣기 위해 왼손으로 어색한 손짓을 시도하던 모습이 지금도 눈에 선하다. 큰 키에 넓은 어깨, 마른 체형에 길게 기른 갈색머리를 이마 뒤로 홱 넘기고 매우 낡은 옷을 입었던 그 모습이. 옷차림으로 보나, 사회주의 사상을 따르는 것으로 보나, 손님에게 맥주를 대접하는 습관으로 보나 나는 처음에 윌리엄이 상당히 가난하리라 짐작했다. 그래서 그에게 후견인(부

• 보트를 저어 스피드를 겨루는 경기.

모님이 돌아가셔서)에게 350파운드씩 용돈을 받고 있으며 성인이 되면 400파운드를 받게 된다는 이야기를 듣고는 깜짝 놀랐다. "다 배당금이야"라며 그는 끙 하는 소리를 냈다. 나는 하인즈 씨나 그와 비슷한 열성 사회주의자들에게 친절하게 부탁하면 그가 느끼는 부담을 해결해주지 않겠냐고 넌지시 말했다. "아니야." 그는 꽤 진지하게 대답했다. "그럴 순 없어." 그러고는《페이비언 사회주의》의 몇 구절을 낭독하며 현재 같은 무질서한 상태에서 이윤의 산발적 분배는 해악을 낳을 뿐이라고 설명했다. "십 년, 십이 년 뒤에는—"이라며 그는 희망적인 생각에 잠기곤 했다. "하지만 그때면 자네는 아마 결혼할 텐데 자네 아내는 꽤—"라는 내 말에 윌리엄은 이미 여러 번 했던 말을 열심히 되풀이했다. 그러니까 절대 결혼을 하지 않을 거라고. 결혼은 반사회적 시대착오이다. 결혼제도가 유지되는 것은 자본주의의 책략 때문이기도 하다. 어쨌든 결혼제도는 사라질 것이다. 남자와 여자 사이의 일시적인 시민 계약이 보편화될 것이다, 라고 그는 말했다. "십 년, 십이 년 뒤에는." 그때가 오면 시민 의식이 있는 모든 남자는 독신으로 지내며 아마 자유연애를 즐기리라고 말이다.

그런데 그때가 되려면 아직 멀었을 무렵 윌리엄은 결혼을 했다. 1895년 어느 봄날 오후에 나는 트라팔가 광장 모퉁이에서 우연히 그를 마주쳤다. 그가 무척 반가워하며 인사를 건네는 바람에 나는 조금 어리둥절했다. 왜냐하면 우리의 우정이란 게 옥스퍼드 3, 4학년 때 시들해졌기 때문이다. "요즘 잘 지내나 봐." 내가 말했다.

"새 정장을 입었잖아!" "결혼했어"라고 그가 양심의 가책 같은 것은 조금도 느끼지 못하는 표정으로 대답했다. 한 달 전에 결혼했다고 말했다. 세상에서 결혼만큼 멋진 일은 없다고 내게 선언하기까지 했다. 하지만 자기 아내 같은 사람은 없을 것이라는 말을 덧붙여 그런 일반화에서 조금 물러섰다. "내 아내를 자네가 만나봐야 할 텐데." 그는 분명 내게 아내를 한시라도 빨리 보여주고 싶은 듯했고 나는 그 모습에 감동한 나머지 그들 부부 집에서 이삼일을 묵고 가라는 초대를 받아들이고 말았다. "다음 주는 어때?" 그가 물었다. 지방에 "오두막 같은 것"을 구해서 세간을 갖다 놓고 살림집을 꾸몄다고 했다. 그날은 "볼일이 있어서 언론사에 다녀가는" 길이라며 이제 차링크로스역으로 간다고 말했다. "자네도 내 아내가 마음에 들 거야." 그가 헤어지며 말했다. "그녀는, 그녀는 눈부시거든."

'눈부시다'는 형용사는 그가 대학 시절에 《베어울프》와 윌리엄 모리스의 《시구르드 왕》에도 썼던 표현이니 나는 그다지 큰 기대를 걸지 않았다. 그리고 사실 곧 깨닫게 되었지만 이번에도 그는 그 형용사를 잘못 갖다 붙였다. 그의 신부에게는 눈부실 만한 점이라곤 전혀 없었다. 어쩌면 조금도 예쁘지 않다고 생각할 사람도 있을 것이다. 사실 나도 얼핏 보았을 때는 그렇게 생각했다. 단정하고 조그맣고 상냥해 보였지만 예쁘다고는 할 수 없었고 눈부시다고는 더더욱 할 수 없었다. 앞머리를 드리우는 게 유행인 시절인데도 이마를 훤히 드러내고 있었다. "실용적인" 인상이었다. 하지만 잠시 뒤 그녀가 미소를 짓자 예쁘다는 생각이 들었다. 곧 나는 그녀에게 매력이 있다고 생각하게 되었다. 윌리엄은 2륜 경마차로 나를 마중 나왔고 우리는 그가 조랑말 마구를 푸는 걸 보러 갔다. 그는 처음 해보는 사람처럼 서투르게 고삐와 목줄도 구분하지 못했고 아내가 아무리 알려줘도 제대로 해내지 못했다. 그녀는 웃음을 터트렸다. 사랑스러운 웃음이었다. 꽤 작은 소리였지만 묘하게 맑고 쾌활했으며 너무 높지도 낮지도 않게 고르게 울렸다. 마치 작은 은종을 거듭 울리듯 한 음이 울리고 다시 한 음, 또 한 음이 울렸다. 내가 그 소리를 묘사해봤자 귀에 거슬리는 소리쯤으로 상상될지 모르니 그냥 매혹적이었다고만 해두겠다.

나는 그녀가 웃음을 멈추지 않기를 바랐다. 하지만 그녀는 웃음을 멈추더니 앞으로 얼른 달려가 조랑말의 마구를 직접 풀고는 (윌리엄은 얌전히 옆에 비켜 서 있고 나는 별 도움도 주지 못하면서 도와주는 시늉만 했다) 작은 마구간으로 끌고 갔다. 분명 그녀는 "실용적"이었다. 하지만 나는 이제 그녀의 모든 특성을 너그럽게 보아줄 준비가 되어 있었다.

그녀가 분별없는 사람이었다 해도 나는 분명 용서했겠지만 아마 방문이 그다지 즐겁지는 않았을 테고, 다시 기쁘게 자주 찾지도 않았을 것이다. 나는 윌리엄의 지붕 아래에서 "대충 얹혀 지내다"오게 될 줄 알았다. 하지만 그의 지붕 아래 모든 것은 엄격한 소박함 속에 잘 정리되어 있었다. 내가 잘 방에 들어갔을 때는 아주 조그만 하녀가 얼마나 꼼꼼히 내 짐을 정리해주는지 감동받을 정도였다. 분명 안주인에게 배운 솜씨일 텐데 안주인이 그런 지식을 어디에서 배웠는지 궁금했다. 분명 윌리엄에게는 아닐 것이다. 어쩌면 (지금 와서 생각해보니) 안내서에서 배웠을지도 모른다. 메리는 안내서의 열렬한 독자였다. 정원 가꾸기 안내서도 있었고, 가금류 돌보기 안내서와 "마구간" 안내서를 비롯해 여러 안내서가 있었다. 근처의 아주 작은 소읍에서 의사인가 사무변호사인가로 일했다는—어느 쪽이었는지 잊어버렸다—홀아버지 밑에서 크느라 배우지 못한 살림을 그런 책을 읽으며 배우는 모양이었다. 아마도 젊은 여주인을 위한 안내책자 같은 것을 어디 숨겨놓고 있는 게 아닌가 싶었다. 만약 그랬다면 틀림없이 좋은 안내서일 것이다. 하지만 이렇게 말하면 메리의 직관력을 과소평가하는 셈이 될지 모르겠다. 그녀가 그렇게 훌륭한 아내일 수 있었던 것은 윌리엄에 대한 흠모와 윌리엄을 둘러싼 모든 것에 대한 뜨거운 관심으로 다듬어진 직관 때문이었다.

그런데 메리에게 젊은 부부를 위한 집 고르기 안내서 같은 것이 있었다 해도 부부가 살림을 푼 그 집은 분명 안내서의 조언에 따라 고르지 않은 듯했다. 윌리엄이 말한 "오두막 같은" 그 집은 여러 해 동안 비어 있었다. 음침하고 사람이 살 것 같지 않은 집으로, 마을에서 1.6킬로미터, 기차역에서 5킬로미터쯤 떨어져 있었다. 집의 주요 부분은 17세기에 지어진 진짜 오두막이었다. 하지만 1850년쯤에 그곳에 살았던 특이한 늙은 신사가 치장벽토를 바른 작은 별관을 양쪽에 덧붙였다. 노신사는 작은 마구간과 낙농장 같은 부속건물도 추가했다. 그는 집 주변에 반 에이커나 되는 땅을 사서 울타리를 둘렀기 때문에 부속건물을 짓거나 정원으로 쓸 땅이 많았다. 치장벽토를 바른 빅토리아풍 별관 둘은 위에는 내리닫이창, 밑에는 프랑스식 창*이 달려 있었는데 오래된 빨간 벽돌과 격자 모양 유리창과 이상하게 잘 어울렸다. 그러나 노신사가 앞으로 길게 뺀 목재 베란다는 이 삼위일체와 어우러지지 못했다. 하지만 누가 굳이 어우러지길 바라랴. 그 어울리지 않음에는 그 자체로 개성이 있었다. 어울리지 않아도 좋았다. 어쨌든 메리가 윌리엄을 위해 그 집을 사랑했으니. 독신이었을 때 메리는 아마 깔끔한 현대식 주택을 좋아했을 듯했다. 메리는 자기가 이상한 재능을 지닌 남자와 결혼했다고 믿었다. 물론 메리는 윌리엄의 재능이 아니라 윌리엄이 좋아서 결혼했지만 윌리엄에게 더해진 그 은총은 그녀가 존경해야 할 대상, 적절한 환경에서 애지중지 키워야할 대상이었다. 메리는 윌리엄보다 한 살 많았고(하지만 워낙 작고 말라서 몇 살 아래로 보였다) 그녀의 헌신적 사랑에는 모성 본능이 큰 부분을 차지했다. 내가 앞에서 묘사한 것처럼 윌리엄의 재능이 대단한 편은 아니었다. 그 문제에서는 메리의 직감이 틀렸다. 그렇지만 사랑스럽게, 올바르게 틀렸다. 윌리엄이 겉보기에 독특하니 집도 독특해서 나쁠 건 없었다. 메리는 그를 위해 편안한 집을 만들고 싶었고 그 목표를 이루었다.

* 뜰이나 발코니로 통하는 두 짝으로 된 유리문.

일층은 하나로 트인 공간으로 밖에서 바로 들어갈 수 있었다. 대단히 길고 큰 공간이었다. (어쩌면 천장이 낮아서 그렇게 보였을 것이다.) 부부는 오래된 공간을 산뜻하게 단장하고 불규칙한 빨간 타일 여기저기에 골풀 매트를 놓고 서까래 사이 회반죽에 희디흰 도료를 칠했다. 그곳은 식당이자 응접실로 낮 동안 주로 지내는 곳인데 그냥 방이라 불렀다. 윌리엄은 일층 왼쪽 별관에 자기 "동굴"이 있었다. 오전에는 그 동굴에 틀어박혀 글을 상당히 많이 썼다. 메리는 자기만의 방은 없었고 필요한 곳이면 어디든 갔다. 윌리엄은 어느 일간지에 서평을 쓰고 있었다. 창작도 했다. 그의 내면을 흐르던 시의 수맥은 이제 다 말라버렸다. 아니 오히려 메리로 형상화되었다고 할까. 장르에서는 입센이 모리스의 자리를 대신했다. 내가 처음 찾아갔을 때 그는 터무니없이 불행한 결혼을 소재로, 말도 못하게 우울한 희곡을 쓰고 있었다. 그다음 계절에는 (조지 기싱 때문에 입센이 다소 빛이 바랬는지) 주로 소설을 쓰고 있었는데 등장인물이 하나도 빠짐없이―혹시 내가 과장하는 건가?―끔찍한 상대를 만나는 내용이었다. 메리가 그의 재능을 믿어주니 윌리엄은 옥스퍼드에 있을 때보다 덜 소심해졌다. 그는 항상 자기 굴에서 막 완성한 원고를 들고 방으로 나오곤 했다. 자기 원고를 흔들어 대며 "시간 좀 괜찮지?" 하고 내게 묻고는 "메리!" 하고 소리를 질렀다. 그러면 메리가 곧 나타났다―가끔은 흰 앞치마를 두르고 부엌에서, 가끔은 파란 앞치마를 두르고 정원에서. 윌리엄이 원고를 읽는 동안 메리는 한번도 그를 쳐다보지 않았다. 그를 쳐다보는 것은 그의 작품을 존중하는 처사가 아니라고 생각하는 듯했다. 메리는 그의 작품을 듣는 영광스러운 기회를 누리는 청중이 되어 온 마음을 집중하고 들었다. 입술을 살짝 다물고 한 손으로 턱을 고인 채 앞을 응시하며 앉아 있었다. 나는 내가 정말 처음에 그녀를 예쁘지 않다고 생각한 게 맞나 하고 궁금해지곤 했다. 영국에서는 다소 보기 드문 "갸름한 타원형" 얼굴에 아름답게 반짝이는 밝은 담갈색 눈이 짙은 갈색 머리 때문에 더 밝아 보였다. 그렇게 듣고 있는 메리의 모습을 보고 있으면 내 사랑하는 옛 친구 윌리엄의 작품에 어떤 부족함이 있을지라도 보상이 되는 듯했다. 하지만 가끔씩 나는 그의 작품에 숨 돌릴 만한 희극적 순간이 좀 있었으면 하고 바랐다. 출판 도서 목록에 윌리엄의 이름이 한 번도 오르지 않는 것을 보면 출판사도 아마 같은 생각이었던 듯하다. 하지만 메리를 위해서나 윌리엄을 위해서나 나는 당연히 그가 "성공하길" 바랐다. 하지만 어쨌든 그는 돈이 필요치 않았다. 그가 이미 가진 돈에, 언론사 기고로 버는 돈 외에 더 필요하지는 않았다. 성공도 마찬가지였다. 메리가 그를 이미 천재로 여기지 않는가? 그는 이미 메리의 남편이지 않은가? 그가 읽어주는 원고에서 조금 가벼운 부분이 있었으면 하고 바랐던 이유는 그러면 메리가 웃을 수 있기 때문이었다. 그 작은 종소리 같은, 쾌활한 웃음은 아무리 들어도 질리지 않았다. 명쾌하게 고르게 떨리는 유쾌한 작은 웃음.

윌리엄이 원고를 읽지 않을 때에는 그 웃음소리를 아낌없이 들을 수 있었다. 메리는 윌리엄이 작품을 읽을 때 말고는 그를 대단하게 여기지 않았고 나도 결코 대단하게 여기지 않았다. 그녀는 이런저런 일로 우리 둘을 비웃곤 했다. 윌리엄이 조랑말 마구를 어설프게 벗기려 했던 때 처음 들었던 그 웃음을 웃으면서 말이다. 나는 내게서 그녀를 웃길 만한 점을 찾아 열심히 연마했고 윌리엄에게서도 그녀를 웃길 만한 모든 점을 끌어냈다. 그녀 자신에게서도 웃을 만한 것은 하나도 놓치지 않았다. "악의 없는 놀림"은 대단히 친밀한 유대를 형성해주는 법이다. 나는 메리의 특별한 화음이 없었더라도 악의 없는 놀림을 한바탕 주고받기를 즐겼을 것이다. 메리는 나를 '런던에서 온 신사 양반'이라 부르곤 했다(그 무렵 나는 매우 도시적이었다). 나는 그녀를 '용감한 여자'라 불렀다. 우리는 상대가 하는 모든 말과 행동을 어떻게든 그 별명과 연결시켰다. 이렇게 우리가 농담을 주거니 받거니 하고 있으면 윌리엄은 어리둥절하고 자애로운 미소를 지으며 듣고 있었다. 메리와 나의 대화가 중단되는 이유는 메리가 나를 윌리엄이 기다리던, 윌리엄에게 필요한 특별한 전령이라 믿었기 때문이다. 시골에서 자기하고만 지내는 윌리엄이 일을 끝낸 후에 지적인 대화를 나눌 상대가 바로 나라고 생각했기 때문이다. 그녀는 일부러 정원이나 주방에서 할 일을 만들어내고는 윌리엄이 지적인 대화의 자극, 또는 사치를 한껏 누릴 수 있도록 자리를 비켜주었다. 하지만 둘만 남았을 때 윌리엄이나 나나 이야기하고 싶은 주제는 바로 메리였다. 윌리엄은 메리라는 주제에 대해 할 말이 많았고 나 역시 그랬다.

그리고 내가 메리하고만 있을 때는 나 역시 윌리엄이 얼마나 멋진 사람인지에 대해 할 말이 많았다. 누가 나를 비난하겠는가?

　메리가 어머니였다면 윌리엄이 얼마나 멋진 사람인지가 크게 중요하지는 않았을 것이다. 하지만 윌리엄은 메리에게 아이이자 연인이었다. 그리고 잘은 모르지만 메리는 상황이 늘 그대로여도 만족했을 것이다. 그럴 운명이라면 말이다. 하지만 그럴 운명이 아니었다. 1899년 4월 내가 그들 집에 머물 때 첫날 밤 둘만 남게 되자 윌리엄이 새 소식을 알려주었다. 사실 그날 저녁 내내 나는 뭔가 조금 달라진 점을 어렴풋이 느끼고 있었다. 메리가 더 쾌활했다가 덜 쾌활했다가 했고 어딘지 모르게 달라지고 마음이 다른 곳에 가 있는 듯 느껴졌다. 윌리엄은 일이 잘 풀리면 9월에 아이가 태어난다고 말했다. "메리는 무척 행복해해." 그러고 보니 그 어느 때보다 행복해 보였다. "물론 우리 두 사람 모두에게 좋은 일이지." 그가 곧이어 덧붙였다. "아들이나 딸을 갖는 거 말이야." 나는 그에게 아들이 좋은지 딸이 좋은지 물었다. "아, 어느 쪽이든." 그는 힘없이 대답했다. 분명 불안하고 두려운 듯했다. 나는 그런 감정을 떨쳐내라고 그를 애써 설득했다. 다행히 윌리엄은 그런 불안과 두려움을 메리에게는 내보이지 않았다. 메리는 조금도 불안해하지 않았다. 하지만 운명은 메리의 아이를 태어난 지 한 시간 만에 앗아갔고 메리도 함께 데려갔다.

　그해 7월에 나는 다시 며칠간 그들의 오두막에 머물렀다. 그리고 7월 말에 습관대로 프랑스에 갔고 한 주 뒤에 메리에게 편지를 썼다. 답장을 보낸 사람은 윌리엄이었다. 그는 내게 메리의 죽음과 장례식을 알렸다. 나는 이튿날 영국으로 돌아갔다. 윌리엄과 나는 그 뒤로 몇 차례 편지를 주고받았다. 윌리엄은 그 오두막을 떠나지 않았다. 그곳에 계속 머물렀고 기묘하고 가슴이 미어지는 그의 말을 옮기자면 "소설을 끝내려고 애썼다." 이듬해 1월에나는 윌리엄을 만났다. 그는 차링크로스 호텔에서 내게 편지를 보내 점심을 같이 들자고 했다. 인사를 나눈 뒤 우리 두 사람 사이에는 침묵이 흘렀다. 그는 말하고 싶었다—말할 수 없는 것을. 우리는 어찌해볼 도리 없이 서로를 물끄러미 쳐다보다가 영국식 예법에 따라 일반적인 주제를 놓고 이런저런 이야기를 나누었다. 영국은 보어 전쟁* 중이었다. 윌리엄은 보어인들을 열렬히 옹호하리라 여겨지는 부류의 사람이었는데 놀랍게도 강대국인 영국 편을 들었다. 입대하려고 했지만 시력이 나빠서 탈락했다고 했다. 하지만 데일리 어쩌고 하는 일간지의 특별 통신원으로 당장 파견될 좋은 기회가 생겼노라고 했다. "그러면" 하고 그는 흥분해서 소리쳤다. "전쟁을 조금 경험하게 될 거야." 나는 그가 돌아오지 않으리라는 예감이 들었다. 나는 지금도 그가 돌아오고 싶지 않았다고 믿는다. 그는 돌아오지 않았다. 그 후로도 그랬지만 보어 전쟁에서 특별 통신원들은 제대로 보호받지 못했다. 그들은 자신들을 임명한 언론사를 위해 자유롭게 위험을 무릅썼다. 윌리엄은 케이프타운

---

* 남아프리카에 정착한 네덜란드계 백인 보어인과 영국 사이의 전쟁.

에 도착한 지 몇 주 뒤에 죽었다.

　윌리엄과 메리가 자주 떠오르지 않을 때도 있다. 그러다가 더 자주 떠오를 때도 있다. 특히 작년 늦가을에는 두 사람이 자꾸 떠올랐다. 내가 머물던 숙소 가는 길에 지나치는 작은 기차역 이름을 보면 늘 두 친구의 이름이 떠올랐기 때문이다. 그곳에서 네 개 역만 더 가면 됐다. 그래서 며칠 뒤 내가 감행한 순례는 그다지 어렵지 않았다. 그것은 과거를 찾아, 과거의 영광을 찾아, 과거로 돌아가는 순례였다. 나는 역에서 그 오두막까지 5킬로미터쯤 되는 길을 기억하지 못할 줄 알았다. 하지만 완벽하게 기억하고 있었다. 안내 표지판 한번 보지 않고 갈 수 있었다. 비가 쏟아져 늦가을 나뭇잎들을 휩쓸어갔다. 이제는 해가 빛나지만 모든 것이 조금 생기 없고 어렴풋해 보였다. 나는 그곳의 풍경을 봄과 여름, 초가을에만 봤다. 메리는 내가 다른 계절에는 그곳 풍경에 적응하기 힘들리라 생각했다. 그러나 나뭇잎이 없어도 내게 익숙한 나무들이 있었고 농가들과 작은 돌다리도 조금도 변하지 않았다. 중요한 것만 달라졌다. 중요한 것만 사라졌다. 내가 보고 싶은 것이 아직도 있을까? 그 안에 깃들었던 것에 비하면 그다지 중요하지도 않지만 그래도 보고 싶었다. 아직도 있다면 분명 나를 울적하게 할 광경이었지만, 새로운 것이 깃들어 있다면 울적함보다 더한 감정을 느끼게 할 광경이었지만, 보고 싶었다. 누군가 그 오두막을 허물고 새 집을 지었으리라는 생각이 들었다. 걸음을 멈추고 돌아가기로 마음먹을 뻔했다. 하지만 계속 걸었다. 문득 월계수 사이에 서 있는 문살 네 개짜리 철 대문이 눈앞에 나타났다. 내가 기억하는 대문이었다. 대문은 녹슬었고 녹슨 자물쇠로 잠겨 있었다. 그 너머에 한때 구부러진 "진입로"가 있었던 풀밭이 있었다. 그 좁은 길에서는 오두막이 보이지 않았다. 대문 옆 월계수가 지금보다 작고, 덜 무성하던 시절에도 보이지 않았다. 오두막은 여전히 있을까? 나는 대문을 타고 넘어 길게 자란 풀밭을 걸어갔다. 있었다. 메리의 오두막이 여전히 있었다. 윌리엄과 메리의 오두막. 오두막을 바라보고 서서 나는 분명 진부하다고밖에 할 수 없는 생각에 사로잡혔다. 인간사의 무상함이야 조금도 새로울 게 없지만 나처럼 어느 정도 나이 든 후에 가깝게 지내던 사람들을 떠나보내고, 차가운 햇살 아래 길고 젖은 풀과 잡초가 무성한 작은 황야에 서서 떠난 이들을 떠올릴 때는 이런저런 느낌이 많을 수밖에 없다.

그 오두막에 아무 추억이 없는 사람조차 그곳을 보면 몹시 비통하고 외로운 감정을 느낄 만했다. 버려져 있는데도 여전히 튼튼히 버티고 있기 때문에 더 그랬다. 양쪽 별관 벽의 치장벽토가 조각조각 떨어져서 베란다의 빛 바랜 지붕과 풀밭에 두텁게 쌓였다. 그것만 아니면 그다지 낡아 보이지는 않았다. 별관의 내리닫이창과 프랑스식 창에는 덧문이 닫혀 있었는데 유리창으로 보이는 덧문의 크림색 페인트는 거의 갓 칠한 것처럼 느껴질 정도였다. 사이에 낀 격자무늬 창문은 집 안쪽에서 판자로 막혀 있었다. 집은 곧 무너지지 않을 게 분명했다.

나는 다가가고 싶지 않았다. 하지만 다가가고 있었다. 한 걸음 한 걸음. 작은 황야를 지나 베란다 가장자리까지 걸어갔다. 1미터만 더 가면 앞문이었다.

나는 그 문을 바라보며 서 있었다. 옛날에는 늘 열려 있었으니 한번도 눈여겨본 적이 없던 문이었다. 그런데 이제 그 문이 문지방의 주인 행세를 하고 있었다.

문은 좁았다—길이로도 좁았다. 내 키보다 5센티미터쯤 기나마나 했다. 금방 페인트를 칠했을 때도 분명 초라해 보였을 문이었다. 지금은 페인트가 온통 빛 바래고 얼룩덜룩해지고 금이 가고 부풀어 올랐으니 훨씬 더 초라해 보였다. 노커도 없고, 편지 넣는 구멍도 없었다. 있는 것이라곤 큼직한 열쇠구멍밖에 없었다. 열쇠구멍에 눈길이 머물렀다. 곧 나는 몸을 구부리고 열쇠구멍을 들여다보았다. 꿰뚫을 수 없는 어둠이 있었다.

다시 허리를 펴고 서 있자니 기분이 이상했다. 저기에 그 방이 있다. 내 기억 속의 그 방이 저기 있는데 기억조차 나지 않는 이 문이 가로막고 있다. ……25년이 흐른 지금도 그 방이 보인다. 내 마음의 눈에 그 모습 그대로. 바로 이 출입구로, 저 격자 달린 네 창문으로 들이치던 햇살, 방으로 내려서는 비틀어졌지만 무척 자신만만한 작은 계단, 울퉁불퉁하던 타일 바닥, 너무 낮았던 서까래, 윌리엄의 동굴에서 끌려 나와 이리저리 흩어져 있던 책들, 메리의 정원에서 온 환한 꽃들. 그 서까래와 계단, 타일이 여전히 있다. 먼지와 거미줄과 어둠에도 변함없이 이 문 너머에, 나와 너무도 가까운 그곳에. 마법에라도 걸린 듯 문 경첩이 천천히 돌아가며 열린다면 나는 어떻게 할까 생각했다. 아마 들어가서는 안 되리라. 쳐다봐서도 안 되리라. 그곳에 의미를 주는 모든 것이 사라졌는데도, 그 모든 것을 빼앗겼는데도 남아 있는 사물들을 보고 싶지 않으리라. 하지만 남아 있다는 이유로 그 물건들을 비난할 수 있는가? 과거의 그 무엇도 그들을 다시 찾아와 서성이지 않는다고 어떻게 장담한단 말인가? 과거의 무엇이, 언젠가, 어쩌면 찾아오지 않는다고 말이다. 사람이 아는 것은 너무 적다. 떠난 이들이 아마도 사랑했을 그 물건들에 어떻게 마음이 부드러워지지 않겠는가?

그러자 그 모든 것을 다시 보고 만지고, 말 그대로 대화를 나누고 싶은 마음이 너무 간절해서인지, 혼자 외롭게 추억을 떠올리며 서 있자니 마음이 이상해진 탓인지 문이 내 뜻을 알아줄 것 같은 생각이 들었다. 그러다가 나는 미처 보지 못했던 것을 보고 문득 정신을 차렸다. 오른쪽 문기둥에 작은 녹슨 철 손잡이가 있었다. 집에 들어갈 허락을 얻으려면 문에 "뜻"을 전달할 게 아니라 벨을 울려야 한다는 사실을 놀리듯 상기시켜주는 물건이었다. 하지만 벨은 녹슬었고 안에 대답할 사람이 없으니 돌아서 가는 게 옳았다. 그러나 나는 가지 않았다. 나도 모르게 벨로 손이 갔다. 하지만 망설여졌다. 벨을 울린다 해도 아무 소리가 나지 않을 것이다. 그건 섬뜩할 듯했다. 분명 소리가 나지 않을 것이다. 소리가 난다면 그게 더 이상하지 않겠는가. 나는 손을 떨며 뒤로 뺐다가 불현듯 벨을 잡아당겼다. 철사 긁는 소리가 나더니 문 닫힌 집안에서 찌링 소리가 울렸다.

아주 미약하고 가는 소리였다. 갓 난 아기 새가 첫 울음을 터트릴 때 내는 소리만 했다. 하지만 소리 크기는 중요하지 않았다. 내게는 교회 첨탑에서 울리는 귀청이 터질 듯한 종소리도 저 안에서 침묵을 깬 그 한 음보다 의미가 없을 것이다. 저 안에서, 어둠 속에서, 내게 응답한 벨 소리가 여전히 떨리고 있었다. 철사의 떨림일 것이다. 하지만 대답하는 이가 없다. 저 안쪽에서 먼지 위에 발자국을 찍으며 이리로 오는 이가 없다. 그러면 '나'라도 대답하지. 나는 다시 손잡이를 쥐고 이번에는 망설이지 않고 더 세게 잡아당겼다. 그것이 내 대답이었다. 응답은 내가 생각했던 것 이상이었다. 빠르게 이어달리는 음들, 희미하지만 명료하고 장난기 있지만 사무치게 슬픈 소리, 저 먼 과거에서, 아니 바로 이 가까운 어둠에서 울려 나오는 듯한 쾌활한 웃음 같은 소리. 내가 알던 무엇과 너무나 닮아서, 내가 분명 알고 나를 분명 알아보는 듯해서 나는 놀라움에 사로잡혔다.

그 소리를 여러 번, 여러 번 들었으니 분명 문 앞에 오래 서 있었던 것 같다. 틀림없이 되풀이해서 끈질기게 열정적으로 벨을 울렸을 것이다. 바보같이.

〈William and Mary〉(1920) 일부

맥스 비어봄(1872~1956)

영국의 풍자 화가이자 언론인, 작가이다. 런던에서 태어나 옥스퍼드 대학에서 공부했다. 대학 시절에 런던의 여러 출판물에 풍자화와 글을 기고하여 호평을 받았다. 훗날 조지 버나드 쇼의 뒤를 이어 〈더 새터데이 리뷰〉지에 연극 비평을 쓰며 14년간 언론인으로 활동했고 1935년부터 BBC 라디오 방송에 출연하여 대중의 사랑을 받았다. 소설《줄라이카 돕슨》과 단편소설집《일곱 명의 남자》를 발표하기도 했으나 주로 에세이에 집중했다. 친근한 목소리로 친구처럼 이야기하는 듯한 에세이로 당대에 열성적인 독자를 거느리며 '비할 데 없는 맥스'라는 애칭으로 불렸다. 버지니아 울프는 어니스트 리스의 에세이 선집《현대 영국 에세이: 1870~1920》에 대한 서평인 〈현대 에세이〉에서 그의 에세이를 언급하며 비어봄을 에세이의 '왕자'라 표현했다.

삶의 리듬

앨리스 메이넬

삶이 늘 시적이지는 않을지라도 최소한 운율은 있다. 생각의 궤적을 따라 일정한 간격을 두고 반복되는 주기성이 마음의 경험을 지배한다. 거리는 가늠되지 않고, 간격은 측량되지 않으며, 속도는 확실치 않고, 횟수는 알려져 있지 않다. 그래도 되풀이되는 것은 분명하다. 지난 주나 지난 해 마음이 겪었던 것을 지금은 겪지 않으나 다음 주나 다음 해에 다시 겪을 것이다. 행복은 사건에 달려 있지 않고 마음의 밀물과 썰물에 달려 있다. 병에도 운율이 있다. 점점 짧아지는 주기로 죽음을 향해 거리를 좁혀가고 점점 길어지는 주기로 회복을 향해 멀어져간다. 하나의 원인에서 생긴 슬픔을 어제도 참지 못했고 내일도 참지 못하겠지만 오늘은 원인이 사라지지 않았는데도 견딜 만하다. 심지어 해결되지 않은 무거운 근심조차 잠시나마 마음의 평화를 허락한다. 후회도 머물지 않는다. 되돌아온다. 즐거움은 불시에 우리를 찾아온다. 즐거움의 궤도를 눈여겨봤다면 길목에서 기다릴 수도 있었을 텐데. 갑자기 발견하지 않고 예상했을 텐데. 아무도 그 길을 눈여겨보지 않는다. 내면 관찰자들의 일기는 케플러의 주기 같은 것을 밝혀낸 적이 없다. 그러나 토마스 아 켐피스*는 주기를 측량하지는 못했지만 주기가 있다는 것은 알고 있었다. 그는 수도원 독방에 원소들과 함께—'그 이상 그대가 무엇이 될 수 있을까? 이 원소들로부터 모든 것이 만들어졌으니'—혼자 앉아 고통의 심연에서도 견뎌낼 힘을 찾을 수 있음을 깨달았고, 기쁨이 다가올 때 영혼을 자제시키는 기억이 있음을 배웠다. 기억이 있어 영혼은 기쁨을 더 조심스럽게 맞이하며 기쁨이 냉혹하게 달아나리라 예감한다. '어쩌다, 어쩌다 오는 그대'라고 시인 셸리는 기쁨이 아니라 기쁨의 정령에게 한탄했다. 기쁨을 억지로 앞당기고, 부르고, 우리 곁에 붙들어 맬 수 있다—에어리얼*에게도 매일 일을 시킬 수 있다. 그러나 그런 인위적 폭력은 삶을 운율 밖으로 내동댕이친다. 마음은 그렇게 억지로 움직일 수 없다. 타원형으로, 또는 포물선으로, 또는 쌍곡선으로 궤도를 돌아다니는 마음이 끝내 무엇과 밀회할지 아무도 알 수 없다.

셸리와 《그리스도를 본받아》의 저자 토마스 아 켐피스 모두 예민하고 순수했기에 이런 움직임을 감지했고, 주기성의 이치를 짐

• 독일의 신비주의자. 27세에 수도사 서약을 하고 98세에 사망할 때까지 평생을 수도원에서 생활하며 글을 쓰고 설교했다. 그의 저서 《그리스도를 본받아》는 기독교 문학의 고전으로 꼽힌다.
• 셰익스피어의 《템페스트》에서 프로스페로를 주인으로 섬기는 공기 정령.

작했다고 할 수 있다. 두 사람 모두 여러 세상의 정령과 가까웠고 인간이 고안한 그 어떤 규칙도, 보편적 운동의 자유와 법칙을 거스르려는 그 어떤 시도도 두 사람이 주기성을 깨닫는 걸 막지 못했다. '에푸르 시 무오베'(Eppur si muove, 그래도 지구는 돈다). 두 사람은 존재는 부재 없이 있을 수 없으며 이별을 고하며 막 떠난 것은 되돌아오는 긴 여로 위에 이미 있음을 안다. 코앞에 다가오는 것이 곧 서둘러 떠나리라 짐작한다. "오, 바람아"라고 셸리는 가을에 외쳤다. "오 바람아, 겨울이 오면 봄이 멀 수 있으랴?" 두 사람은 밀물은 곧 썰물임을 알았다. 운율에 어긋나게, 법칙에 어긋나게 주기성에 끼어들면 출발과 후퇴의 충동을, 운동의 범위와 힘을 약화시키게 되리라는 것을 알았다. 일정하게 살려고 끊임없이 애쓰는 삶은 지적 생산력을 꾸준히 지키기 위해 애쓰든, 정신적 즐거움이나 감각적 쾌락을 꾸준히 지키기 위해 애쓰든 휴식도 완전한 활동도 없는 삶이다. 몇몇 성인들의 영혼은 비할 데 없이 단순하고 고독한 삶을 살며 주기성의 법칙을 완벽히 따랐다. 황홀과 적막이 철따라 그들을 찾아왔다. 적막한 시간 동안 그들은 자신들이 세상을 버리면서 얻으려 했던 모든 것의 내적 상실을 견뎌냈다. 그리고 약속되지 않았던 달콤한 행복이 마음에 빛날 때 행복해했다. 시인도 그들과 같다. 긴 삶의 경로에서 세 번 또는 열 번 뮤즈가 다가와 시인을 건드리고 떠난다. 그러나 성자와 달리 시인은 늘 유순하게 받아들이지는 않는다. 되찾을 수 없는 황금 같은 시간이 짧게 머물다 사라지는 것을 받아들일 준비가 부족하다. 떠나고 돌아오길 반복하는 뮤즈가 떠나 있다는 것을 제대로 깨닫는 시인은 드물다. 그 사실을 제대로 안다면 표현할 길은 단 하나, 침묵뿐이기 때문이다.

아프리카와 아메리카의 몇몇 부족은 달은 숭배하지만 태양은 숭배하지 않는다고 한다. 태양과 달 모두를 숭배하는 부족은 많지만 달이 아니라 태양만 숭배하는 부족은 없다. 태양의 주기성은 아직도 알려져 있지 않은 부분이 있기 때문이다. 그러나 달의 주기성은 어느 정도 뚜렷이 드러나며 끊임없이 우리 삶에 영향을 미친다. 밀물과 썰물은 달에 의지한다. 달은 셀레네*이다. 비가 귀한 곳에서 거듭 땅을 적시는 이슬을 가져다주는 헤르세의 어머니이다. 대지의 그 어느 동반자 못지않게 그녀는 측량하는 자이다. 옛 인도유럽어족에서는 그렇게 불렸다. 운율을 따르는 특성 때문에 달은 변덕스럽게 여겨졌다. 줄리엣은 달에 맹세한 사랑 서약을 받아들이려 하지 않았지만 사랑에도 밀물과 썰물이 있다는 것을 알 만큼 오래 살지 못했다. 마음의 운율을 따라 사랑은 줄어들고 사라지지만 사람들은 연인의 외적 변화 때문이라 헛되이, 매정하게 탓한다. 왜냐하면 사람들은—앞에서 말한 선택된 소수 말고는—주기성을 거의 깨닫지 못하기 때문이다. 사람은 삶의 주기성을 제대로 깨닫지 못하거나 늦게, 너무 늦게 깨닫는다. 왜냐하면 경험

• 그리스 신화 속 달의 여신.

이 쌓여야 알 수 있는 문제이며 누적된 증거가 없는 탓이다. 삶의 후반기에 이르러서야 주기성의 법칙을 확실히 깨닫게 되고 어떤 것이 지속되리라는 희망이나 두려움이 없어진다. 젊은이의 슬픔이 너무도 절망에 가까운 것은 젊음의 무지 때문이다. 젊은 시절에 위대한 성취를 꿈꾸는 이유도 마찬가지이다. 삶은 너무나 길어 보이고, 너무도 많은 것을 담을 수 있을 것처럼 보인다. 삶에 필요한, 삶이 가져야만 하는 그 모든 간격—열망과 열망, 행동과 행동 사이의 간격, 잠을 위해 멈추는 시간들처럼 피할 수 없는 멈춤들—을 모르기 때문이다. 또한 숨 돌릴 휴지기가 어김없이 찾아온다는 것을 깨닫지 못한, 불행한 젊은이에게 삶이란 불가능해 보인다. 사람의 일에는 밀물과 썰물이 있다는 셰익스피어의 구절에 더 미묘한 뜻이 있다는 것을—감히 셰익스피어의 말에 의미를 덧붙이자면—깨닫는다면 마음에 평화가 있으리라. 기쁨은 우리에게 오는 길에 이미 우리를 떠난다. 우리의 삶도 차고 질 것이다. 우리가 현명하다면 삶의 리듬에 따라 깨고 쉴 것이다. 모든 것—태양의 공전과 출산의 주기적 진통까지—을 지배하는 법칙에 우리도 지배된다는 것을 알 것이다.

〈The Rhythm of Life〉(1889)

앨리스 메이넬(1847~1922)

영국의 시인이자 수필가이다. 1875년 첫 시집 《서곡》을 냈고 이후 잡지 편집자로 활동하며 〈스코츠 옵저버〉, 〈스펙테이터〉 등 여러 잡지에 왕성하게 글을 기고했다. 정밀한 표현과 우아한 문체로 주목받았고 특히 1893년부터 1898년까지 〈폴 몰 가제트〉지에 실은 주간 칼럼으로 많은 독자의 사랑을 받았다. 말년에는 '여성 참정권을 위한 여성 작가 동맹'을 이끌며 글을 쓰고 연설을 하고 행진을 하며 여성 참정권 운동에 적극 참여했다.

내가
바람이라면

철새들의 행진

존 버로스

새들을 알고 나면 시골 생활에 새로운 즐거움이 생긴다. 봄이 오면 우리를 지나쳐 가거나 우리 곁에 머물다가 북쪽으로 가는 철새들의 행진을 지켜보는 일이다. 이런 행진은 매일 조금씩 새로운 볼거리를 주며 사월부터 유월까지 이어진다.

이동하는 야생동물은 새든 짐승이든 늘 우리의 시선을 끈다. 이런 이동은 지구의 거대한 흐름과 동물의 삶을 연결하는 듯 보인다. 대륙 규모의 이삿날인 셈이다. 증식하고 번식하려는 원초적 본능의 부름에 갑자기 일족과 종족 전체가 움직인다. 삼월이나 사월 초에 첫선을 보이는 피비새나 멧종다리, 울새, 파랑새는 바닷가로 밀려오는 밀물로 치면 첫 번째 물결이다.

내 소년 시절에는 거대한 나그네비둘기* 군단이 봄을 알리는 가

---

* 한때 북미에서 가장 흔한 새였지만 남획으로 개체수가 급격히 줄었고 마지막 개체가 1914년 9월 1일 동물원에서 숨을 거두어 멸종했다.

장 뚜렷한 표시였다. 대개 삼월 말이나 사월 초가 되면 벌거벗은 너도밤나무 숲이 나그네비둘기 떼로 갑자기 푸르러지고 아이 같은 여린 울음이 숲에 울려 퍼지곤 했다. 또는 거대한 무리나 긴 행렬을 이루어 날아가는 나그네비둘기 떼가 온종일 하늘에 줄무늬를 그리기도 했다. 내가 거대한 나그네비둘기 군단이 날아가는 모습을 마지막으로 본 것은 1875년 4월 10일이었다. 그날은 거의 온종일 고개를 들어 허드슨 계곡 위 하늘을 볼 때마다 나그네비둘기들의 크고 작은 무리가 날아가는 모습이 눈에 들어왔다. 그러나 여러 세대에 걸쳐 되풀이된 그 광경을 그 뒤로는 다시 볼 수 없었다. 나그네비둘기들은 돌아오지 않았다. 인간의 욕심과 소유욕의 모습을 한 죽음과 파괴가 그들을 바짝 뒤쫓았다. 마구잡이로 새들을 잡아들이는 직업 사냥꾼과 그물꾼들이 이 주에서 저 주로 새 떼들을 쫓아다녔다. 그 바람에 새들의 무리 본능이 엉클어지면서 거대한 철새 군단이 사라졌다. 그 후로는 되는 대로 흩어진, 몇 마리 안 되는 나그네비둘기가 서부 몇몇 지역에서 보일 뿐이었다. 내 친구 하나가 1880년대 초반에 인디애나에서 나그네비둘기 몇 마리를 사냥한 적이 있고 그 후 몇 년 뒤까지만 해도 여기저기 흩어진 나그네비둘기 무리를 보았다는 이야기가 들려왔다. 내가 마지막으로 나그네비둘기를 보았던 때는 1876년 봄 꿩 사냥을 나갔을 때였다. 나무에 나그네비둘기 수컷이 홀로 앉아 있었다. 나는 그 수컷을 쏘았다. 내가 살아 있는 동안 나그네비둘기를 마지막으로 쏘는 날이 되리라고는 꿈에도 모른 채 말이다.

어린 시절 봄이나 가을에 나그네비둘기들이 벌이던 축제와 행진을 보며 자라고 나이 든 사람치고 그 광경을 다시 한번 볼 수 있다면 삶에서 가장 기쁜 시간이 될 것이라고 말하지 않을 사람이 있을까! 그것은 너무도 풍요롭고 즐거운 장대한 동물적 삶의 광경이자 하늘과 야생에서 펼쳐지는 너무도 비옥한 광경이어서 보고 있으면 마음이 흐뭇해진다. 나는 날개를 푸드덕거리며 새된 소리로 울부짖는 이 푸르고 하얀 새 떼로 들판과 숲이 하루나 이틀쯤 뒤덮이는 광경을 보았다. 그 무렵이면 가끔씩 하늘이 비둘기 떼로 변하는 듯 보이곤 했다.

얼마 전 어느 오월 저녁 해 질 무렵 나는 이곳 허드슨 계곡의 여름 오두막에 앉아 있다가 하늘 높이 긴 곡선을 그리며 북쪽을 향해 무서운 속도로 날아가는 새 떼를 보았다. 잠시나마 나는 오래전 나그네비둘기 떼를 볼 때처럼 전율을 느꼈다. 50년 전이었다면 그 새들이 나그네비둘기라고 확신했을 것이다. 하지만 그 새들은 그저 오리였다. 더 찬찬히 살펴보니 나그네비둘기들이 빨리 날아갈 때처럼 날카로운 화살 같은 느낌이 없었다. 나그네비둘기보다 둥글고, 병처럼 생긴 오리가 분명했다. 그러나 이동하는 오리 떼도 즐거운 광경이다. 그리고 잠시 뒤에 한 줄로 날아가는 기러기 떼도 눈에 들어왔다. 기러기들은 내 머리 위 장밋빛 하늘을 배경으로 대열을 가다듬고 정비하면서 농가 안뜰과 저수지가 있을 것 같지 않은 북쪽을 향해 노련한 비행 솜씨로 날아갔다.

이슬이 내려앉는데
하늘이 하루의 마지막 빛으로 붉게 빛나는데
멀리, 장밋빛 심연으로,
네 외로운 길을 따라서 어디로 가느냐?*

〈The Spring Bird Procession〉(1918) 일부

• 미국 시인 윌리엄 컬런 브라이언트의 〈물새에게〉 첫 연.

존 버로스 (1837~1921)

1837년 뉴욕주 캣스킬에서 농부의 아들로 태어났다. 열일곱 살에 고향을 떠나 학비를 벌기 위해 일을 하며 공부를 했다. 에머슨과 소로우의 글을 사랑했으며 1860년부터 〈애틀랜틱 먼슬리〉에 글을 쓰기 시작하여 새와 꽃, 숲을 소재로 100편이 넘는 자연 에세이를 남겼다. 1863년부터 십 년간 미국 재무부 통화부서에서 일한 뒤 고향 캣스킬로 돌아가 농사를 짓고 글을 쓰며 살았다. 자연을 세심하게 관찰하고 자연 속의 삶을 감수성 있게 그린 글로 많은 사랑을 받았다.

두꺼비에 대한 몇 가지 생각

조지 오웰

제비보다 먼저, 수선화보다 먼저, 눈풀꽃*보다 그다지 늦지 않게 두꺼비는 다가오는 봄에 나름대로 인사를 한다. 바로 지난가을부터 웅크리고 있던 땅속 구멍에서 나와 가장 가까운 곳에 있는 적당한 물웅덩이로 할 수 있는 한 빨리 기어가는 것이다. 무엇인가가 두꺼비에게 이제 깨어날 시간이라고 알린다. 땅의 진동 같은 것일 수도 있고 어쩌면 단지 온도가 몇 도 올라간 탓일 수도 있다. 물론 내내 자다가 한 해를 놓치는 두꺼비도 간혹 있는 듯하다. 어쨌든 나는 살아 있고 건강해 보이는 두꺼비를 한여름에 땅에서 파낸 적이 한 번 이상 있었다.

이 무렵이면 오랜 단식을 마친 두꺼비는 사순절이 끝나갈 무렵의 앵글로 가톨릭교도들처럼 대단히 종교적인 인상을 풍긴다. 움직임은 힘이 없지만 절도 있고 몸은 쪼그라든 반면 눈은 기이하게

---

* 이른 봄에 흰 꽃이 피는 수선화과 식물.

커 보인다. 그래서 사람들은 다른 때라면 눈치채지 못했을 사실을 알게 되는데 바로 두꺼비가 살아 있는 그 어느 생명체보다 가장 아름답다고 할 만한 눈을 가졌다는 사실이다. 두꺼비 눈은 금 같다. 아니, 정확히 말해 인장 반지에 가끔 박히는, 아마 금록석이라 불리는 금색 준보석 같다.

물을 찾아 들어간 뒤 며칠 동안 두꺼비는 작은 곤충을 잡아먹으며 힘을 키우는 데 여념이 없다. 두꺼비는 곧 정상적인 몸집을 되찾고 강렬한 성적 흥분 단계를 거친다. 이 무렵 두꺼비는, 적어도 수컷 두꺼비는, 무언가를 두 팔로 끌어안고 싶다는 것밖에 알지 못한다. 두꺼비 수컷에게 막대기나 심지어 손가락이라도 내밀면 놀라운 힘으로 꽉 붙드는데 자기가 붙든 것이 암컷이 아니라는 사실을 깨닫기까지는 시간이 꽤 걸린다. 두꺼비 열 마리나 스무 마리가 암수 구별 없이 서로 꼭 매달린 채 형체를 분간할 수 없는 덩어리로 물속에서 뒹구는 모습도 자주 보인다. 그러나 차츰 서로 짝을 찾고 수컷이 암컷 등에 적당하게 앉는다. 이쯤 되면 수컷과 암컷을 구분할 수 있다. 수컷은 더 작고 색이 더 진하며 암컷 위에 앉아 암컷의 목을 두 팔로 꼭 부둥켜안는다. 하루 이틀 뒤면 알 덩어리가 여러 개의 긴 줄을 이루며 갈대 줄기 안팎으로 구불구불 감겨 있다가 곧 보이지 않게 된다. 몇 주가 더 지나면 물은 아주 작은 올챙이 무리로 활기를 띤다. 올챙이들은 매우 빨리 자라 뒷다리가 나오고 앞다리가 나온 뒤 꼬리가 사라진다. 마침내 한여름이 되면 엄지손톱보다 작지만 어느 모로 보나 완벽한 새 세대 두꺼비들이 물 밖으로 기어 나오고 게임이 새롭게 시작된다.

내가 두꺼비들의 알 낳기에 대해 이야기하는 이유는 내 마음에 쏙 드는 봄의 현상이기도 하고 종달새와 앵초꽃과는 달리 두꺼비들은 시인들의 후원을 그다지 받은 적이 없기 때문이기도 하다. 물론 파충류나 양서류를 좋아하지 않는 사람이 많다는 사실은 나도 잘 안다. 그리고 봄을 즐기려면 두꺼비에 관심을 가지라고 말하려는 것도 아니다. 크로커스도 있고 큰개똥지바퀴도 있고 뻐꾸기와 산사나무도 있다. 내가 하고 싶은 말은 누구든 돈 한 푼 내지 않고도 봄을 즐길 수 있다는 것이다. 가장 누추한 거리에도 봄은 이런저런 신호를 보낸다. 굴뚝 사이로 보이는 파란 하늘이 더 파래지기도 하고 공습 폐허에 남은 한 그루 딱총나무에 생기 있는 초록 싹이 돋기도 한다. 사실 말 그대로 런던 심장부에 자연이 무허가로 계속 존재하는 게 놀랍다. 나는 황조롱이가 뎃퍼드 가스 공장 위로 날아가는 것도 보았고 유스턴 로드에서는 검은 새 한 마리의 일급 공연을 듣기도 했다. 수백만 마리까지는 아니라 해도 틀림없이 수십만 마리 새가 반경 6.4킬로미터 안에 살고 있을 것이다. 그 많은 새들이 집세 반 페니도 내지 않고 사는 걸 생각하면 기분이 유쾌해진다.

봄에 관한 한 잉글랜드 은행 주변의 좁고 음침한 길도 봄을 막지 못한다. 봄은 어떤 여과 장치도 통과할 수 있는 신종 독가스처럼 도처에서 슬금슬금 스며든다. 봄을 두고 흔히 "기적"이라고들 말하는데 지난 5, 6년 동안 이 닳고 진부한 표현이 새 생명을 얻었다. 근래 들어 우리가 견뎌야 했던 그런 겨울이 끝난 뒤 찾아오는 봄은 진짜 기적처럼 느껴진다. 왜냐하면 봄이 정말 오리라고 믿기가 점점 더 힘든 상황이 돼버렸기 때문이다. 1940년부터 해마다 이월이면 나는 이번에는 겨울이 영영 끝나지 않으리라 생각했다.* 그러나 두꺼비처럼 페르세포네*도 늘 거의 같은 시기에 소생했다. 삼월 말쯤 되면 내가 사는, 퇴락해가는 빈민굴이 기적처럼 갑자기 달라진다. 광장에 서 있는, 그을음 묻은 쥐똥나무들이 연두색으로 변하고, 밤나무 이파리들이 무성해진다. 수선화가 얼굴을 내밀고 꽃무가 봉오리를 맺고 경찰관의 튜닉 제복이 유쾌한 파란빛을 띠고 생선 장수들이 미소를 지으며 손님들에게 인사를 건넨다. 포근한 공기 속에서 지난 구월 이래 처음으로 용감하게 목욕을 한 참새마저도 색깔이 달라 보인다.

봄을 비롯한 계절의 변화를 보며 즐거워하는 일이 위험한가? 더 정확히 말해 우리 모두 자본주의 체제의 족쇄에 묶여 신음하거나, 어쨌든 신음해야 하는 상황에서 노래하는 검은 새나 노랗게 물든 시월의 느릅나무처럼 돈 한 푼 들지 않을뿐더러 좌파 신문 편집장들이 계급 관점이라 부를 만한 게 없는 자연 현상 덕택에 삶이 종종 살 만하다고 말한다면 정치적으로 비난받을 일인

---

* 1939년 9월 독일군의 폴란드 침공으로 제2차 세계대전이 시작됐다.
* 그리스 신화에 등장하는 곡식과 대지의 여신 데메테르의 딸로 명계(冥界)의 신 하데스에게 납치되었으나 제우스의 중재로 1년 중 4개월은 명계에서, 나머지는 지상에서 어머니와 함께 지냈다. 페르세포네가 명계에 머무는 기간에는 어머니 데메테르의 슬픔으로 땅이 생기를 잃고 페르세포네가 땅 위로 돌아오면 생기를 되찾는다.

가? 분명 많은 사람이 그렇게 생각한다. 내 경험에 따르면 내가 기사에서 "자연"을 호의적으로 언급하기만 해도 비난 편지가 날아온다. 대개 이런 편지들의 키워드는 내 글이 "감상적"이라는 것이지만 두 가지 생각이 섞여 있는 것 같다. 하나는 실제 삶에서 느끼는 즐거움은 그게 무엇이든 일종의 정치적 침묵을 조장한다는 생각이다. 따라서 이런 생각에 따르면 사람들은 불만족스러워야 하며 우리의 임무는 우리가 느끼는 결핍은 배가시키고, 우리가 이미 갖고 있는 것에서 느끼는 즐거움은 늘리지 않는 것이다. 다른 하나는 이제 기계의 시대가 닥쳤으므로 기계를 싫어하거나 심지어 기계의 지배를 제한하려는 시도는 퇴보적·반동적이며 조금 우스꽝스럽게 보인다는 생각이다. 이런 생각 뒤에는 자연이 진짜 무엇인지 모르는 도시 사람이나 괴상한 취미로 자연을 사랑한다는 생각이 따라온다. 그러니까 실제로 흙과 씨름해야 하는 사람은 흙을 사랑하지 않을뿐더러 새나 꽃에 대해서는 순전히 실용적인 관점에서나 아니면 조금도 관심이 없다는 말이다. 시골을 사랑하려면 반드시 도시에 살아야 하며 따뜻한 계절에 이따금 주말 산보나 다녀야 한다.

이런 생각은 누가 봐도 틀렸다. 예를 들어 대중적인 발라드를 비롯한 중세문학은 조지 시대 시인들* 못지않은 열정적인 자연 예

* 20세기 초 조지 5세 통치기에《조지 시대 시》라는 다섯 권의 선집에 시를 실은 힐레어 벨록, 로버트 그레이브스, 월터 드 라 메어, D. H. 로렌스 등의 시인들로 전원 풍경을 서정성 있는 표현으로 묘사하는 경향을 보였다.

찬으로 가득하며 중국이나 일본 같은 농경민족의 예술도 나무와 새, 꽃, 강, 산을 주로 다룬다. 삶의 즐거움이 정치적 침묵을 조장한다는 생각은 더 미묘하게 잘못됐다. 분명 우리는 현실에 만족해서는 안 되며, 어려운 상황을 최대한 즐기려고만 해서는 안 되겠지만 실제로 살아가면서 느끼는 모든 즐거움을 없애버린다면 우리는 대체 어떤 미래를 만들어가고 있을까? 돌아오는 봄을 즐기지 못하는 사람이 노동이 절감된 유토피아에서 행복할 이유가 있을까? 그 사람은 기계 덕택에 생긴 여가 시간에 무얼 할까? 우리가 고심하는 정치 사회 문제들이 정말 해결된다면 삶이 더 복잡해지지 않고 더 단순해지지 않을까 싶다. 첫 앵초꽃을 보고 느끼는 즐거움이 월리처 주크박스*의 노래를 들으며 아이스크림을 먹는 즐거움보다 더 크게 느껴질 것이다. 우리가 어린 시절 사랑했던 나무와 물고기, 나비 그리고—내가 처음 든 사례로 돌아가서—두꺼비 같은 것에 대한 애정을 잃지 않는다면 평화롭고 만족스러운 미래가 조금 더 가능해질 것이며, 강철과 콘크리트만 떠받들라고 가르친다면 우리 인류는 남아도는 에너지를 서로 증오하고 지도자를 숭배하는 일에 쏟아붓게 되리라 나는 믿는다.

어쨌든 이곳 런던 N. 1 우편구역에도 봄이 왔다. 그리고 우리가 봄을 즐기는 것을 아무도 막지 못한다. 그런 생각을 하면 기분이 좋아진다. 두꺼비들이 짝짓기를 하거나, 산토끼들이 어린 옥수

----

* 미국 루돌프 월리처사의 제품으로 동전을 넣으면 원하는 음악을 들려주는 기계.

수 밭에서 권투 시합을 벌이는 모습을 가만히 지켜보면서 내가 봄을 즐기는 걸 막을 수 있다면 막으려들 만한 모든 중요 인사들을 떠올려본 적이 얼마나 많던가? 하지만 다행히 그들은 막을 수 없다. 우리가 진짜 아프거나 굶주리거나 겁에 질리거나 감옥이나 휴가 캠프지에 갇혀 있지 않는 한 봄은 여전히 봄이다. 공장에는 원자폭탄이 쌓여가고 거리에는 경찰들이 어슬렁대고 확성기에서는 거짓말이 쏟아져 나와도 지구는 여전히 태양 주위를 돈다. 독재자도 관료도 이런 변화가 제아무리 마음에 들지 않는다 해도 결코 막지 못한다.

〈Some Thoughts on the Common Toad〉(1946)

조지 오웰(1903~1950)

1903년 인도 벵골에서 태어나 이듬해 영국으로 이주했다. 이튼 학교를 졸업했으나 대학 진학을 포기하고 영국의 식민지이던 버마에서 제국 경찰로 5년을 복무했다. 제국주의에 환멸을 느낀 뒤 영국으로 돌아와 런던과 파리에서 밑바닥 생활을 하며 글을 썼다. 1933년 첫 저서인《런던과 파리의 노숙자들》을 조지 오웰이라는 필명으로 발표했고 이후 버마 경험으로 토대로 한 소설《버마 시절》, 스페인 내전 참전 경험을 담은《카탈로니아 찬가》를 썼으며 여러 잡지에 자신의 생생한 경험과 정치적 통찰이 담긴 글을 기고하며 잡지 편집인으로도 활동했다. 대표작인《동물농장》과《1984년》을 각각 1945년과 1949년에 발표했고 1950년 세상을 떠났다.

산처럼 생각하기

알도 레오폴드

가슴에서 토해내는 깊고 낮은 울음이 벼랑 끝 바위에서 바위로 메아리치며 산을 굴러 내려오다 밤의 먼 어둠이 되어 사라진다. 그것은 야생의 반항적인 슬픔을 토해내는 소리, 세상의 모든 고난에 대한 경멸을 토해내는 소리이다. 살아 있는 모든 것은(어쩌면 죽은 것도) 그 울부짖음에 귀 기울인다. 사슴에게 그것은 필멸의 운명을 떠올리게 하는 소리, 소나무에게는 한밤의 난투와 눈 위에 떨어질 핏자국을 예고하는 소리, 코요테에게는 남은 고기를 약속하는 소리, 목장주에게는 적자의 조짐을, 사냥꾼에게는 송곳니와 총알의 대결을 알리는 소리이다. 그러나 이 모든 뚜렷하고 직접적인 희망과 공포 뒤에 더 깊은 의미가 있다. 오직 산만 알고 있는 깊은 뜻. 오직 산만 늑대의 울부짖음을 객관적으로 들을 만큼 오래 살았다.

늑대 울음의 뜻을 해독하지 못하는 사람도 늑대 울음이 있다는 것은 안다. 늑대 울음은 늑대의 고장 어디에서나 느낄 수 있고, 늑대의 고장을 다른 모든 고장과 구분해주는 소리이다. 밤에 들리는 늑대 울음은 등골을 오싹하게 하고, 낮에 들리는 늑대 울음은 가던 길을 둘러보게 한다. 늑대가 보이거나 늑대 울음이 들리지 않아도 수많은 작은 사건들이 늑대의 존재를 암시한다. 한밤에 히힝대는 말 울음소리, 차르륵 돌 구르는 소리, 튀어 오르며 달아나는 사슴들, 가문비나무 아래 그림자. 오직 말귀를 못 알아듣는 초심자만 늑대가 있는지 없는지 알아차리지 못한다. 또는 산은 늑대에 대해 남모를 의견을 가지고 있다는 것을 알아차리지 못한다.

이런 내 믿음은 늑대가 죽는 걸 처음 본 날 생겼다. 그날 우리는 거센 강물이 요동치며 기슭을 지나는 높은 벼랑에서 점심을 먹고 있었다. 우리는 처음에 암사슴 한 마리가 가슴팍까지 물에 잠긴 채 거친 물살을 건너는 줄 알았다. 암사슴이 우리 쪽 강둑으로 올라와 꼬리를 털 때야 우리는 그게 사슴이 아니라는 걸 깨달았다. 늑대였다. 여섯 마리쯤 되는, 분명 다 자란 새끼 늑대들이 버드나무 숲에서 튀어나와 반기며 꼬리를 흔들고 장난스럽게 싸움을 걸며 난장을 벌였다. 말 그대로 늑대 한 무리가 우리가 앉은 벼랑 밑 평지에서 나뒹굴었다.

그 시절에는 늑대를 죽일 기회를 그냥 지나치는 일 따위는 있을 수 없었다. 우리는 금세 늑대 무리에게 총알을 쏟아댔다. 정확하게 쏜 게 아니라 흥분해서 마구 쏘아댔다. 가파른 절벽에서 아래에 있는 목표물을 겨누는 일은 언제나 힘들다. 총알이 다 비었을 때 어미 늑대는 쓰러졌고 새끼 한 마리는 한쪽 다리를 끌며 통과

할 수 없는 돌무더기로 들어갔다.

이윽고 어미 늑대가 있는 곳으로 내려간 우리는 늑대의 눈에서 맹렬한 초록 불꽃이 사그라지는 걸 보았다. 그 눈동자에는 내가 처음 보는 무엇이—그 어미 늑대와 산만 알고 있는—있었다. 나는 그날 이후 내내 그 사실을 잊지 않았다. 그때 나는 젊었고 방아쇠를 당기고 싶어 좀이 쑤셨다. 늑대가 적어질수록 사슴이 많아질 테니 늑대가 없는 세상은 사냥꾼 천국이리라 생각했다. 그러나 그 초록 불꽃이 꺼져가는 모습을 지켜보며 늑대도 산도 나와 같은 생각이 아니라는 걸 깨달았다.

나는 그 뒤 여러 주州가 차례차례 늑대를 소탕하는 것을 지켜봤다. 늑대가 사라진 많은 산의 모습을 보았고, 사슴들이 지나다니며 새로 만든 미로 같은 오솔길로 주름진 남사면도 보았다. 먹을 만한 덤불과 어린 나무는 모두 사슴에게 뜯어먹혀 비실대다가 죽는 모습도 보았다. 먹을 수 있는 나무들의 이파리가 안장 높이까지 죄다 사라진 모습도 보았다. 누군가 하느님에게 가지치기 가위를 쥐어주고 가지치기 말고 다른 일은 하지 못하게 한 것 같다는 생각이 들 정도였다. 사람들이 늘어나리라 기대했던 사슴 떼는 결국 지나치게 늘어난 탓에 굶주렸고, 굶어죽은 사슴의 뼈들이 말라죽은 세이지 줄기 옆에서 탈색되거나 허리께까지 헐벗은 노간주나무 밑에서 썩어갔다.

사슴 떼가 늑대에게 죽음의 공포를 느꼈던 것처럼 산도 사슴 떼에게 죽음의 공포를 느끼며 살았던 것은 아닐까. 어쩌면 산이 느겼던 공포가 더 정당한지 모른다. 늑대가 쓰러뜨린 사슴 한 마리는 2~3년 사이에 다른 사슴으로 대체될 수 있지만 사슴 떼가 너무 많아져 허물어진 산은 수십 년이 흘러도 복원되지 않을지 모르기 때문이다. 소도 마찬가지다. 목장에서 늑대를 소탕한 소치기는 이제 목장 규모에 맞게 소 떼를 솎아내는 늑대의 일을 자신이 떠맡게 된다는 것을 깨닫지 못한다. 산처럼 생각하는 법을 배우지 못했기 때문이다. 그래서 우리가 살아가는 땅은 모래폭풍이 일어나는 척박한 곳이 되었고 우리의 강물은 미래를 바다로 쓸어가고 있다.

우리는 모두 안전, 번영, 평안, 긴 수명, 무탈함을 위해 애쓴다. 사슴은 유연한 다리로, 소 치는 사람은 덫과 독약으로, 정치인은 펜으로, 우리 대부분은 기계와 투표, 돈으로. 그러나 이 모든 것이 도착하는 지점은 같다. 바로 우리 시대의 평화이다. 어느 정도 평화를 이루는 것은 괜찮은 일이고 어쩌면 객관적으로 사고하기 위해 필요한 일인지도 모르지만 너무 지나친 안전은 길게 보면 위험을 낳을 뿐인 듯하다. 어쩌면 그것이 바로 "야생에 세상의 구원이 있다"는, 소로우가 남긴 금언의 숨은 뜻인지도 모른다. 그것이 바로 늑대의 울부짖음에 담긴, 산은 오래도록 알고 있었지만 사람은 거의 깨닫지 못했던, 숨은 뜻인지도 모른다.

《A Sand County Almanac》(1949) 일부

알도 레오폴드(1887~1948)

1887년 아이오와, 버링턴에서 태어났다. 어릴 때부터 밖에서 시간을 보내며 자연을 관찰하며 기록하는 일을 즐겼다. 예일대에서 삼림학을 공부했고 미국 삼림청에서 일하며 야생 보존 지역 지정을 위해 힘썼으며 나중에 위스콘신 대학에서 농업경제학을 가르쳤다. 자연을 보호의 '대상'이 아니라 생명 공동체로 여겨야 하며 우리는 생명 공동체의 일원으로서 공동체에 대한 도덕적 책임을 져야 한다는 '대지 윤리' 개념으로 현대 환경윤리에 큰 영향을 미쳤다. 사후에 출판된《모래 군의 열두 달》(1949)과《둥근 강》(1953)은 자연에 대한 섬세한 관찰과 깊이 있는 생태 의식, 시적 이미지가 어우러진 산문집으로 레오폴드의 대표작으로 꼽힌다.

내가 바람이라면

알도 레오폴드

십일월 옥수수에 음악을 연주하는 바람은 시간이 많지 않다. 옥수수 줄기는 웅웅거리고 헐거워진 겉껍질은 쾌활하게 휘휘 돌다 하늘로 휙 날아오른다. 바람은 여전히 바쁘다.

습지에서는 바람에 밀려오는 긴 물결이 풀 자란 수렁에 넘실거리며 먼 버드나무에 철썩댄다. 나무는 맨 가지를 흔들며 다퉈보지만 바람을 붙들어둘 수는 없다.

긴 모래톱에는 바람밖에 없다. 그리고 바다로 미끄러지는 강물밖에 없다. 풀포기 하나하나 모래 위에 동그라미를 그린다. 나는 모래톱을 걷다가 떠내려온 통나무에 앉아 온 세상을 덮은 고함 소리에, 물가에 살랑대는 잔물결 소리에 귀 기울인다. 강은 활기를 잃었다. 오리도 왜가리도 회색개구리매도 갈매기도 모두 바람을 피해 숨어버렸다.

구름에서 울음소리가 멀리서 개 짖는 소리처럼 희미하게 들려온다. 온 세상이 궁금해하며 귀를 쫑긋 세우는 모습이 낯설다. 곧 소리가 커진다. 기러기 울음소리가 보이지는 않지만 다가온다.

기러기 떼가 낮은 구름에서 나타난다. 낡고 해진 새들의 깃발이 곤두박질치다 솟구치고, 위로 아래로 나부끼다가, 함께 또는 따로 펄럭이며 전진한다. 키질하는 새들의 날개 하나하나에 바람이 다정하게 엉긴다. 기러기 떼가 먼 하늘의 희미한 얼룩이 될 무렵 마지막 울음소리가, 여름을 보내는 영결 나팔소리가 들린다.

통나무 뒤가 따뜻해진다. 바람이 기러기 떼와 함께 떠났으니. 나도 갈 텐데—내가 바람이라면.

《A Sand County Almanac》(1949) 일부

소나무의 죽음

헨리 데이비드 소로우

1851년 12월 30일

오늘 오후 페어헤이븐 힐*에 있는데 톱 소리가 들렸다. 잠시 뒤 벼
랑에서 내려다보니 200미터쯤 떨어진 아래에서 두 남자가 고귀
한 소나무 한 그루를 톱으로 베는 모습이 보였다. 나는 소나무가
쓰러질 때까지 지켜보리라 마음먹었다. 그 소나무는 숲이 베어나
갈 때 남겨진 십여 그루 중 마지막 나무로 지난 15년간 어린 나무
들만 있는 땅 위에 혼자 위엄 있게 가지를 흔들며 서 있었다. 내 눈
에는 톱을 든 사람들이 이 고귀한 나무의 줄기를 갉아대는 비버나
곤충처럼 보였다. 나무 폭에 간신히 미칠까 말까 한 톱을 든 아주
작은 난쟁이들 같았다. 나중에 내가 측량해보니 30미터 높이로 우
뚝 서 있던 소나무였다. 아마 그 동네에서 가장 키가 큰 나무였을
듯한데 화살처럼 곧았지만 산비탈 쪽으로 살짝 몸을 기운 채 서

* 매사추세츠 콩코드 월든 호수 근처의 언덕.

있었고 나무 우듬지 너머로 얼어붙은 강과 코난튬*의 언덕들이 보였다. 나는 나무가 언제쯤 움직이려나 가만히 지켜봤다. 사람들이 톱질을 멈추더니 나무가 더 빨리 쓰러지도록 기우는 방향 쪽 옆구리에 도끼질을 해서 틈을 살짝 벌려놓았다. 그러고 나서 다시 톱질을 시작했다. 나무는 이제 분명 쓰러지고 있었다. 나무가 4분의 1쯤 기울자 나는 숨을 죽인 채 쿵 하고 쓰러지길 기다렸다. 하지만 쓰러지지 않았다. 내가 잘못 생각했다. 나무는 꿈쩍도 하지 않았다. 처음과 똑같은 기울기로 서 있었다. 쓰러지려면 15분은 더 있어야 했다. 나무는 여전히 바람에 가지를 흔들며 그곳에 한 세기는 더 있을 운명이라는 듯 서 있었고 바람은 예전처럼 솔잎 사이로 쏴쏴 스쳐갔다. 소나무는 여전히 숲의 나무, 머스케타퀴드* 위로 나뭇가지를 흔드는 가장 웅장한 나무였다. 햇빛이 솔잎에 은빛으로 반짝이며 부서졌다. 나무에는 다람쥐가 둥지를 삼기에 좋은 구석진 갈래도 여전히 있었고, 이제는 뒤로 기운 돛대 같은 줄기에 달라붙은 이끼 하나 떨어지지 않았다. 줄기가 뒤로 기운 돛대이니 언덕은 폐선이다. 자, 이제 그 순간이 왔다. 나무 밑 난쟁이들이 자신들이 저지른 범죄 현장으로부터 달아나고 있다. 죄 많은 톱과 도끼를 떨어뜨린다. 처음에 나무는 얼마나 천천히 장엄하게 기우는지! 마치 살랑거리는 여름 바람에 흔들릴 뿐이라는 듯,

---

* 매사추세츠 콩코드에 있는 지역.
* 아메리카 원주민들이 콩코드강과 주변 지역을 부르는 이름으로 풀이 많은 습지를 뜻한다.

한숨 한번 쉬지 않고 원래 있던 공중으로 되돌아오려는 것처럼 말이다. 그리고 이제 나무는 산비탈에 퍼덕 바람을 일으키며 계곡의 안식처에, 결코 일어나지 않을 그곳에, 깃털처럼 부드럽게 드러눕는다. 전사처럼 초록 망토를 두르고서 마치 서 있는 일에 지쳤다는 듯 고요한 기쁨으로 땅을 끌어안고, 자신을 이루던 원소들을 흙으로 되돌려 보낸다. 그러나 귀 기울여보라! 당신은 보기만 했지 듣지 않았다. 이제 귀청을 울리는 쿵 소리가 이곳 벼랑까지 울리며 나무도 신음소리 없이 죽지 않는다는 것을 알린다. 나무는 땅을 덮쳐 끌어안고 자신을 이루던 요소들을 흙과 뒤섞는다. 그리고 이제 모두 다시 영원히, 눈도 귀도 고요해진다.

나는 내려가서 나무를 쟀다. 나무는 톱질된 면의 지름이 1.2미터쯤, 높이가 30미터쯤이었다. 내가 쓰러진 나무에 당도하기 전에 도끼를 든 남자들이 벌써 가지를 쳐내버렸다. 우아하게 펼쳤던 우듬지는 유리로 만들어진 물건처럼 완전히 부서져 비탈에 흩어졌고 한 해 동안 자란 꼭대기 어린 솔방울들은 도끼를 잡은 이들의 자비를 헛되이 빌고 있지만 이제 너무 늦었다. 벌목꾼은 이미 도끼로 나무를 측량했고 재목으로 쓸 부분을 표시해두었다. 소나무가 차지하고 있던 하늘은 앞으로 200년간 빈다. 소나무는 이제 재목이 되었다. 소나무를 쓰러뜨린 사람은 하늘을 파괴했다. 봄이 되어 머스케타퀴드 강둑을 다시 찾아온 물수리는 앉아서 쉴, 익숙한 나뭇가지를 찾아 빙빙 맴돌아도 못 찾을 테고 매는 새끼들을 지켜줄 만큼 우뚝 솟았던 소나무들의 죽음을 슬퍼할 것이다. 200년에 걸쳐 차츰 차츰 하늘을 향해 자라며 완성된 식물 하나가 오늘 오후에 사라졌다. 올해 일월 추위가 풀릴 무렵까지도 소나무 우듬지가 어린 가지를 펼치며 다가오는 여름을 예고했는데 말이다. 왜 마을 종은 애도의 종소리를 울리지 않는가? 애도의 종소리가 들리지 않는다. 거리에, 숲길에 애도 행렬이 하나도 보이지 않는다. 다람쥐는 다른 나무로 뛰어갔다. 매는 빙빙 돌며 점점 멀어져 새로운 둥지에 자리를 잡았지만 벌목꾼은 그곳에도 도끼질을 할 준비를 하고 있다.

〈Death of a Pine Tree〉(1851)

헨리 데이비드 소로우(1817~1862)

1817년 매사추세츠 콩코드에서 연필 제조자의 아들로 태어났다. 하버드대에서 공부한 뒤 잠시 교사 생활을 하다가 그만두었고 이후 일정한 직업 없이 아버지의 연필 제조를 돕거나 토지 측량, 목수 일을 하거나 강연 등을 하며 책을 읽고 산책을 하며 자연을 관찰하고 글을 쓰며 지냈다. 월든 호숫가에서 오두막을 짓고 자급자족하며 소박한 삶을 살았던 2년을 기록한 《월든》(1854)으로 널리 알려졌다. 1846년 노예제도와 멕시코 전쟁에 반대하여 인두세 납부를 거부했다가 투옥되었으며 그 경험을 바탕으로 〈시민의 불복종〉(1849)을 썼다. 〈시민의 불복종〉은 20세기에 간디와 마틴 루터 킹을 비롯한 저항운동에 영향을 미쳤다. 1862년에 결핵으로 세상을 떠났다. 소로우가 직접 만든 나무 상자 안에 담겨 있던 소로우의 일기를 비롯한 글들이 사후에 출판되었다.

돼지 빚을 갚다

마저리 키넌 롤링스

크로스크릭에 사는 우리만큼 소박하게 주고받으며 사는 곳은 세상 어디에도 없을 듯하다. 우리의 교환은 물물거래라 부를 만한 형태에 이르지도 않았다. 우리는 그저 호의를 갚을 뿐이다. 올드 보스는 자기가 키운 채소를 내 트럭으로 역까지 운반하고 나는 가끔 땅을 조금 갈 때 그의 노새를 쓴다. 그렇다고 우리가 자리에 앉아 트럭과 노새 중 어느 쪽이 임대료가 높은지 따져본 적은 없다. 그런 문제는 중요하지 않기 때문이다. 나는 동네에서 유일하게 피칸나무를 키우는데 해마다 가을이면 두세 가족이 자발적으로 와서 피칸을 따주고 피칸 열매를 겨울에 필요한 만큼만 가져간다. 현금은 받으려 하지 않는다. 그러니 품삯을 주고 고용할 수도 없다. 어부 한 사람은 사정이 어려울 때마다 내게 몇 달러씩 빌려가고 나는 필요할 때마다 그에게 물고기로 돌려받는다. 정확히 계산해보진 않았지만 내가 훨씬 이득인 듯하다. 또 다른 마을 사람은 일자리가 없을 때 내게 돈을 빌려가곤 하는데 갑자기 혹한이 닥쳐 어린 오렌지나무 숲에 불을 때야 할 때 홀연 나타나 일을 도와준다. 때로는 추운 밤을 이틀이나 사흘씩 지새우며 열심히 일하는데 빌려간 돈보다 훨씬 많은 일을 한다. 그 차액만큼 품삯을 주려 하면 손을 내저으며 받지 않는다.

"저한테 빚진 것도 없는 걸요"라고 말한다.

그런데 내가 결코 빠져나가지 못할 듯한 미로 같은 빚을 하나 지게 되고 말았다. 마틴 씨네 돼지를 쏜 벌이라 할 수 있다. 나는 결코 그 돼지를 쏠 계획이 없었고 그 돼지가 마틴 씨 돼지인 줄도 몰랐다. 사실, 누구네 돼지든 상관없었다. 악마의 돼지일 수도 있었다. 그게 내가 여러 날 아침에 했던 생각이다. 나는 다른 사람의 가축에 관한 한 인내심 많은 여자다. 나는 가축을 잘 안다. 내가 돼지라면 나 역시 마틴 씨네 돼지처럼 풀밭을 쿵쿵대며 돌아다녔을 것이다. 뚜껑 열린 냄비에 희고 차가운 탈지유가 담겨 있다면 튼튼한 가시철사 담장 밑을 파헤치고 들어가 내 주둥이를 그 우유에 파묻을 것이다. 그러나 내가 돼지라 해도 나풀대는 페튜니아 꽃밭을 헤집고 다닐 이유는 없다.

돼지 여덟 마리였다. 매일 아침 해 뜰 무렵 내 귀에 처음 들리는 소리는 그 돼지 무리가 울타리 밑으로 요란하게 들어와 내 침실 바닥 밑을 내달리며 가로대에 등을 비벼대며 아침 의례를 치르는 소리였다. 비벼대기가 끝나고 꿀꿀 소리가 멎고 흔들리던 내 방이 잠잠해지면 나는 몸을 돌리고 잠깐 눈을 붙였다. 내가 눈을 붙이는 사이에 행복한 돼지 떼들은 닭 모이통으로, 탈지유통으로, 나풀대는 페튜니아 밭으로 몰려다녔다. 페튜니아는 섬세한 식물이다. 씨앗은 금가루만큼 비싸고 미세하다. 발아하는 데 여러 주가 걸린다. 묘목은 손으로 세심히 보살펴야 한다. 옮겨 심으면 뿌리를 갉아먹는 벌레, 가뭄, 아주 사소한 역경에도 죽고 만다. 여러 달에 걸쳐 다 자라면 다채로운 색상의 큼직한 꽃을 피우는데 필사적인 사투 끝에 꽃으로 탄생한 아름다움을 보는 듯하다. 그러니 이 정체 모를 돼지들이 닭 모이와 우유를 아무리 먹어대도 용서할 수 있지만 페튜니아만은 그냥 넘어갈 수 없었다. 내가 페튜니아를 파종할 때마다 이 침입자들은 번번이 페튜니아 밭을 파헤쳤다. 그게 모두 네 번이었다. 돼지들이 페튜니아 밭을 세 번째로 파헤쳤을 때 나는 조금 정신이 나가버렸다. 나는 그들을 지켜봤다.

가만히 보니 그 새끼돼지 떼에 대장이 있었다. 그렇게 귀여운 수퇘지는 본 적이 없었다. 황갈색 털에 반짝이는 생기, 닭 모이와 탈지유, 페튜니아를 오래 섭취한 덕에 맛있게 둥글둥글해진 몸매. 바로 담장 밑을 파헤친 놈이었다. 내 침실 밑을 즐겁게 내달리며 등을 긁어대는 놈, 엉덩이를 실룩대고 꼬리를 돌돌 말며 닭 모이통으로 페튜니아 밭으로 달려가는 놈. 그놈의 형제자매는 그놈이 이끄는 대로 갈 뿐이었다. 그놈들이 어디에서 왔는지, 해가 지면 어디로 가는지 나는 알 수 없었다. 다만 그 붉은 수퇘지가 내 적이라는 것만 알 뿐이었다. 어느 날 아침 나는 베란다에 앉아 있었다. 새끼돼지 떼는 평화로웠고 그늘에 조용히 우아하게 누워 있으려는 듯했다. 그러나 그 붉은 털 악마는 아니었다. 그놈은 의기양양하게 앞뜰로 달려와 내가 네 번째로 파종한 페튜니아 밭에 제멋대로 뛰어들었다. 나는 무엇에 홀린 사람처럼 일어나 총을 집어들고는 밭으로 가서 페튜니아를 먹어 치우는 그놈을 쏘았다.

심리학자들은 동등한 자격의 배심원들 앞에서 나를 심의하면서 아마 내 마음에 이미 살해 욕구가 있었다고 말할지 모른다. 미리 계획하진 않았지만 살해 의지가 이미 내 속에 웅크리고 있었다고 말이다. 내가 아는 것이라곤 내가 즐겁게 방아쇠를 당겼으며 쓰러진 적을 의기양양하게 내려다보았다는 사실이다. 불한당 같은 가축들이 닭 모이와 꽃을 게걸스럽게 먹어대는 일은 더 이상 없을 것이다. 나는 어느 집 돼지인지 궁금해졌다. 가까운 이웃의 돼지들은 아니었다. 붉은 털 악마를 다시 쳐다봤다. 소름 끼치도록 살이 오르고 먹음직스러워 보였다. 나는 그놈의 돌돌 말린 꼬리를 잡고 내 차에 실어서 시트라로 갔다. 호건 씨에게 고기를 손질해달라고 부탁했고 가게 주인 워드 씨에게 냉장고에 보관해 달라고 했다. 그러고는 오칼라에 사는 친구 노턴에게 전보를 보냈다. "토요일 밤 통돼지 바비큐 파티에 열 명에서 열두 명을 데리고 올 것."

돼지 구이는 완벽했다. 고기는 그놈을 살찌운 탈지유와 페튜니아 뿌리만큼 하였다. 식사를 마치고 나는 찰스 램의 에세이 〈돼지구이〉를 낭독했다. 멋진 저녁이었다.

일요일에 이웃 사람 톰이 들러서는 묘한 눈빛으로 이야기했다. "돼지 때문에 골치가 아프다면서요?"

"예, 하지만 끝났어요."

"그럴 리가. 이제 시작인 걸요. 마틴이란 사람 좀 알아요?"

"처음 듣는 이름인데요."

"개울 너머에 사는 사람이요. 우습게 봐선 안 될 사람이라는 말이 나돌아요. 총으로 여럿 죽였다나 뭐라나."

그 말을 남기고 톰은 가버렸다.

월요일 아침 누군가 옆문 계단을 쿵쿵대며 올라오는 소리가 들렸다. 몸집 큰 남자가 챙 넓은 스테트슨 모자를 이마 뒤로 젖힌 채 서 있었다.

"안녕하세요. 마틴이라고 합니다."

"안녕하세요. 마틴 씨. 무슨 일로 오셨나요?"

그는 발을 바꿔 디디며 말했다.

"롤링스 양, 지난주 월요일에 비 온 거 기억합니까?"

"아니요. 마틴 씨. 기억 안 나는데요."

"아, 비가 왔죠. 지난 월요일에 타운센드에게 트럭 빌려준 일은요?"

"아, 예. 월요일인지는 모르겠지만 지난주에 빌려주었지요."

"그게 월요일이요. 롤링스 양." 그는 눈을 가늘게 뜨고 하늘을 무심하게 보며 말했다. "지난 월요일에 총소리는 기억나요? 아마 12구경 같은데. 16구경이나 20구경일 수도 있고."

"아, 예. 기억나요." 내가 대답했다. "제가 쐈으니까요. 돼지를 쐈어요. 20구경짜리 제 총으로요. 누구네 돼지인지 모르겠어요. 그놈이 한 무리를 끌고 울타리로 들어와서는 저를 얼마나 괴롭혔는지 몰라요. 아, 어쩌면 마틴 씨네 돼지인지도 모르겠네요. 한쪽 귀에 반달 모양 표시가 있고 다른 쪽 귀에도 조금 표시가 있었어요."

그는 숨을 깊이 들이쉬었다.

"우리 돼지가 맞소."

그는 나를 물끄러미 쳐다봤다.

"물론," 내가 말했다. "돼지 값을 드려야죠. 어떻게 생각하면 저는 그 돼지를 쏠 권리가 있었어요. 마음대로 저희 집에 들어온 무뢰한이잖아요. 하지만 다르게 생각하면 마틴 씨에게도 권리가 있지요. 울타리 없는 동네에서는 가축을 풀어놓을 권리가 있으니까요. 하지만 기꺼이 돼지 값을 드릴게요. 아, 솔직히 그 돼지를 쏘아서 속이 후련했어요."

마틴 씨는 뒤로 물러서더니 나를 찬찬히 뜯어보았다.

"그 돼지들은 사실 애완동물이나 다름없소." 그가 말했다.

"길들여진 돼지들이었죠. 그게 문제였어요."

"그냥 손으로 붙잡아도 됐을 텐데." 그가 슬픈 목소리로 말했다.

"예, 그럴 수도 있었죠. 하지만 그놈을 쏘는 통쾌함은 못 느꼈겠죠."

문득 그가 총으로 여럿 죽였다는 말이 떠올랐다.

"어쨌든 마틴 씨, 죄송해요. 제가 원래 좀 그래요. 조용히 잘 지내다가도 아무 생각 없이 갑자기 총을 집어들고는 화를 돋우는 건 뭐든 쏴버리지요. 이번에는 돼지였지만 언젠가는 사람을 쏘면 어

쩌나 걱정이에요. 쏘고 나서는 정말 미안하지만 그때는 너무 늦잖
아요. 그렇지 않나요?"

그는 이마를 훔쳤다.

"어떻게 생각해야 할지 모르겠소." 그가 목소리를 높였다. "처
음부터 어떻게 생각해야 할지 알 수 없었소. 당신 이웃들에게 죄
다 물어봤는데 다들 '그럴 리가. 롤링스 양은 그럴 사람이 아니에
요'라더군. 하지만 나는 내내 생각했소. 진짜 화가 나면 충분히 그
럴 사람이라고."

"나중에야 후회를 하니 너무 한심하죠?" 내가 동감을 표시하며
말했다.

그는 하려는 이야기를 풀어놓기 시작했다.

"총소리를 듣고 이 근방 어디쯤이라 짐작했소. 그런데 내 돼지
가 사라진 거요. 타운센드를 붙들고 물었더니 당신이 총 쏘는 소
리를 들었다더군. 나는 시트라에 가서 어디서 돼지를 손질했는지,
어디에 저장했는지도 알아냈소. 다들 '롤링스 양이 자기가 쏜 돼
지라며 갖고 왔어요'라고 말합디다. 치안관도 만났는데 알고 봤더
니 당신 친구였소. 그 양반은 그냥 웃고 말더군. 나는 고심 끝에 당
신을 고소하기로 마음먹었죠. 감방에 집어넣기로 말이요. 감방에
못 넣으면 내 손으로 해결할 생각이었소. 내가 아는 모든 방법으
로 당신을 괴롭히기로 마음먹었지. 그런데 이제, 이제 당신이 이
렇게 정직하게 말하니 뭘 어째야 할지 모르겠소."

"이제 걱정하지 마세요." 나는 그를 달랬다. "다 끝난 일이에요.

정말 죄송해요. 그렇게 걱정하시니 제가 너무 송구하네요. 그냥 가격만 말씀하세요. 돼지 값으로 얼마를 부르든 제가 다 드릴게요. 아니면 다른 돼지를 원하시면 똑같은 크기와 품종으로 구해다 드릴게요."

"가격을 어떻게 쳐야 할지 모르겠소. 그 돼지들은 애초에 팔 생각이 없던지라."

그는 몸을 돌렸다가 다시 돌아와 말했다.

"다른 건 다 참을 수 있었는데. 당신이 술 파티를 벌이더니, 그러더니…… 그걸 '먹어버렸소.'"

"아, 마틴 씨. 고기는 맛있었어요. 조금 보내드렸다면 좋았을 텐데. 그렇게 맛있는 돼지고기는 처음이었어요. 왜 맛이 없겠어요? 닭 모이와 탈지우유와 페튜니아를 먹고 컸는데요."

마틴 씨는 이 모든 걸 미치광이 왕국에서나 일어남 직한 일로 여기며 포기해버리는 듯했다. 가격을 매길 수 없는 돼지라느니, 다른 돼지로 대체할 수 없다느니 하는 말을 웅얼거리며 가버렸다. 나는 청구서가 당도하기만 기다렸다. 돼지는 칠 달러쯤 할 테지만 십오 달러까지는 군소리 없이 낼 작정이었다. 아니면 시장에 가서 그 돼지와 똑같이 생긴 돼지를 사리라 마음먹었다. 그런데 그때 히겐보섬 씨가 등장했다.

나와 히겐보섬 씨는 이미 서로 알고 지내고 있었다. 우리는 처음에 뱀 문제로 친구가 되었다. 어느 날 아침 아드레나가 잰걸음으로 내 방으로 뛰어오더니 마치 대통령이라도 온 것처럼 수선을 떨었다.

"히겐보섬 씨가 찾아왔어요. 뱀을 보여준대요."

나는 실내복을 걸쳐 입고 앞문으로 갔다. 히겐보섬 씨라면 금방이라도 주저앉을 듯한 무개트럭을 몰고 개구리와 뱀을 잡으러 우리 집 앞을 오가는 사람이었다. 덥수룩한 머리로 눈을 덮고 다니는 몸집이 작고 초라한 사내였다. 그는 미리 생각해둔 일이 있었다. 내가 문 앞에 나가자 노련하게 한 손을 들어 올리고 올이 성긴 삼베자루를 펼쳤다. 대단히 극적인 모습으로 커다란 왕뱀 한 마리가 풀밭으로 나뒹굴었다.

"보세요! 애를 보시라구요! 1.8미터나 됩니다! 그런데 40센트밖에 못 받아요. 보시라구요. 왜 이런 뱀이 40센트밖에 안 하는 걸까요?"

그는 낮은 시장 가격 때문에 속이 상한 듯했다.

"북부 사람들을 아신다니까 뱀 가격을 더 잘 쳐주는 시장이 있나 알아봐주셨으면 좋겠어요."

나는 그의 자신감에 마음이 움직였다. 왕뱀 가격을 잘 쳐줄 만한 친구가 딱히 생각나지는 않지만 최선을 다해 알아보겠노라고 약속했다. 1.8미터나 되는 왕뱀이라면 분명 40센트 이상 값어치가 있을 듯했다. 우리는 곧 절친한 친구가 되었다. 히겐보섬 씨에게 그 왕뱀은 사람이나 다름없었다. 그의 애완동물로, 이름은 오스카였다. 히겐보섬 씨는 오스카에게 재주 부리는 법도 가르쳤다. 오스카는 방울뱀처럼 똬리를 틀고 앉아 장난스럽게 그에게 덤벼

들었다. 그는 오스카의 반짝이는 머리를 톡톡 두드리며 말했다.

"그만하면 됐다, 오스카. 이놈이 얼마나 똑똑한지 믿지 못할 겁니다. 먹이로는 속일 수가 없어요. 제가 작은 뱀이나 쥐를 들고 있으면 숙녀처럼 얌전하게 받아먹지요. 그런데 나무 막대나 신발 끈을 주면 구역질 난다는 듯 고개를 돌린답니다. 풀어주면 집안의 쥐들을 번개처럼 쫓아가지요."

나는 아무 생각 없이 바보처럼 "그거 좋네요. 우리 집 다락에 있는 쥐들 때문에 골치가 아파요"라고 말했다가 곧 후회했다.

"오스카를 빌려드리리다." 그가 말했다. "당신을 위해 뭔가 해 드리고 싶어요. 제 사업을 도와주잖아요. 오스카를 다락에 풀어놓을게요."

"다 막아놓았어요. 저희도 잘 못 들어가요."

"구멍 하나를 내면 됩니다." 그가 말했다. "어차피 오스카도 구멍이 필요하거든요. 물먹으러 내려와야 하니까요."

나는 물 마시러 내려온 오스카의 구슬 같은 검은 눈과 잠결에 마주치는 모습을 그려 보았다. 쥐들과 벗하는 게 차라리 나을 듯했다.

나는 문득 생각난 듯 말했다. "안전하지 않을 거예요. 저희 고양이가 뱀을 정말 싫어하거든요."

히겐보섬 씨는 마지못해 오스카를 삼베자루에 집어넣으며 말했다.

"아, 그런 일이 일어나는 건 저도 싫군요."

나는 오스카와 함께 살지 않게 된 게 너무 기뻐서 최선을 다해 뱀 시장을 알아봤다. 동물학자 디트마즈와 신시내티 동물원, 워싱턴 동물원에 편지를 썼다. 답장은 정중하고 흥미로웠다. 왕뱀 한 마리에 40센트를 받으면 잘 받는 셈이라는 것이 일반적인 의견이었다. 큰 동물원마다 동물을 공급하는 채집가들이 있고 뱀은 시장에 과잉 공급되는 편이라 했다. 히겐보섬 씨는 내 노력에 고마워하며 40센트에 대해 더는 불평하지 않았다. 그는 트럭을 몰고 우리 집 앞을 지날 때마다 열렬히 손을 흔들었다. 보통 옆자리에 사팔뜨기 아이 하나를 태우고 다니는데 아이를 팔꿈치로 꾹 찔러서 아이도 같이 손을 흔들게 했다. 어느 날 히겐보섬 씨가 차를 멈추더니 돈을 꾸려는 듯 풀 죽은 모습으로 걸어왔다.

"요즘 형편이 안 좋아요." 그가 말했다. "친구니까 저를 도와줄 수 있지 않을까 싶어서 왔어요. 요즘 치안관이 저를 주시해요. 트럭 운전면허 때문예요. '면허 없이 저 물건을 고속도로에서 타게 놔둘 수는 없소'라고 말합디다. '가난한 사람을 힘들게 하긴 싫지만 다음에 면허 없이 다니는 걸 붙잡으면 체포할 수밖에 없어요'라고요."

"얼마나 필요하세요?"

"6달러면 돼요. 트럭을 담보로 잡힐게요."

나는 트럭을 쳐다봤다. 아무리 봐도 6달러 값어치가 나갈 만한 부분이 없었다.

"아니면," 그가 덧붙였다. "만약의 경우에는 일해서 갚을게요."

충분히 현실성 있는 생각이었다. 나는 히겐보섬 씨에게 6달러를 주었고 히겐보섬 씨는 오렌지나무 가지를 잘라주기로 했다. 며칠이 지나고 몇 주가 지났다. 히겐보섬 씨는 개구리와 뱀 사냥을 나가는 길에 우리 집을 지나치고 또 지나쳤지만 가지치기를 위해 트럭을 세우지 않았다. 곤경에 처한 친구를 도와주는 일은 좋지만 나도 해결해야 할 일이 있지 않은가. 어느 날 나는 길가에서 피칸을 줍다가 지나가던 히겐보섬 씨에게 멈추라고 신호를 보냈다. 그는 100미터쯤 가다가 멈추더니 후진했다. 옆 좌석의 사팔뜨기 아이가 내게 충실하게 손을 흔들었다.

"무슨 말 하려는지 알아요." 히겐보섬 씨가 소리쳤다. "말하지 않아도 돼요. 무슨 생각 하는지 다 알아요. 내가 꾼 돈을 갚을 생각이 없는 것 같죠? 롤링스 양, 내가 갚을 생각 없이 돈을 꿔가는 사람은 아니요. 다 계획이 있으니 그냥 기다리고 계세요. 이번 달 그믐 전에 6달러를 갚을게요."

그는 요란스럽게 출발했고 아이는 트럭이 안 보일 때까지 손을 흔들었다. 다음 주에 히겐보섬 씨의 트럭이 집 앞에 섰다. 뒤 칸에는 등뼈가 앙상한 야윈 회색 암퇘지가 묶여 있었다. 히겐보섬 씨가 명랑하게 다가왔다.

"돼지 사실래요?" 그가 물었다.

"세상에서 제일 사고 싶지 않은 물건인 걸요." 나는 씁쓸하게 대답했다.

"돼지로 거래하는 건요?" 그가 눈짓을 하며 물었다. "돼지 빚 갚을 사람 없소?"

그제야 나는 무슨 말인지 이해했다.

"마틴 씨에게 돼지 한 마리를 빚지긴 했죠. 그런데 어떻게 아세요?"

"다들 아는 걸요. 자, 내 생각은 이렇소. 저 암퇘지를 돈 받고 판다면 6달러는 받을 겁니다. 내가 당신에게 6달러를 빚졌죠. 마틴 씨가 저 암퇘지를 받으면 당신은 그에게 빚을 갚는 거고 나는 당신에게 빚을 갚는 셈이에요. 어때요?"

나는 트럭에 실린 앙상한 팔다리의 짐승을 보았다.

"어째서 마틴 씨가 저 암퇘지를 받을 거라 생각하세요?"

"암퇘지를 살 때는 암퇘지 이상을 계획하지요. 암퇘지를 사면 곧 새끼 돼지들을 얻지요. 암퇘지가 있으면 새끼 돼지를 여덟에서 열 마리쯤 얻어요. 새끼 돼지를 값을 잘 받고 팔아도 여전히 암퇘지가 남잖아요. 이제 저 암퇘지를 마틴 씨네 수퇘지한테 데려갈 겁니다. 암퇘지에 대해 좀 아시죠?"

"아뇨. 잘 몰라요." 내가 대답했다.

"그게 말이에요 암퇘지는 좀 별나요. 때가 있어요. 어떨 때는 받아들였다가 어떨 때는 거부하죠. 다 달에 달려 있어요. 지난달에는 안 받았으니 이번 달에는 받아들일 것 같소. 만약 암퇘지가 받아들이면 마틴 씨가 저 암퇘지로 빚을 받은 셈 칠 거요. 물론 받아들이지 않으면 내가 손해지요. 수컷을 쓴 대가로 1달러를 내야 하니까."

매우 복잡해 보이는 일이었다. 마틴 씨와 히겐보섬 씨, 번식용 수퇘지 임대료에 암퇘지의 습성과 달까지 걸린 문제였지만 나는 잃을 게 별로 없었다.

"좋아요. 암퇘지가 받아들이고 마틴 씨가 제 돼지 빚 대신 저 암퇘지를 받아주면 당신이 진 빚도 없는 걸로 할게요. 좋죠?"

"좋고 말고요." 그는 회색 암퇘지를 트럭 뒷칸에 흔들대며 출발했다. 아이는 내게 손을 흔들었다.

시간이 흘렀지만 마틴 씨가 청구서를 보내지도 않았고 히겐보섬 씨가 찾아오지도 않았다. 상황이 약간 미묘했다. 여자인 내가 나서서 돼지 빚이나 번식에 대해 시시콜콜 물을 수가 없으니 말이다. 그러다가 어느 토요일 밤에 시트라에 있는 식료품 가게에서 마틴 씨를 우연히 마주쳤다. 그는 다정하고 쾌활하게 말을 걸었다.

"오리 사냥 좀 하세요?"

"예."

"당신처럼 총이 빠른 사람은 오리 사냥을 좋아하리라 생각했소. 겨울이 오고 준비가 되면 내게 연락을 하세요. 오렌지 호수에서 제일 사냥감이 많은 곳에 데려다 드릴 테니까."

분명 문제가 해결된 듯했다. 필시 달이 제대로 떴나 보다. 그러나 사람 많은 가게에서 그 회색 암퇘지와 마틴 씨네 수퇘지의 은밀한 관계를 물어볼 수는 없었다. "그 암퇘지가 받아들였나요? 당신과 히겐보섬 씨, 저 사이의 빚은 다 해결됐나요?"라고 묻고 싶은 마음이 굴뚝같았다.

"저, 제가 빚진 돼지요. 제가 다른 돼지로 갚으려 했던—"

마틴 씨가 큼직한 손을 내밀어 악수를 청하며 말했다.

"롤링스 양, 돼지 빚은 갚으셨소."

〈A Pig is Paid For〉(1942)

마저리 키넌 롤링스(1896~1953)

미국의 작가로 플로리다의 시골 지방에 살면서 시골을 배경으로 작품을 썼다. 《아기 사슴 플랙》으로 퓰리처상을 수상했고 작가의 사후에 발견된 작품인《비밀의 강》으로 뉴베리 아너상을 받았다. 삼십대에 플로리다의 아주 작은 마을 크로스크릭으로 이주해 작은 오렌지 농장을 일구며 마을의 자연과 사람들을 그린 에세이집《크로스크릭》을 발표했다.

구불구불한 길

힐레어 벨록

사람들은 왜 구불구불한 길을 허물고 없앨까? 나는 궁금하다. 내게 기쁨을 주고, 살아 있는 그 누구에게도 해를 주지 않는 그 길들을 왜 없앨까? 부유한 나라들은 매일 수도와 소읍의 구불구불한 길을 허물고 있다. 그 이유는 그들도 모르고 나도 모른다.

상업에 필요하고 현대 도시의 생명줄이 되는 널찍한 대로들은 대로 사이사이에 있는 모든 역사와 인간다움을 훼손하지 않고도, 과거라는 그 섬을 허물지 않고도 충분히 만들 수 있다. 구불구불한 길에는 사람의 경험이 빼곡하게 들어차 있다. 사람이 거치는 모든 우연과 불운, 기대, 가정생활, 감탄을 생생하게 보여준다. 경계선을 표시하는 길이 있는가 하면 옛 도랑이 흐르던 길도 있고 수백, 수천 년 전 동물들이 들판을 건너던 오솔길도 있다. 옛날 요새였던 길도 있고 옛날 옛적에 그곳에 살던 부자의 정원이 어디에서 끝났는지 표시했던 길도 있다. 이제 그 정원에는 온통 집들이 들어섰고 정원을 거닐며 기쁨을 누렸던 주인은 길 이름으로 남았다.

사람들을 가만히 놔둬 보라. 위대한 정부의 쓸데없는 사업으로도 권력자의 일시적 변덕으로도 괴롭히지 말고 가만히 놔두면 사람들은 두더지가 흙 두둑을 파 올리듯, 벌이 벌집을 만들 듯 구불구불한 길을 만들 것이다.

오랜 도시치고 활기차고 수많은 구불구불한 길을 자랑스럽게 여기지 않거나, 여기지 않았던 곳이 없다. 하지만 한때 권력에 훼손되고 파괴되었다 해도 자연스럽게 놔두면 어떤 도시든 백년도 채 되지 않아 구불구불한 길을 만들고 천년이 넘도록 간직할 것이다.

1400년 전에 궤멸된 팀가드*라는 죽은 도시가 있다. 이 도시가 파괴된 이유는 아틀라스 산맥의 야만인들 때문이라고도 하고 사하라 사막의 모래 때문이라고도 한다. 사하라 사막과 알제리 평원 사이 높은 산비탈에 있는 팀가드에는 여전히 기둥들이 서 있다. 수로는 말랐지만 샘도 또렷이 보인다. 평평하게 판석을 깐 커다란 광장 또는 시장도 있고 무너진 벽들이 집터가 있던 자리를 나타낸다. 팀가드의 모든 길은 한 줄로 그은 듯 곧다. 이 도시를 보면 로마 제국의 마지막 질서가 어둠으로 가라앉기 전에 로마 도시가 어떻게 지어졌는지 알 수 있다.

팀가드처럼 미라로 보존되지 않고 그만한 세월을 살아온 다른

---

* 알제리의 수도 알제 남동쪽 산지에 있는 고고 유적으로 로마시대 군사 식민지로 건설되었다.

도시를 보면 어느 비옥한 시대든 기독교 문명권의 활동적이고 호기심 넘치며 열성적인 사람들은 구불구불한 길을 만들었다. 그러니 프랑스의 아를에서도, 님에서도, 고대 로마에서도, 런던에서도 구불구불한 길을 걸을 수 있다. 런던은 신의 특별한 은총으로 직선 도로라는 저주를 한번도 받은 적이 없기 때문에 오늘날까지 작은 골목길이 미로처럼 엉켜 있다. 런던 대화재 이후에 런던을 '광장'과 대로 같은 것들로 정비할 계획이 세워지긴 했지만 그런 터무니없는 계획을 받아들이기에는 영국인들의 기질이 지나치게 세서 길과 궁정들은 우리 영국인에게 가장 잘 맞는 자연스러운 선을 따라 지어졌다.

사실 큰 도로와 가로수 길을 전염병처럼 도처에 퍼뜨리기 시작한 것은 르네상스다. 300년 전에도 파리를 장기판처럼 가지런하게 만들려는 계획이 있었지만 바로 돈 때문에—돈이 부족했기 때문에—도시가 살아남았다. 지금도 '보쥬 광장'이라는 곳에서 그 계획의 흔적을 볼 수 있다. 직선 도로를 182미터쯤 만들었을 때 마침 국고가 바닥난 덕택에 옛 파리가 보존되었다. 그러나 지난 70년 사이 파리는 다시 형편없이 손상되고 말았다. 나는 90미터가 넘는 화려한 길과 대로, 줄지어 늘어선 저택들 같은 장엄하고 웅장한 것들이 마음에 들지 않는다. 그건 그렇다 치고 대체 왜 그들은 강 건너 내 보금자리까지 허물어야만 할까? 짚길(현재 푸아르가)과 쥐길(현재 오텔 콜베르가)을 비롯해서 한때 단테가 공부했고 전장에서 돌아온 뒤 슬픔으로 미쳐버린 당통이 사랑하는 아내의 무덤을 파헤쳤다는 생 줄리앙 파브르 성당 둘레의 구불구불한 골목들 말이다.

구불구불한 길은 사람을 결코 지치게 하지 않는다. 길마다 성격이 있고 영혼이 있다. 이 길에서 저 길로 걸어 다니다 보면 많은 사람과 함께 여행하거나 여러 친구와 어울리는 기분이 든다. 구불구불한 길이 있는 도시에는 고리대금업자의 길이 있는가 하면 강도의 길도 있고 정치인의 길도 있기 마련이다 그렇게 온갖 직종과 업계의 길이 펼쳐진다.

그리고 구불구불한 길에서 보는 도시는 아름답기 그지없다! 너른 바다에서 홀연 눈앞에 나타나는 네덜란드의 옛 소읍들을 떠올려보라. 길에서 길로 이어지며 다양한 고딕 양식을 선보이는 프랑스 중부의 소읍들은 또 어떤가.

박공지붕을 거의 맞대고 서 있는 두 집 사이 골목길에서 그 지붕들 너머로 우뚝 솟은 샤르트르 대성당의 뒷모습을 바라볼 때 같은 느낌이 으레 있어야 한다. 건축가들도 사람들이 강에서 바다로 나아가는 선원처럼 좁은 골목을 거쳐 거대한 광장으로, 대성당 앞뜰에 나갈 때 그런 풍경을 보여주고 싶었으리라. 특정 건물들이 널찍한 통로와 화려한 도로에 어울리지 않는 게 아니라 도시가 그런 도로로 뒤덮이면 무미건조해지고 죽어버린다. 티베르강 건너 성 베드로 성당까지 이어지는 제국의 너른 길을 구상한 나폴레옹은 현명했다. 그러나 로마를 먹잇감으로 삼은 현대의 개성 없는 군중은 흉측한 회반죽 건물이 늘어선 사이로 결코 채워지지 않을 텅 빈 직선 도로들을 새로 만드는 어리석은 허세를 부렸다.

여행을 다니다 보면 구불구불한 길에는 그 길만큼 개성적이고, 우리 사람의 이름이 우리의 본질과 기질에 밀접히 연결되듯, 그 길에 딱 들어맞는 이름을 볼 수 있다. 그래서 나는 내가 군인으로 복무했던 소읍의 길 이름을 여전히 기억한다. 작은 밀 세 더미 길도 있었고 나팔 부는 무어인의 길, 거짓된 마음의 길이 있었으며 "누가 투덜대?"라고 불리는 대단히 유쾌한 길도 있었다. "마음 급한 악마의 길"이라는 짧은 길을 비롯해 많은 길이 있었다.

가끔 하늘이 지혜롭게도 과도한 예산 집행을 막아주는 덕택에 시의원들이 내 구불구불한 길을 없애고 그 자리에 직선 도로를 놓지 못할 때도 있다. 대신에 그들은 옛 이름을 새 이름으로 바꿔 버린다. 그렇게 바뀐 길 이름에는 당대의 속물근성이 잘 드러난다. 위대한 업적으로 과장된 하찮은 전투 이름이 붙거나, 유명 인사나 국회의원 이름 따위가 등장하거나, 당대 식자층이나 권력층을 사로잡은 변덕스러운 유행과 관련된 표현이 동원된다.

언젠가 어느 외딴 시골에 갔는데 조지 3세 즉위 전에 지어진 아주 오래된 집들이 늘어선 굽이길 귀퉁이에 '키플링로(구 넬슨로)'라고 팻말이 붙어 있었다. 또 언젠가는 여러 해 전에 "미친 세 수녀 광장"이라는 작은 광장을 보았던 프랑스 북부 노르망디 산골 마을에 있는 작은 시장에 갔다가 충격을 받고 말았다. 젊은 시절의 추억을 막 떠올리려는 참에 벽에 파란색과 흰색으로 칠한 에나멜 표지판이 눈에 들어왔기 때문이다. "미친 세 수녀 광장"이라는 그 작은 세모 광장 이름이 바뀌었다. 이제는 "빅토르 위고 광장"이 되고 말았다!

그러나 구불구불한 길을 사랑하는 모든 이들이여! 용기를 낼 지어다! 지상의 어떤 권력도 직선 도로를 오래 만들지 못한다. 대개 좋은 일이 있으리라 예언하거나 유쾌한 미래를 전망하며 사람들을 달래는 일은 옳지 않지만 이 문제만큼은 내가 옳다. 구불구불한 길은 틀림없이 되돌아온다.

마지막으로 뻔뻔하게도 인용문 한 구절을 빌려오도록 하겠다. 요 며칠 전에 다른 사람의 글에서 본 인용문인데 한번 보면 평생 잊지 못할 것 같은 구절이다

"더 가혹한 일을 겪었던 그대들이여, 신이 이 모든 것도 끝내 주실 것이오"라는 요지의 구절이다. 정확한 표현은 확실치 않고 운율은 더더욱 확실치 않다. 어쨌든 다른 사람의 글에서 훔쳐온 구절이니 많이 바꿀수록 좋지 않겠는가.

〈Crooked Streets〉(1912)

• 《아이네이스》1권의 구절.

힐레어 벨록(1870~1953)

프랑스 태생의 영국 시인이자 역사학자, 수필가, 언론인, 정치인으로, 다양한 이력만큼이나 다양한 주제와 형식의 글을 썼다. 당통과 로베스피에르를 연구한 역사서와 여행기, 소설, 시, 에세이 등을 왕성하게 발표했으며 무엇보다 명료하고 힘 있는 에세이로 인정받았다. 〈모닝 포스트〉지에 서평을 썼고 〈선데이타임즈〉, 〈위클리 리뷰〉 등에 칼럼을 썼으며 친구인 작가 G. K. 체스터튼과 함께 정치주간지 〈아이 위트니스〉를 창간하고 운영했다. 1906년부터 1910년까지는 영국 자유당 하원의원을 역임했다. 《모든 것에 대하여》, 《이것저것 그 외의 것》, 《처음이자 마지막》 등 여러 권의 수필집을 남겼다.

어떤
질문

마라케시

조지 오웰

시신이 지나가자 식당 테이블에 있던 파리들이 구름처럼 달려들어 따라갔지만 몇 분 뒤 되돌아왔다.

몇 안 되는 애도 행렬은—여자는 없고 남자 어른과 남자 아이 들만 있었다—짧은 만가를 구슬프게 되풀이하면서 석류 더미와 택시, 낙타가 늘어선 시장을 헤치며 나아갔다. 파리들이 시신에 달려들었던 이유는 이곳에서는 시신을 관에 넣지 않기 때문이다. 그저 해진 천 조각으로 시신을 감은 뒤 거친 나무 상여에 싣고서는 친구 네 사람이 어깨에 메고 운반한다. 묘지에 도착하면 길쭉한 구덩이를 한두 자 깊이로 파내고 시신을 그 안에 떨어뜨린 다음 깨진 벽돌처럼 퍼석한 흙덩이를 조금 던져넣는다. 묘비도, 이름도, 아무 표지도 없다. 묘지도 버려진 건축부지처럼 보이는, 그냥 거대하고 황량한 흙 둔덕일 뿐이다. 한두 달이 지나면 자기 친척이 어디에 묻혔는지 확실히 아는 사람이 아무도 없다.

이런 도시를—주민 20만 명 중 적어도 2만 명은 말 그대로 그들이 걸친 누더기 말고는 가진 게 없는—걸어 다니며 사람들이 어떻게 사는지, 더군다나 얼마나 쉽게 죽는지 보면 내가 진짜 사람 사이를 걷고 있다는 게 믿기 힘들어진다. 현실의 모든 식민제국은 바로 이런 사실을 토대로 서 있다. 사람들은 갈색 얼굴을 지녔다. 게다가 너무 많다. 그들이 진짜 당신과 같은 인간인가? 그들에게도 이름이 있나? 아니면 벌이나 산호충 개체들처럼 서로 구분되지 않는 갈색 물건에 불과한가? 그들은 흙에서 나와 몇 년간 땀 흘리고 굶주리다가 묘지의 이름 없는 흙더미로 되돌아가며 아무도 그들이 사라졌다는 것을 눈치채지 못한다. 무덤마저도 곧 희미해져서 다시 흙으로 돌아가버린다. 가끔은 산책을 나가 손바닥선인장 사이를 지나다 보면 발 밑 땅이 다소 울퉁불퉁하다는 느낌이 들 때가 있다. 그럴 때면 땅의 울퉁불퉁한 모양새로 보아 내가 해골 위를 걷고 있구나 하고 알게 될 뿐이다.

나는 공원에서 가젤 한 마리에게 먹을 것을 주고 있었다.

가젤은 살아 있을 때도 먹음직스럽게 보이는 거의 유일한 동물이다. 사실, 가젤의 뒷다리와 엉덩이를 볼 때마다 민트소스를 떠올리지 않을 수 없다. 먹이를 받아먹는 가젤도 내 생각을 아는지 내가 내민 빵 조각을 받아먹으면서도 분명 나를 좋아하지는 않는 듯했다. 빵을 얼른 뜯고는 들이받을 태세로 머리를 숙였다가 다시 한 입 뜯고는 다시 들이받을 준비를 했다. 아마 나를 쫓아내도 빵은 여전히 공중에 걸려 있으리라 생각하는 듯했다.

근처 길에서 일하던 한 아랍인 인부가 무거운 괭이를 내리고 비척비척 우리에게 다가왔다. 그는 상당히 어이없는 표정으로 조금이라도 비슷한 광경은 본 적이 없다는 듯 가젤과 빵을 번갈아 쳐다봤다. 마침내 그가 프랑스어로 부끄러워하며 말했다.

"저도 그 빵을 좀 먹을 수 있을 텐데요."

내가 빵을 한 조각 뜯어서 주자 그는 고맙게 받아서는 누더기 같은 옷 속 비밀스러운 곳에 넣어두었다. 그는 시 당국에 고용된 일꾼이었다.

마라케시*의 유대인 거리를 걷다 보면 중세의 유대인 격리 구역이 어떠했으리라 어느 정도 짐작할 수 있다. 무어인 통치기에 유대인들은 제한된 특정 지역에만 땅을 소유할 수 있었고 그렇게 몇 세기를 살다 보니 지나치게 많은 사람이 좁은 곳에 모여 사는 일에 더는 신경 쓰지 않게 되었다. 거리는 대개 폭이 1.8미터에도 훨씬 못 미치고 집들은 창이 하나도 없으며 염증으로 눈이 짓무른 아이들이 곳곳에 마치 파리 떼처럼 믿을 수 없을 만큼 많이 몰려다닌다. 길 가운데에는 오줌이 작은 강을 이루며 흐를 때가 많다.

상업 지구에는 긴 검정 옷에 조그만 검정 모자로 정수리를 가린 유대인 대가족들이 동굴처럼 어둡고 파리가 들끓는 작은 점포에서 일한다. 목수 하나가 구닥다리 목선반에 책상다리를 하고 앉아 번개처럼 빠른 속도로 의자 다리를 돌리며 깎는다. 오른손으로는

• 모로코 남부의 중심도시. 조지 오웰은 건강 악화로 프랑스령 모로코에 속해 있던 마라케시에서 1938년 겨울을 보냈다.

활을, 왼발로는 끝을 조종하는데 이런 자세로 평생 앉아 있던 탓에 왼쪽 다리가 기형적으로 휘었다. 옆에는 여섯 살 난 손자가 이미 작업의 쉬운 부분을 담당한다.

내가 구리 세공인을 막 지나칠 무렵 담배에 불을 붙이는 걸 누군가 알아차렸나 보다. 곳곳의 어두운 동굴에서 유대인들이 미친 듯이 몰려왔다. 대개는 희끗한 수염을 늘어뜨린 나이 든 할아버지들인데 담배를 달라고 아우성쳤다. 심지어 작은 점포 구석 어딘가에 있던 눈먼 남자 하나도 담배 소리에 한 손으로 허공을 더듬으며 천천히 걸어 나왔다. 1분 만에 담배 한 갑이 다 비었다. 아마 이들 중에는 하루에 12시간 미만 노동하는 이가 아무도 없을 것이다. 그런데 모두에게 담배 한 대가 구하기 힘든 사치품이다.

유대인들은 자립 공동체에 살기 때문에 농업만 빼고 아랍인들과 똑같은 일을 한다. 과일 장수, 옹기장이, 은세공인, 대장장이, 푸주한, 가죽세공업자, 재단사, 물 나르는 사람, 거지, 짐꾼. 어디를 봐도 유대인밖에 없다. 사실 유대인 만 삼천 명이 몇 에이커밖에 안 되는 공간에 모여 산다. 히틀러가 이곳에 오지 않은 게 다행이다. 하지만 어쩌면 오고 있을지도 모른다. 아랍인뿐 아니라 가난한 유럽인까지 유대인을 둘러싼 수수께끼 같은, 흔한 소문을 퍼트린다.

"이보게, 그렇다네. 그들이 내 일자리를 빼앗아서 유대인에게 주었어. 유대인 말이야! 이 나라를 진짜 다스리는 건 유대인들이지. 그놈들이 돈을 다 가졌어. 은행이며 금융이며 모두 다 지배한다네."

"하지만 평균적인 유대인들은 시급 1페니 정도를 받고 일하는 노동자들 아닌가요?"

"아, 그건 쇼일 뿐이야! 알고 보면 다 고리대금업자야. 약삭빠르지. 유대인들 말일세."

꼭 마찬가지로 이백 년쯤 전에는 식사 한 끼 변통할 마법조차 부리지 못하는 불쌍한 노파들을 마녀라며 화형시켰다.

육체노동을 하는 모든 사람은 눈에 잘 띄지 않는다. 하는 일이 중요할수록 더 보이지 않는다. 그나마 흰 피부는 언제든 꽤 잘 보이는 편이다. 북유럽에서 밭에서 일하는 사람을 보면 아마 한 번 더 쳐다보게 될 것이다. 더운 나라에서는, 지브롤터 남쪽이나 수에즈 동쪽에서는 어디를 가나 일꾼이 있는 줄도 모르고 지나치기 쉽다. 내가 거듭 경험한 일이다. 열대 지방에서 우리 눈은 사람만 빼고 모든 풍경을 흡수하는 것 같다. 메마른 토양과 손바닥선인장, 야자나무, 먼 산을 빨아들이지만 작은 밭을 가는 농부는 노상 보지 못한다. 농부는 땅과 같은 색깔일뿐더러 다른 걸 구경하는 것보다 훨씬 덜 흥미롭다.

바로 그런 까닭에 아시아와 아프리카의 굶주린 나라들이 휴양지가 될 수 있다. 고통받는 지역으로 저렴하게 여행을 다녀와야겠다는 생각은 아무도 하지 않을 테니 말이다. 피부색이 갈색인 곳에서는 빈곤이 사실상 눈에 들어오지 않는다. 모로코가 프랑스인들에게 어떤 의미일까? 오렌지 숲이나 정부의 일자리를 뜻한다.

영국인들에게는 어떤 의미일까? 낙타, 성, 야자나무, 프랑스 외인 부대 병사, 놋쇠 쟁반, 노상강도. 모로코에서 여러 해를 살고도 이곳 주민 90퍼센트에게 삶이란 황량한 땅에서 조금의 먹을거리라도 쥐어 짜내기 위해 끝없이 애쓰는, 등골 빠지는 투쟁임을 모를 수도 있다.

모로코 땅은 너무 황량해서 토끼보다 몸집이 큰 야생동물은 살 수 없다. 한때 숲으로 덮였던 너른 지역은 나무 없는 황무지로 변했고 흙은 꼭 부서진 벽돌 같다. 그럼에도 대부분의 땅은 끔찍하게 고된 노동으로 경작된다. 모두 손으로 일궈진다. 길게 줄을 선 여인들이 뒤집힌 대문자 L자처럼 허리를 꺾고 가시투성이 잡초를 맨손으로 뜯어내며 천천히 밭을 갈며 나아간다. 사료로 쓰기 위해 알파파를 거두는 농부들은 알파파를 베지 않고 한 줄기씩 뽑는다. 그래야 조금이라도 더 길게 거둘 수 있다. 농부들이 쓰는 쟁기는 나무로 조잡하게 만들어졌는데 워낙 빈약해서 쉽게 어깨에 걸칠 수 있고 아래에는 뾰족하고 거친 철 조각이 달려 있어서 대략 10센티미터 깊이까지 땅을 갈 수 있다. 그 정도면 가축들과 맞먹는 힘이다. 이곳에서는 소 한 마리와 당나귀 한 마리를 멍에로 연결해 쓰는 게 일반적이다. 당나귀 두 마리는 힘을 충분히 쓰지 못하고 소 두 마리는 먹이 값이 더 들기 때문이다. 농부들은 써레가 없어서 밭을 여러 번 다른 방향으로 쟁기질하고 만다. 그렇게 하면 고랑이 대충 생기는데 물을 보존하기 위해 밭 전체를 작은 장방형 땅뙈기들로 만들려면 호미질을 해야 한다. 드물게 내리는 폭우가 지난 뒤 하루 이틀 말고는 물은 늘 부족하다. 농부들은 심토心土를 조금씩 흐르는 아주 가는 물줄기라도 놓치지 않으려고 밭 가장자리를 따라 수로를 10 내지 12미터 깊이로 파낸다.

매일 오후에 아주 나이 든 여인들이 한 사람씩 장작더미를 짊어지고 열을 지어 우리 집 밖 도로를 지나간다. 모두 체구가 작고 나이와 햇볕 때문에 미라처럼 바싹 말랐다. 산업화되지 못한 공동체에서 대개 여자들은 특정 연령대를 넘어서면 아이만큼 작아지는 듯하다. 언젠가는 1.2미터도 되지 않을 것 같은 가여운 노파가 엄청나게 큰 장작더미를 짊어지고 천천히 내 앞을 지났다. 나는 노파를 멈춰 세우고는 5수짜리 동전(1파딩*이 조금 넘는다) 한 닢을 손에 쥐어주었다. 노파는 거의 비명에 가까운 울음으로 대답했는데 고마움의 표현이기도 했지만 놀라움이 더 큰 듯했다. 아마 그 노파가 보기에는 내가 자신의 존재를 알아차리는 것 자체가 거의 자연의 법칙을 위반하는 일이었던 듯하다. 그녀는 나이 든 여자라는 자기 자리를 받아들이고 있었다. 그러니까 짐을 나르는 짐승이라는 자리 말이다. 한 가족이 길을 갈 때 보면 아버지와 다 큰 아들은 당나귀를 타고 앞서가는데 나이 든 여인이 짐을 짊어지고 걸어서 그 뒤를 따라가는 모습이 흔하다.

그런데 이 사람들의 이상한 점은 보이지 않는다는 것이다. 몇 주 동안 늘 거의 같은 시간에 장작을 짊어진 노파들이 줄지어 우

* 구 페니의 4분의 1에 해당하는 영국의 옛 화폐.

리 집 앞을 지났고 내 망막에 그 모습이 맺히기는 했지만 내가 그들을 봤다고는 말할 수 없다. 장작이 지나간다. 그것이 내가 본 것이다. 어느 날 내가 그 뒤를 따라가다가 장작더미가 이상하게 위아래로 흔들리는 바람에 장작더미 아래에 있는 사람에게 우연히 시선이 갔을 뿐이다. 그제야 나는 처음으로 흙 빛깔과 똑같은 가여운 늙은 몸을 주목하게 됐다. 짓누르는 무게 아래 허리가 꺾인, 뼈와 가죽만 남은 몸을. 생각해보니 나는 모로코 땅에 발을 디딘지 오 분도 지나지 않아 너무 많은 짐을 싣고 가는 당나귀들을 보고 분노했던 듯하다. 물론 이곳에서 당나귀가 끔찍한 취급을 받는 것은 분명하다. 모로코 당나귀들은 세인트버나드 종 개보다 크나마나 한데 영국군이 약 1.5미터 크기 노새에게 싣기에도 너무 많다고 여길 짐을 운반한다. 게다가 여러 주 동안 짐 안장이 등에서 한 번도 벗겨지지 않을 때도 무척 많다. 그러나 무엇보다 모로코 당나귀는 세상에서 가장 순한 동물이어서 더 가엾다. 개처럼 주인을 따르니 굴레도 고삐도 필요 없다. 십여 년을 몸 바쳐 일한 뒤 갑자기 죽으면 주인은 죽은 당나귀를 구덩이에다 휙 집어던져버린다. 당나귀 체온이 식기도 전에 마을 개들이 몰려와 내장을 파낸다.

이런 모습을 보면 누구든 피가 끓어오른다. 그런데 대개 사람이 겪는 고통을 보고는 그렇게 분노하지 않는다. 나는 이러쿵저러쿵 의견을 말하려는 게 아니라 그냥 사실을 말할 뿐이다. 갈색 피부를 지닌 사람들은 거의 보이지 않는다. 당나귀의 쓸린 등가죽을 보면 누구든 안쓰러움을 느끼지만 장작더미를 짊어진 나이 든 여인은 우연한 사고가 아니면 눈에 들어오지도 않는다.

황새가 북쪽으로 날아갈 무렵 남쪽으로 행군하는 흑인 부대가 지나갔다. 먼지를 뒤집어쓴 긴 보병 행렬이 지났고 포병들 그리고 다시 보병들이 지나갔다. 모두 합해 4천~5천 되는 남자들이 저벅저벅 군화 소리를 내고 철 바퀴를 달그락거리며 구불구불 휘어진 길을 행군했다. 세네갈 사람들이었다. 아프리카에서 가장 검은 흑인들로, 너무 검어서 목의 어디쯤에서 머리카락이 시작되는지 구분하기 힘들 정도다. 그들은 낡은 카키 군복으로 아름다운 육체를 가리고, 나무토막 같은 군화 안에 발을 쑤셔넣고, 두 사이즈쯤 작아 보이는 철모를 하나같이 쓴다. 날씨는 무척 더웠고 군인들은 긴 길을 행군했다. 무거운 배낭에 짓눌린 묘하게 여린 검은 얼굴이 땀으로 번쩍였다.

부대가 지나쳐갈 때 아주 어린 흑인 하나가 몸을 돌려 나와 눈이 마주쳤다. 하지만 그가 내게 보여준 표정은 우리가 예상하는 그런 표정이 아니었다. 적대감이나 경멸을 드러내지도 않았고 시무룩하지도 않았으며 호기심마저 없었다. 눈을 동그랗게 뜬, 수줍은 흑인의 표정이었다. 대단히 깊은 존경이 담긴 표정이었다. 나는 그 이유를 안다. 이 가여운 소년은 프랑스 시민이라는 이유로 숲에서 끌려 나와 군대 주둔지에서 바닥을 문지르고 매독에 걸리면서도 백인 앞에서 정말 존경심을 느낀다. 백인이 그의 주인이라고 배웠고 여전히 그렇게 믿고 있다.

그러나 흑인 부대가 행군하는 모습을 본다면 어느 백인이든(스스로를 사회주의자라 부르든 말든 조금도 다를 바 없다) 머릿속에 이런 생각이 스쳐간다. '우리가 이 사람들을 얼마나 더 속일 수 있을까? 그들이 총구를 반대쪽으로 돌릴 때까지 얼마나 남았을까?'

진짜 이상한 일이다. 백인이라면 이런 생각을 마음 한구석 어딘가에 갖고 있다. 나도 다른 구경꾼들도 땀 흘리는 군마 위에 앉은 장교들도 행렬 속에서 행진하는 백인 하사관들도 마찬가지이다. 우리 모두 알지만, 너무 영리해서 누설하지 않는 비밀 같은 것이다. 흑인들만 모른다. 무장한 남자들이 2, 3미터쯤 긴 행렬을 이루어 평화롭게 길을 따라 흘러가는 모습이 거의 가축 떼가 지나가는 모습처럼 보였다. 그들 위로 크고 하얀 새들이 종잇조각처럼 반짝이며 반대 방향으로 날아갔다.

〈Marrakech〉(1939)

야간 공습 중에 평화를 생각하다

버지니아 울프

독일군은 지난밤도 그 지난밤도 우리 집 위를 맴돌았다.* 오늘밤
도 다시 왔다. 어두운 방에 누워 언제든 나를 쏘아 죽일 수 있는 전
투기 소리에 귀 기울이는 일은 이상한 경험이다. 그것은 평화에
대해 차분하게 계속 생각하기를 방해하는 소리이다. 하지만 평화
를 생각하라고 우리를 몰아치는 소리—기도보다도 성가보다도
훨씬 더—이기도 하다. 평화를 창조하는 법을 생각할 수 없다면
우리는—이 침대에 누운 이 한 몸뿐 아니라 아직 태어나지 않은
수백만의 몸도—오늘과 똑같이 어두운 방에 누워 머리 위에서 우
르릉대는 죽음의 소리를 듣게 될 것이다. 그러니 언덕 위 총구가
탕탕탕 발포하고 탐조등이 손가락처럼 구름을 헤집고 폭탄이 가
끔씩, 때로는 가까이에서, 때로는 멀리서, 떨어지는 동안 유일하
게 효과적인 공습 대피소를 창조하기 위해 우리가 할 수 있는 일

* 1939년 9월 2차 세계대전이 시작되었고 1940년 9월 독일군의 런던 공습이 시작됐다.

149

을 생각해보자.

저 높은 하늘에서 영국 청년들과 독일 청년들이 서로 싸우고 있다. 방어하는 사람도 공격하는 사람도 남자다. 영국 여자들에게는 적과 싸우기 위해서든, 자신을 방어하기 위해서든 무기가 주어지지 않는다. 여자들은 오늘 밤 무기 없이 누워 있어야만 한다. 그러나 저 하늘 위에서 벌어지는 싸움이 자유를 지키려는 영국인과 자유를 파괴하려는 독일인의 싸움이라고 믿는다면 여자들도 할 수 있는 한 영국 편에서 싸워야 한다. 무기 없이 자유를 위해 얼마나 싸울 수 있을까? 무기나 옷이나 식량을 생산하는 방법이 있다. 그러나 무기 없이 자유를 위해 싸울 또 다른 방법이 있다. 우리는 정신으로 싸울 수 있다. 하늘에서 적을 물리치기 위해 싸우는 영국 청년을 도울 생각을 창조할 수 있다.

그러나 생각이 효과가 있으려면 생각을 발사할 수 있어야 한다. 행동으로 옮겨야 한다. 하늘의 전투기 소리를 듣자니 마음에 또 다른 전투기가 날아오른다. 오늘 아침 〈타임스〉지에서 전투기 한 대가 날아올랐다. 한 여자가 이렇게 말했다. "여자들은 정치에 할 말이 없다." 내각에도, 책임 있는 자리에도 여자가 없다. 생각을 현실로 옮기는 자리를 차지한 사람들은 다 남자다. 그러나 그런 생각을 하다 보면 우리는 생각할 의지가 꺾이고 무책임해져버린다. 왜 베개에 머리를 파묻고 귀를 틀어막아버리지 않는가? 왜 생각을 창조한다는, 이 쓸모없는 활동을 그만두지 않는가? 왜냐하면 고관과 장교의 탁자, 회의 탁자 말고도 다른 탁자가 있기 때문이다. 쓸모없다는 이유로 우리가 개인적인 생각을 포기한다면, 티테이블 사색을 멈춘다면 영국 청년에게 도움이 될 또 다른 무기를 준비해주지 못하지 않을까? 우리 여자들은 능력을 내보일 때마다 모욕당하고, 어쩌면 경멸까지 당하다 보니 우리 능력의 한계를 강조하게 된 게 아닐까? "나는 정신적 투쟁을 멈추지 않으리"라고 시인 블레이크는 썼다. 정신적 투쟁이란 시대의 흐름을 따르지 않고 거슬러 생각하는 것이다.

시대의 흐름은 빠르고 격렬하다. 확성기와 정치인이 내뱉는 말에서 끊임없이 흘러나온다. 매일 그들은 우리가 자유를 지키기 위해 싸우는 자유로운 국민이라고 떠들어댄다. 그것이 바로 젊은 조종사들을 하늘로 휘몰아가서 저 구름 사이를 맴돌게 만든 시대의 흐름이다. 우리를 보호하는 지붕 아래에서, 언제든 쓸 수 있는 방독면 곁에서 우리가 할 일은 그런 장광설을 터트리고 진실의 씨앗을 찾아내는 일이다. 우리가 자유롭다는 말은 진실이 아니다. 오늘 밤 우리는 둘 다 죄수이다. 언제든 쓸 수 있는 총을 들고 전투기 안에 갇혀 있는 그도, 언제든 쓸 수 있는 방독면을 들고 어두운 방에 누워 있는 우리도. 우리가 자유롭다면 밖에 나가 춤을 추거나 극장에 가거나 창가에 앉아 이야기를 나누어야 한다. 무엇 때문에 우리는 그러지 못하는가? "히틀러 때문이다!"고 확성기는 한목소리로 울부짖는다. 히틀러는 누구인가? 히틀러는 무엇인가? 공격성, 압제, 미친 권력욕의 표출이라고 그들은 대답한다. 그것을 파괴하라. 그러면 너희는 자유로우리라고 말한다.

이제 우르릉거리는 전투기 소리가 머리 위 나뭇가지를 톱질하는 듯하다. 톱질하며 빙글빙글 날아다닌다. 우리 집 바로 위 나뭇가지를 톱질한다. 또 다른 소리가 내 뇌를 톱질해 들어온다. "능력 있는 여자는"—오늘 아침 〈타임스〉지에서 애스터 여사*가 한 말이다—"남자들의 마음에 잠재된 히틀러주의 때문에 발이 묶인다." 분명 우리는 발이 묶였다. 오늘 밤 우리는 똑같이 죄수다. 전투기에 앉은 영국 남자도, 침대에 누운 영국 여자도. 그러나 전투기에 앉은 그가 생각하기 위해 멈춘다면 그는 죽게 될 것이다. 그리고 우리도 죽게 될 것이다. 그러니 그를 대신해 우리가 생각하자. 우리 발을 묶는, 무의식에 잠재된 히틀러주의를 의식으로 끌어올려 보자. 그것은 침략하려는 욕망이다. 남을 지배하고 노예로 만들려는 욕망이다. 어둠 속에서도 우리는 그것을 볼 수 있다. 환하게 반짝이는 쇼윈도를 볼 수 있다. 물끄러미 응시하는 여자들, 짙은 화장을 한 여자들, 옷을 빼입은 여자들, 진홍 입술과 진홍 손톱의 여자들. 그들은 다른 사람을 노예로 만들려는 노예들이다. 우리 자신을 노예 상태에서 해방시킬 수 있다면 우리는 남자들을 압제에서 해방시킬 것이다. 히틀러들을 키우는 것은 노예들이다.

폭탄이 떨어진다. 창문이 모두 덜컹거린다. 대공포가 발포를 개시한다. 저기 언덕 위 가을 이파리로 위장하기 위해 초록색, 갈색 조각들을 매단 그물 아래 대공포가 숨겨져 있다. 이제 모두 한꺼

• 미국 태생으로 1919년에 영국 최초의 첫 여성 의원이 된 낸시 애스터.

번에 발포한다. 내일 아침 아홉시 라디오 뉴스는 이렇게 알릴 것이다. "적기 44대가 격추되었고 그중 10대는 대공포로 격추되었다." 평화조약 조건 가운데 하나는 무장해제라고 확성기는 말한다. 미래에는 더 이상 총도, 육군도, 해군도, 공군도 없을 것이다. 더 이상 젊은이들은 무기를 들고 싸우기 위해 훈련받지 않을 것이다. 그러자 머릿속에서 또 다른 마음의 전투기가 날아오른다. 또 다른 인용문이 떠오른다. "진짜 적과 싸우는 것, 철저히 모르는 이방인을 쏘아서 영원한 명예와 영광을 얻는 것, 가슴에 메달과 훈장을 가득 달고 귀향하는 것, 그것이 내가 품은 최고의 소망이었다. ……그 소망을 위해 지금까지 내 온 삶을 바쳤다. 내 교육과 훈련과 모든 것을……."

1차 세계대전에 참전했던 영국 청년의 말이다. 이런 청년들이 있는데도 요즘 정책 입안자들은 협상 테이블에 앉아 종이에 '무장해제'라고 쓰면 할 일을 다 이루리라 진심으로 믿는가? 오셀로의 직업이 사라져도 오셀로는 여전히 오셀로다. 저 하늘 위를 나는 젊은 조종사는 단지 확성기 소리에 이끌리지 않았다. 그는 자기 내면의 소리 —오래된 본능, 교육과 전통으로 키워지고 찬양된 본능—에 이끌렸다. 그런 본능 때문에 비난받아야 할까? 우리는 정치인으로 가득한 협상 테이블의 명령에 따라 모성 본능의 스위치를 끌 수 있을까? "특별히 선별된 여성으로 구성된 아주 작은 계층만 출산을 하도록 제한한다"는 것이 평화협정 조건이라면 우리는 그 조건을 따를까? 이렇게 말하지 않을까? "모성 본능은 여자의 기쁨이다. 나는 그것을 위해 내 온 삶을 바쳤다. 내 교육과 훈련과 모든 것을⋯⋯." 그러나 인류를 위해, 평화로운 세상을 위해 출산을 제한해야 하고 모성 본능을 억제해야 한다면 여자들은 그러기 위해 애쓸지 모른다. 남자도 여자를 도울지 모른다. 아이를 낳지 않겠다는 여자들의 결정을 존중할지 모른다. 여자들에게는 창조력을 발휘할 다른 출구가 주어질 것이다. 그것 또한 자유를 위한 투쟁의 일부가 되어야 한다. 우리는 영국 청년들이 자기 내면에 잠재된, 메달과 훈장에 대한 애착을 뿌리 뽑도록 도와야 한다. 내면의 투쟁 본능, 잠재의식에 숨은 히틀러주의를 정복하려고 애쓰는 사람을 위해 더 고결한 활동을 창조해야 한다. 총을 잃은 남자에게 보상을 주어야 한다.

　머리 위 톱질 소리가 더 커진다. 모든 탐조등이 곧추선다. 탐조등 불빛들이 지붕 위 한 지점을 향한다. 언제라도 내 방에 폭탄이 떨어질 수 있다. 하나, 둘, 셋, 넷, 다섯, 여섯⋯⋯ 몇 초가 지나간다. 폭탄은 떨어지지 않았다. 그러나 그 긴장된 몇 초 동안 모든 생각이 멈췄다. 무뎌진 공포를 제외한 모든 감각, 모든 감정이 멈췄다. 못 하나가 온 존재를 단단한 판자에 고정시킨다. 그러니 공포도 증오도 무익하고 생기 없다. 그러나 공포가 지나가자마자 마음이 손을 뻗는다. 본능적으로 무언가를 창조하려 애쓰며 자신을 되살린다. 방이 어두우니 기억으로부터 창조할 수밖에 없다. 마음은 다른 해 팔월의 기억으로 뻗어간다. 베이루트에서 바그너를 듣던 팔월, 로마에서 콤파냐를 거닐던 팔월, 런던에서 보낸 팔월. 친구들의 목소리가 되살아난다. 시 구절이 떠오른다. 기억에 불과한 그런 생각 하나하나가 두려움과 증오로 구성된 무뎌진 공포보다 훨씬 더 긍정적이고 창조적이다. 우리를 소생시키고 치유한다. 그러니 영광과 총을 잃은 청년들에게 보상하려면 창조적 감정을 느낄 수 있도록 해주어야 한다. 우리는 행복을 창조해야 한다. 젊은 이를 전투기에서 해방시켜야 한다. 그가 갇힌 감옥 밖으로, 환한 세상으로 데리고 나와야 한다. 하지만 독일 청년과 이탈리아 청년이 여전히 노예로 남아 있다면 영국 청년의 감정이 무슨 소용이 있을까?

지붕 위를 너울대던 탐조등이 전투기를 포착했다. 창문으로 탐조등 불빛에 몸을 비틀며 방향을 돌리는 조그만 은색 곤충이 보인다. 대공포가 탕탕탕 발포한다. 발포가 멎는다. 아마 침략군 전투기는 저 언덕 너머로 떨어졌을 것이다. 요전 날에는 적군 조종사 한 사람이 근처 들판에 무사히 착륙했다. 그는 자신을 사로잡은 사람에게 상당히 유창한 영어로 말했다. "전투가 끝나서 무척 기뻐요!" 그러자 영국 남자 하나가 그에게 담배를 권했고 영국 여자 하나가 차를 끓여주었다. 그러고 보면 그 남자를 전투기에서 해방시킬 수 있다면 우리는 결코 척박한 땅에 씨를 뿌리는 것은 아닌 듯하다. 그 씨앗은 생명이 있을지도 모른다.

마침내 대공포가 발포를 멈추었다. 모든 탐조등이 꺼졌다. 여름밤의 어둠이 되돌아왔다. 시골의 순박한 소리들이 다시 들린다. 사과가 쿵 떨어진다. 올빼미가 울며 나무에서 나무로 날아다닌다.

반쯤은 잊힌, 어느 옛 영국 작가의 말이 떠오른다. "아메리카의 사냥꾼은 일어났다⋯⋯." 아메리카에서 벌써 하루를 시작한 사냥꾼들, 기관총 소리에 아직 잠이 깨어본 적 없는 남자와 여자들에게 이 단편적인 기록을 보내도록 하자.* 그들이 이 단편적인 기록을 관대하고 너그럽게 다시 생각해주리라, 이 글에서 무언가 도움이 되는 것을 만들어내리라 믿으면서. 그리고 이제 세상의 어두운 반쪽에서 잠을 청해보자.

〈Thoughts on Peace in an Air Raid〉(1940)

• 버지니아 울프는 1940년 '현 시대 여성문제에 대한 미국 학술 토론회'에 보내기 위해 이 글을 썼다.

용서

도로시 세이어즈

용서는 매우 어려운 문제이다. 용서라는 이름으로 불리는 행동은 참으로 다양하지만 그중에는 훌륭하지 않은 행동도 있다. 이런 용서도 있다. "나는 기독교인으로서 그녀를 용서하지만 다시는 그녀와 말하지 않을 거야." 이런 용서는 "기독교인의 용서는 결코 용서가 아니다"라는 빈정거림을 들을 만하다. "그녀가 보낸 샴페인은 마시겠지만 그녀의 잘못은 잊지 않을 거야"라고 말하며 잇속을 차리는 용서만큼이나 말할 가치가 없다.

기꺼이 고통을 떠안겠노라고 허세를 부리며 잘난 척하는 용서도 있다. "용서할게, 존스. 그리고 너를 위해 기도할게." 이런 용서는 윤리와 성경에 토대를 두기는 하지만 존스의 사악한 열정을 부추길 수 있다는 점에서 현실적으로는 평화주의처럼 심각한 단점이 있다. 만약 피해자가 가해자 존스를 악의 구렁텅이에 빠트리려는 악의를 품는다면 이보다 더 확실한 방법을 찾기 힘들 것이다. 조건을 다는 용서도 있다. "잘못했다고 말하고 다시는 안 그러겠

157

다고 약속하면 용서할게." 이런 용서는 법적 거래 같은 느낌이 지나치다. 게다가 그런 조건을 끝까지 지킬 만큼 위반으로부터 자유로운 사람은 없다는 사실을 잊지 말아야 한다. 오직 신만 그런 조건을 지킬 수 있다. 물론 가톨릭에서도 죄를 용서받으려면 최소한 죄를 고백하고 뉘우치며 잘못을 개선해야 한다. 하지만 신의 용서가 이런 거래와 비슷하다고 말한다면 시인도 선지자도 신도 벼락처럼 부인할 것이다.

여호와가 갚아야 한다는 조건으로 빚을 탕감해주는가? 순결을 조건으로 타락을 용서하는가?
그 빚은 탕감되지 못한 빚이다! 그 타락은 용서받지 못한 타락이다!
그런 것은 이교도 신들의 용서이며, 이교도들의 도덕이다.
그들의 부드러운 자비는 무자비이다. 그러나 여호와의 구원은
돈도 대가도 없이 죄를 계속 용서하는 것이다.
영원 속에서 끊임없이 서로 희생하는 것이다. 왜냐하면 보라!
살며 죄를 짓지 않는 사람은 아무도 없다! 그리하여 여호와는
이렇게 약속한다. "너희가 서로를 용서한다면 여호와도 너희를 용서하리니
여호와가 너희 중에 살리라."
 –블레이크의 〈예루살렘〉

신이 우리를 용서할 때 내거는 조건은 종류가 다른 듯하다. 뉘우치고 보상하거나 다시는 잘못을 저지르지 않겠다고 약속하라

는 조건이 아니다. 우리가 용서받고 싶다면 조건 없이 용서하라고 말한다. "우리에게 죄 지은 자를 용서하듯" "일곱 번씩 일흔 번이라도."

용서에 대한 신약의 가르침은 모순적이고 불가해하다. 단순한 친절과 관련된 표현으로는 결코 정리할 수 없다. "'네 죄가 용서받았다'라고 하는 것과 '일어나서 걸어가라.' 하는 것 중 어느 편이 더 쉽겠느냐? 이제 땅에서 죄를 용서하는 권한이 사람의 아들에게 있다는 것을 보여주겠다. 그러고 나서 중풍 환자에게 '내가 말하는 대로 하여라. 일어나 요를 들고 집으로 돌아가거라.' 하셨다."• 너무 역설적인 이야기여서 어느 쪽으로 이해해야 할지 우리는 확실히 알 수 없다. "용서가 말로만 하면 되는 단순한 일 같은가? 물론이다. '이것'만큼 쉽다. 용서가 말할 수 없이 어려운 일 같은가? 물론이다. '이것' 또한 어렵다. 그러나 가능한 일임을 알 것이다." 성 누가에 따르면 모든 사람이 기뻐하긴 했지만 조금 놀랐고 매우 이상하게 여겼다.

용서가 무엇인지 더 잘 이해하려면 먼저 용서가 무엇을 하는지를 오해하지 말아야 한다. 용서는 죄의 결과를 없애주지 않는다. 물론 신약에서 용서를 말할 때는 빚 탕감과 관련된 단어와 이미지를 많이 쓴다. 하지만 알다시피 빚을 탕감한다고 해서 사라진 돈이 갑자기 기적적으로 돌아오지는 않는다. 채권자가 자발적으로

• 〈누가복음〉 5장 23~24절.

채무자의 의무를 없애주는 것을 뜻할 뿐이다. 내가 당신에게 상처를 입혔는데 당신이 그 처벌로 손해배상을 요구한다면 죄의 결과는 내가 지는 셈이다. 당신이 나를 고소하지 않기로 결정한다면 결과를 당신이 짊어진다. 상처를 치유할 수 없고 당신이 복수를 계획한다면 상처에 또 다른 상처가 더해진다. 당신이 용서하고 내가 뉘우친다면 우리는 결과를 함께 짊어지고 우정을 얻는다. 그러나 어떤 상황이든 누군가 결과를 짊어진다. 못된 종의 우화*는 더 분명한 사실을 알려준다. 용서는 단지 두 사람 사이의 상호적 행위에서 그치는 게 아니라 사회적 행위라는 사실이다. 상처를 두루 용서하지 않으면 용서의 은총은 힘을 잃고 법의 냉혹한 판결이 시작될 수밖에 없다.

이 모든 이야기에서 한 가지 사실을 끌어낼 수 있다. 바로 용서는 죄의 결과를 없애지 않으며 벌을 면제해주는 것을 주로 뜻하지도 않는다는 것이다. 잘못을 저지른 아이는 용서받고 처벌을 '면하게' 될지 모른다. 또는 처벌을 받고 나서 용서를 받게 될지 모른다. 어느 쪽이든 좋은 결과가 나올 수 있다. 그러나 아이가 처벌도 용서도 받지 않는다면 아무 도움이 되지 않는다. 용서는 공정한 관계를 재정립하는 일이다. 공정한 관계를 맺을 때 당사자들은 문제의 그 불행한 사건이 일어나지 않았던 것처럼 서로 진심으로 느

* 성경에 나오는 우화로 주인에게 애원하여 빚을 탕감받은 종이 동료가 자신에게 진 빚을 갚지 않자 화를 내며 감옥에 집어넣었는데 나중에 이 사실을 알게 된 주인이 격노했다는 이야기.

끼고 자유롭게 행동할 수 있다. 그러나 용서를 받아도 피해자들에게 뉘우침을 표현하지 않고 비사회적으로 행동하는 가해자와는 정당한 관계를 맺을 수 없다. 그런 가해자에게는 정당한 관계를 가로막는 것이 있다. 그러므로 용서를 '베푸는' 조건으로 뉘우침을 신이 요구하지 않고, 사람은 감히 요구하지 못한다 해도 뉘우침은 용서를 '받는' 데 반드시 필요한 조건이다. 그러므로 기독교의 용서는 두 가지 측면을 지닌다. 첫째, 반드시 뉘우쳐야 한다. 둘째, 죄를 지은 사람이 뉘우친다는 사실만으로도 모든 죄는 즉시 용서받는다. 신이 훈계를 늘어놓으며 공식 사면장에 도장을 쿵 찍기 전에 중요한 업무를 처리하는 동안 그 누구도 대기실에서 치욕스럽게 기다려야 할 필요는 없다. 방탕한 아들의 아버지처럼 신은 저 멀리서 오는 뉘우침을 알아보고 마중하러 나가신다. 뉘우침이 곧 화해이다.

죄를 뉘우치는 죄인 앞에서 신이 거드름을 피우지 않는다면 하물며 우리가 거드름을 피워서는 안 될 일이다. 하지만 생각해보면 신은 우리처럼 뉘우치지 않은 자신의 죄 때문에 주저할 일이 없다. 용서가 복잡해질 때는 서로 상처를 주었을 때이다. 프랑스 작가 라 로슈푸코가 잘 지적했듯 우리가 이미 상처를 입힌 사람들을 용서하는 일은 대단히 힘들다. 이렇게 서로 상처를 입힌 상황에서는 기억해두면 도움이 될 만한 생각이 있다. 용서가 배상금을 지불하느냐, 지불하지 않느냐 하는 문제와 반드시 관련 있지는 않다는 점이다. 용서의 목표는 자유로운 관계의 정립이다. 자유로운 관계는 상호 비난 속에서도, 어느 쪽이 더 피해를 입었는지 세세히 따지는 과정에서도 자랄 수 없다. 양쪽이 똑같이, 즉시 뉘우친다면 서로 즉시 용서하는 것이 정당한 관계일 것이다.

하지만 용서할 수 없는 죄도 있지 않을까? 또는 어쨌든 용서할 마음이 내키지 않는 죄도 있지 않을까? 그것이 지금 이 순간 우리가 물어야 할 질문이다. 이 질문에 답하려면 우리는 무엇보다 온갖 어수선한 생각들을 정리해야 한다. 이 문제는 누가 먼저 시작했는지 따지는 것과는 크게 관련이 없다. 여자와 아이들이 있는 도시를 폭격하는 것과 봉쇄하는 것 중 무엇이 더 정당한지, 민간인을 군사목표로 삼아도 괜찮은지를 둘러싼 논쟁도 그다지 관련이 없다. 아무리 너그럽게 용서해도 죄의 결과를 되돌릴 수는 없지 않냐고 토를 달 필요도 없다. 앞에서 말한 것처럼 용서와 죄의 결과는 서로 다른 문제이기 때문이다. 진짜 물어야 할 질문은 바로 이것이다. 전쟁이 끝났을 때 우리 마음에, 또는 적의 마음에 공정한 관계의 정립을 막을 만한 것이 있는가? 공정한 관계라고 해서 양쪽이 반드시 동등한 힘을 지닐 필요는 없다. 또한 갈등 재발을 막기 위한 예방책을 배제할 필요도 없다—하지만 어쨌든 이런 고민도 용서와는 그다지 관련이 없다. 그 자체로 용서할 수 없는 죄, 공정한 관계를 다시 맺을 수 없도록 만드는 죄라는 게 있을까?

신약 성서를 다시 들여다본다면 몇몇 사람들이 '단순한 복음서'라고 생각 없이 부르는 신약 성서가 우리에게 늘 기괴하고 충격적인 모순을 제시한다는 사실을 알 수 있다. 신약에 기록된 가장 엄청난 죄는 예수를 의도적으로 살해한 일이다. 이 죄는 "그들은 그들이 하는 일을 알지 못했다"는 이유로 용서받는다. 그렇다면 무지가 변명이 될 수 있는가? 옳고 그름을 구분하지 못했다고 변명하면 천국에 들어갈 자격을 얻을 수 있는가? 옳고 그름을 구분하지 못하는 것이야말로 가장 비난받아 마땅한 무능이 아닌가? "이 세상에서도, 다음 세상에서도 용서받을 수 없는" 신성모독 중의 신성모독이 아닌가? 그것은 우리가 구분하기 힘든 경계이다.

어쩌면 경계는 충분히 뚜렷한지도 모른다. 예수를 십자가에 매단 군졸들은 병사로서 자신들이 맡은 일상적 임무를 넘어서는 영원한 진실을 이해하지 못했던 게 사실이다. 그러나 아무리 무지한 가슴이라도 빛이 꿰뚫지 못할 것은 없었다. 그렇게 희미하게 보이는 빛에도 그들은 응답했던 듯하다. 한 사람은 우슬초를 찾으러 달려가고* 다른 사람은 "이 죄인에게는 진짜 뭔가 신성한 것이 있다"고 말하였다. 이들은 아무 문제없이 용서받을 수 있을지 모른다. 그러나 다른 사람들—모두 대단히 신분이 높은—은 예수가 가진 눈부신 치유의 힘을, 그 빛을 정면으로 모두 보고도 악마라 말했다. 그것은 용서받을 여지가 없는 근본적인 타락이다. "마음이 너무 굳어버려서"(철창에 갇힌 사내*가 말했다) "뉘우치지 '못하

* 십자가에 매달린 예수가 목이 마르다고 신음하자 해면에 포도주를 적신 뒤 우슬초 가지에 매달아 입을 적셔주었다.
* 존 번연의 《천로역정》에 등장하는 인물로 마음이 너무 굳어버려 뉘우치지 못한다고 스스로 말한다.

게'" 된 타락이다.

나는 우리가 이웃을 심판할 자격이 있는지 모르겠다. 하지만 우리가 뉘우치는 능력을 잃을 만큼 타락하지는 않았다고(그런가?) 가정해보자. 그리고 두 팔 벌려 적의 뉘우침을 반기고, 과거의 잘못이 일어나지 않았던 것처럼 적과의 관계를 재정립할 준비가 되었다고 가정해보자. 우리가 용서의 손을 내밀었을 때 그 손을 받아들일 수 없는 사람들은 어떻게 해야 할까? 요람에서부터 타락의 길로 이끌려간 사람들은? 용서할 수 없는 것이 있다면 이런 것이 아닐까? 살해된 시민들, 무너진 집, 파괴된 교회, 방화, 칼, 기아, 전염병, 고문, 집단수용소 때문이 아니라 한 세대 전체가 타락했기 때문에 용서할 수 없는 게 아닐까? 세상을 파괴하는 악마를 창조의 신으로 여기도록, 자신들의 가장 숭고한 능력을 바쳐 그 야만의 재단을 숭배하도록 키워졌기 때문이 아닐까? 죄 지은 자들에게 남은 판결이 연자 맷돌을 목에 달아 깊은 바다에 빠뜨리는 것밖에 없다 해도 우리는 여전히 이렇게 물어야 할 것이다. 죄 없는 사람들은 어떻게 해야 할까?

어느 쪽이 더 쉽겠는가? '네 죄가 용서받았다'라고 말하는 것과 '일어나서 걸어가라'고 말하는 것 중에서. 그러나 이제 지상에서 죄를 용서하는 권한이 사람의 아들에게 있음을 알게 될 것이다. (그리고 그는 마음이 비뚤어진 사람, 머리가 얼어붙은 사람, 가슴이 굶주린 사람, 영혼이 성장하지 못하고 마비된 사람에게 말하였다.) "이제 일어나서 요를 들고 집으로 가거라."

용서는 어려운 문제이다. 살아 있는 그 누구도 완전히 무죄이거나 완전히 유죄이지는 않다. 우리는, 국가적 차원에서, 분노를 품고 싶지는 않다. 그래서 가끔 우리는 용서하지 않고 잊는다. 그러니까 우리의 적도 우리 자신도 진정으로 이해하지 못한 채 잊어버린다. 그러나 이번에는 잊을 수 있을 것 같지 않다. 잊지도 못하고, 공정한 관계도 맺을 수 없다면 결국 어떤 결과를 기대할 수 있을지는 확실히 모르겠다.

〈Forgiveness〉(1947)

도로시 세이어즈(1893~1957)

1893년 영국 옥스퍼드에서 태어났다. 당시 여성으로서는 드물게 옥스퍼드 대학을 졸업했고 출판사와 광고회사에서 일했다. 이후 피터 윔지 경이 등장하는 탐정소설 연작으로 널리 알려졌으며 시, 비평, 희곡, 에세이에 이르기까지 다양한 분야에 걸쳐 저술을 남겼다. 말년에는 단테의《신곡》을 생동감 넘치는 구어체 영어로 옮기는 일에 몰두했으며 '지옥'과 '연옥' 편을 마쳤으나 '천국' 편을 마치지 못한 채 갑작스럽게 세상을 떠났다. 저서로는 피터 윔지 탐정소설 연작을 비롯해 산문집《창조자의 마음》,《여자는 사람인가?》,《왜 일하는가?》 등이 있다.〈용서〉는 세이어즈가 2차 세계대전 중에 신문에 기고하기 위해 쓴 글이었으나 ('멈출 수 없는 증오를 기독교 신학으로 정당화해주기를 원했던' 편집자의 의도와 맞지 않다는 이유로) 신문에는 실리지 않았고 훗날 세이어즈의 에세이를 모은《인기 없는 생각들》에 수록되었다.

살아 있는 짐 크로우의 윤리: 자전적 스케치

리처드 라이트

내가 깜둥이로 사는 법을 처음으로 배운 것은 꽤 어렸을 때였다. 우리는 아칸소주에 살고 있었다. 우리 집은 기찻길 뒤에 있었다. 손바닥만 한 마당에는 까만 재가 깔려 있었다. 초록빛 생명이라곤 하나도 자라지 않는 뜰이었다. 우리가 볼 수 있는 초록빛이란 기찻길 너머 백인들이 사는 곳에 있었다. 그러나 나는 까만 재로도 충분했고 초록 생명을 키우지 못하는 게 결코 아쉽지 않았다. 어쨌거나 재는 훌륭한 무기였다. 커다랗고 까만 잿덩이로 신나게 전쟁을 벌일 수 있다. 까슬까슬한 잿덩이 탄약을 한 움큼 쥐고 벽돌 기둥 뒤에 숨어 있기만 하면 된다. 다른 벽돌 기둥 뒤에서 불쑥 튀어나오는 덥수룩한 까만 머리가 표적이다. 있는 힘을 다해 그놈을 쓰러뜨리면 된다. 진짜 재미있었다.

어느 날 같이 놀던 무리와 함께 기찻길 너머에 사는 백인 아이들과 싸움을 벌이기 전까지 나는 까만 재로 뒤덮인 마당이 끔찍하게 불리한 환경이라는 것을 제대로 깨닫지 못했다. 우리는 평소처럼 잿덩이 폭격을 퍼부었다. 그렇게 하면 백인 아이들을 쓸어버릴 수 있을 줄 알았다. 그런데 백인 아이들은 깨진 병조각 폭격으로 반격했다. 우리는 잿덩이 폭격을 두 배로 늘렸지만 상대편은 자기 집 정원의 나무와 산울타리, 비탈진 경사면 뒤로 숨어 버렸다. 그런 엄호물이 없던 우리는 벽돌 기둥 뒤로 후퇴했다. 후퇴하는 도중에 나는 깨진 유리병 조각에 귀 뒤쪽을 맞았다. 깊게 베인 상처에서 피가 어마어마하게 쏟아졌다. 얼굴로 피가 온통 쏟아져 내리는 모습에 우리 군대는 기가 꺾이고 말았다. 내 전우들은 마당 한 가운데 우두커니 서 있는 나를 남겨놓은 채 각자 자기 집으로 꽁무니를 뺐다. 친절한 이웃 사람 하나가 나를 보고는 서둘러 의사에게 데려갔고 의사는 내 목을 세 바늘 꿰맸다.

나는 상처를 만지작거리며 집 앞 계단에 우울하게 앉아 일 나간 엄마가 돌아오기를 기다렸다. 나는 무척 부당한 일을 당했다고 느꼈다. 잿덩이를 던지는 것은 괜찮다. 잿덩이에 맞으면 기껏해야 멍이 들 뿐이다. 그러나 깨진 병조각은 위험하다. 상처를 내고 피를 흘리게 하며 사람을 무력하게 만든다.

밤이 되자 백인 집 주방에서 일하는 엄마가 돌아왔다. 나는 저만치서 걸어오는 엄마에게 달려갔다. 엄마는 이해해줄 것만 같았다. 다음번에는 어떻게 하라고도 말해줄 것 같았다. 나는 엄마의 손을 꼭 잡고 그날 있었던 일을 재잘거렸다. 엄마는 내 상처를 살펴보더니 나를 찰싹 때렸다.

"왜 숨지 않았니?" 엄마가 물었다. "왜 맨날 쌈박질이야?"

나는 설움이 북받쳐 울음을 터트렸다. 흐느끼는 사이사이에, 숨을 만한 나무도 산울타리도 없었다고 엄마에게 말했다. 내가 참호로 쓸 만한 게 없었다고, 벽돌 기둥 뒤에 숨어서는 멀리 던질 수 없었노라고 말했다. 엄마는 막대기 하나를 집어들더니 나를 집으로 끌고 가 발가벗기고 때렸다. 그날 나는 열이 38도 넘게 올랐다. 엄마는 막대기로 내 엉덩이를 때렸고 맞은 상처로 피부가 따끔거리는 내게 짐 크로우*로 살아남는 데 필요한 주옥같은 지혜를 가르쳐주었다. 다시는 잿덩이를 던져서는 안 된다. 다시는 전쟁놀이를 해서도 안 된다. 무슨 일이 있어도 '백인'들과는 절대, 절대, 절대 싸우면 안 된다. 백인 아이들이 내게 깨진 우유병 조각을 던진 일은 조금도 잘못한 일이 아니다. 엄마가 나를 보살필 돈을 벌기 위해 백인의 무더운 주방에서 하루 종일 일을 하는 걸 모르는 거냐? 언제면 착한 아이가 될 거냐? 엄마는 내 싸움 따위에 신경 쓸 정신이 없다. 그리고 엄마는 그 백인 아이들이 나를 죽이지 않은 것에 대해 평생 하느님께 감사드려야 한다는 말로 설교를 끝맺었다.

그날 밤 내내 나는 고열로 헛것을 보며 잠을 이루지 못했다. 눈을 감을 때마다 괴물 같은 백인의 얼굴이 천장에 매달려 나를 힐끔거렸다.

---

* 흑인 남성을 조롱하는 은어로, 1820년대 백인 배우 토머스 D. 라이스가 짐 크로우라는 흑인으로 분장하고 흑인을 희화하는 춤과 노래를 부른 데서 유래했으며 이후 흑백 분리와 차별을 규정하는 법을 지칭하는 명칭으로도 사용되었다.

그때부터 재로 뒤덮인 마당은 내게 더 이상 매력이 없었다. 초록 나무들, 다듬어진 산울타리, 짧게 깎인 잔디밭이 매우 의미심장해졌다. 하나의 상징이 되었다. 요즘에도 나는 백인을 생각할 때면 나무와 잔디밭, 산울타리로 둘러싸인 튼튼하고 날렵한 하얀 집이 마음 한구석에 떠오른다. 여러 해가 흐르는 동안 그 집들은 거대한 공포의 상징이 되었다.

내가 백인들을 다시 가까이서 만나게 된 것은 오랜 시간이 흐르고 나서였다. 그 후 우리는 아칸소에서 미시시피로 이사했다. 미시시피에서 다행히 우리는 기찻길 뒤나 백인 동네 근처에 살지 않았다. 우리는 흑인 밀집지역 가운데에 살았다. 흑인 교회와 흑인 목사가 있었고 흑인 학교와 흑인 교사가 있었다. 흑인 청과상과 흑인 점원도 있었다. 사실 모든 것이 하나같이 까만 곳에서 오랫동안 살다 보니 아주 멀고 흐릿하게나 아니면 백인들을 생각할 일도 없었다. 그러나 그런 상황은 영원히 지속될 수 없었다. 자라고 나이가 들수록 먹는 양이 늘고 옷값도 많이 들어간다. 초등학교를 마치자 나는 일을 해야 했다. 어머니는 주방 일로 더 이상 나를 먹이고 입힐 수 없었다.

하지만 아무 기술도 없는 깜둥이 소년이 일자리를 얻을 수 있는 곳은 한 군데밖에 없었다. 바로 하얀 얼굴과 하얀 집들이 있는 곳, 푸른 나무와 잔디밭과 산울타리가 있는 곳. 내 첫 직장은 미시시피주 잭슨시에 있는 안경 회사였다. 그곳에 지원한 날 아침 나는 사장 앞에 똑바른 자세로 단정히 서서 그가 묻는 모든 질문에 또

랑또랑한 목소리로 '예, 나리'와 '아닙니다, 나리'로 대답했다. 나는 특히 '나리'를 또박또박 발음하려고 신경 썼다. 내가 예의 바르다는 것을 보여주기 위해서였다. 내 주제를 알고 있으며, 그가 '백인'이라는 걸 알고 있다는 것을 보여줘야 했다. 나는 그 일자리가 몹시 필요했다.

그는 귀여운 애완견을 살펴보듯 나를 건너다보았다. 학교에서 무엇을 배웠는지, 특히 수학을 얼마나 배웠는지 자세히 물었다. 내가 산수를 2년 배웠다고 말하자 대단히 만족한 듯 보였다.

"얘야, 여기서 뭔가 배워보는 게 어떠냐?" 그가 물었다.

"좋습니다, 나리." 나는 행복하게 대답했다. "노력해서 차츰 더 좋은 자리에서 일하고 싶습니다." 깜둥이에게도 그런 꿈이 있는 법이다.

"좋아, 따라와." 그가 말했다.

나는 그를 따라 작은 공장으로 갔다.

"피즈," 그가 서른다섯 살쯤으로 보이는 백인에게 말했다. "얘는 리처드야. 우리를 위해 일할 거야."

피즈는 나를 보고 머리를 끄덕였다.

그다음에 사장은 나를 데리고 열일곱 살쯤으로 보이는 백인 소년에게 갔다.

"모리, 얘는 리처드야. 우리를 위해 일할 거야."

"어이, 안녕?" 모리가 내게 우렁차게 말했다.

"안녕하세요?" 내가 대답했다.

사장은 두 사람에게 나를 도와주고, 가르쳐주고, 할 일을 주고, 시간 나는 대로 일을 익히게 해주라고 지시했다.

내 임금은 주급 5달러였다.

나는 사람들 마음에 들려고 애쓰며 열심히 일했다. 처음 한 달 동안은 그럭저럭 지냈다. 피즈와 모리는 나를 마음에 들어 하는 듯했다. 하지만 한 가지가 부족했다. 그리고 그 부족한 점에 대한 생각이 내 머리를 떠나지 않았다. 나는 그곳에서 아무것도 배우지 못했고 아무도 나를 돕겠다고 나서지 않았다. 내가 안경 렌즈 깎는 기술을 배워야 하는 걸 두 사람이 잊었는가 싶어서 어느 날 모리에게 안경 렌즈 깎는 법을 알려달라고 부탁했다. 모리의 얼굴이 벌게졌다.

"뭘 어쩌겠다는 거냐, 깜둥아? 똑똑해지겠다고?"

"아닙니다. 똑똑해지려는 게 아닙니다." 내가 대답했다.

"좋아. 똑똑해지지 마. 너한테 뭐가 득이 되는지 안다면!"

나는 어리둥절했다. 모리는 그냥 나를 도와주고 싶지 않은가 보다 생각하고는 피즈에게 갔다.

"야, 이 깜둥아, 너 미쳤냐?" 그의 회색 눈빛이 매서워졌다.

나는 배울 기회를 내게 주어야 한다고 사장님이 말했던 일을 그에게 상기시켰다.

"깜둥아, 네가 백인인 줄 아는구나. 그치?"

"아닙니다, 나리!"

"뭘, 완전 그렇게 구는 걸!"

"하지만 피즈 씨, 사장님이 말씀하시길……."

피즈는 내 얼굴 앞에 주먹을 흔들며 말했다.

"여기 일은 백인 남자가 하는 일이야. 행동 조심하는 게 좋을 걸!"

그 뒤로 두 사람이 나를 대하는 태도가 달라졌다. 더 이상 아침 인사도 하지 않았다. 내가 조금만 일을 느리게 해도 게을러터진 깜둥이 새끼라 불렀다.

이 모든 이야기를 사장에게 털어놓을까도 생각했다. 하지만 내가 '일러바쳤다'는 걸 피즈와 모리가 알면 무슨 일이 일어날지 생각만 해도 발걸음이 떨어지지 않았다. 어쨌든 사장도 백인이었다. 무슨 소용이 있겠는가?

어느 여름날 정오에 결전의 순간이 왔다. 피즈가 나를 작업대로 불렀다. 피즈에게 가려면 두 개의 좁은 작업대 사이를 지나 벽에 등을 대고 서야 했다.

"예, 나리." 내가 말했다.

"리처드, 물어보고 싶은 게 있는데." 피즈는 하던 일에서 고개를 들지 않고 유쾌하게 말을 시작했다.

"예, 나리." 내가 말했다.

모리가 다가와 작업대 사이 좁은 통로를 가로막았다. 그는 팔짱을 낀 채 나를 근엄하게 응시했다.

"예, 나리." 내가 세 번째로 말했다.

피즈는 고개를 들고 매우 천천히 말했다.

"리처드, 모리 '씨' 말이 네가 나를 '피즈'라고 불렀다며."

나는 몸이 굳어졌다. 내 안에 구멍 하나가 뻥 뚫리는 듯했다. 이게 최후의 결전이라는 걸 알았다.

피즈의 말은 내가 자기를 피즈 씨라 부르지 않았다는 뜻이다. 나는 모리를 쳐다봤다. 그는 강철봉 하나를 두 손으로 쥐고 있었다. 나는 말을 하려고, 아니라고 말하려고, 그냥 '피즈'라고 부른 적이 없다고, 그렇게 부를 생각조차 해본 적이 없다고 말하려 입을 열었다. 하지만 그때 모리가 내 옷깃을 그러쥐더니 내 머리를 벽에 찧었다.

"야, 조심해, 깜둥아!" 모리가 이를 드러내며 으르렁거렸다. "네 놈이 '피즈!'라고 부르는 걸 내가 들었거든! 그렇지 않다고 말하면 네가 나를 거짓말쟁이로 만드는 거야, 알겠어?" 그는 강철봉을 위협적으로 흔들었다.

내가 "아닙니다, 나리, 피즈 씨. 저는 절대 나리를 피즈라 부르지 않았습니다"라고 말하면 나는 자동적으로 모리가 거짓말을 했다고 말하는 셈이 된다. 내가 "예, 나리, 피즈 씨. 피즈라고 불렀습니다"라고 말한다면 나는 깜둥이가 남부 백인에게 내뱉을 수 있는 최악의 모욕적인 말을 한 죄를 지게 되는 셈이다. 나는 이도저도 아닌 표현을 찾으려고 애쓰며 꾸물거렸다.

"리처드, 내가 대답하라고 했지!" 피즈가 소리쳤다. 부아가 치미는 목소리였다.

"피즈라고 부른 기억은 없습니다, 피즈 씨." 나는 조심스럽게 말했다. "제가 만약 그랬다면 분명 진심이 아니라……."

"이 깜둥이 자식! 그러면 나를 피즈라고 불렀다는 거네." 피즈는 이렇게 내뱉으며 옆 작업대 위로 내가 고꾸라질 때까지 나를 때렸다. 모리가 내 위에 올라타고 물었다.

"피즈라고 부르지 않았다고? 안 그랬다고만 해봐. 내가 이 몽둥이로 배를 찢어놓을 테다. 이 빌어먹을 놈아! 백인을 거짓말쟁이로 몰고도 그냥 넘어갈 줄 알아, 이 깜둥이 녀석아!"

나는 힘이 빠졌다. 나를 그만 놔달라고 애원했다. 나는 그들이 무얼 원하는지 알았다. 그들은 내가 떠나길 바랐다.

"나갈게요." 나는 약속했다. "당장 나갈게요."

그들은 나에게 즉시 공장을 나가라고 했다. 그리고 다시 나타나거나 사장에게 말하지 말라고 경고했다.

나는 공장을 떠났다.

집에 돌아와 이야기하니 식구들은 내게 바보라고 했다. 다시는 선을 넘으려 해선 안 된다고 말했다. 백인 밑에서 일할 때는 계속 일하고 싶다면 "자기 자리를 지켜야" 한다고 말이다.

⟨The Ethics of Living Jim Crow: An Autobiographical Sketch⟩
(1937) 일부

리처드 라이트(1908~1960)

1908년 미시시피에서 노예의 손자이자 소작농의 아들로 태어났다. 어려운 가정 형편 때문에 정식 교육은 9학년까지밖에 받지 못했고 접시닦이, 배달원, 안경 공장 급사 등으로 일했다. 책을 무척 좋아했지만 당시 미시시피에서는 흑인의 도서관 이용이 금지돼 있어서 백인 동료의 심부름을 가장해 책을 빌려 탐독했다. 1938년 첫 단편소설집 《엉클 톰의 아이들》로 인정받기 시작했고 1940년 미국 흑인 하층민의 삶과 내면을 그린 《미국의 아들》을 썼다. 《미국의 아들》은 미국 흑인 문학사의 기념비적 작품으로 꼽힌다. 이후 자서전 《깜둥이 소년》과 소설 《국외자》를 비롯해 많은 시와 에세이를 썼다. 국외거주자로 체류하던 파리에서 1960년 세상을 떠났다.

어떤 질문

리처드 라이트

어느 날 나는 백화점 안경 매장에 안경 하나를 배달하러 갔다. 매장에는 손님이 없었고 키 크고 얼굴이 발그레한 백인 남자 하나가 나를 관심 있게 쳐다봤다. 호리호리한 남부 사람들과는 체격이 뚜렷이 다른 모습으로 보아 북부 출신이 틀림없었다.

"나리, 여기 서명해주시겠습니까?" 나는 장부와 안경을 내밀며 물었다.

남자는 장부와 안경을 집어 들었지만 눈은 여전히 나를 쳐다보고 있었다.

"저, 애야, 나는 북부에서 왔단다." 그가 조용히 말했다.

나는 가만히 있었다. 이건 덫일까? 남자는 금기로 여겨지는 주제를 꺼냈고 나는 그가 무슨 말을 하려는지 알 때까지 가만히 있고 싶었다. 남부의 백인 남자들이 흑인과 이야기하기 꺼리는 주제들이 있다. 백인 미국 여자들, 쿠클럭스클랜*, 프랑스, 흑인 병사들이 프랑스에서 잘 싸운 이야기, 프랑스 여자들, 잭 존슨*, 미합중국

북부의 모든 지역, 남북전쟁, 에이브러햄 링컨, U. S. 그랜트*, 북군의 셔먼 장군, 가톨릭교도, 교황, 유대인, 공화당, 노예제, 사회평등, 공산주의, 사회주의, 수정헌법 제13조, 제14조, 제15조*, 남자답게 나서는 흑인. 가장 무난한 주제는 섹스와 종교다. 나는 남자를 쳐다보지도 남자의 물음에 대답도 하지 않았다. 단 한 문장으로 남자는 침묵의 어둠에서 인종 문제를 끌어올렸고 나는 벼랑 끝에 서 있었다.

"나를 무서워하지 마라." 남자가 말을 이었다. "그냥 한 가지만 묻고 싶단다."

"네, 나리." 나는 감정을 드러내지 않으며 질문을 기다렸다.

"저, 애야, 너 배고프니?" 그가 진지하게 물었다.

나는 남자를 뚫어지게 쳐다봤다. 남자의 입에서 나온 그 한 단어는 내 깊은 영혼을 건드렸지만 나는 말할 수 없었다. 북부로 갈 돈을 모으기 위해 배를 곯고 있다는 사실을 그에게 알릴 수 없었다. 그를 믿을 수 없었다.

하지만 나는 표정을 바꾸지 않고 말했다.

"아, 아닙니다, 나리." 나는 억지로 미소를 지었다.

나는 배가 고팠고 남자는 그걸 알고 있었다. 하지만 그는 백인

• 남북전쟁 후 남부군 장교들을 주축으로 결성된 백일 우월주의 단체로 흑인과 노예해방에 동조한 백인들에게 끔찍한 테러를 자행했으며 줄여서 KKK단이라 불렸다.
• 미국의 권투 선수. 1908년 흑인으로는 처음으로 세계 헤비급 챔피언이 되었다.
• 남북전쟁에서 북군을 승리로 이끈 장군.
• 흑인 노예를 해방하고 시민권과 투표권을 보장한 개정헌법 조항.

이었고 그에게 배고프다고 말한다면 부끄러운 무언가를 내보이는 느낌이 들 듯했다.

"애야, 네 얼굴과 눈을 보니 배가 고파 보여서 그래." 그가 말했다.

"먹을 만큼 먹습니다." 나는 거짓말했다.

"그러면 왜 그렇게 말랐니?" 그가 물었다.

"그냥 제가 원래 그런 것 같습니다." 나는 다시 거짓말했다.

"너 겁먹었구나, 애야."

"아, 아닙니다, 나리." 나는 다시 거짓말했다.

나는 남자를 쳐다볼 수 없었다. 매장을 나오고 싶었지만 그는 백인이었고 나는 백인이 말을 할 때 불쑥 자리를 떠나서는 안 된다고 배웠다. 나는 그의 시선을 외면하며 서 있었다. 그는 주머니에 손을 집어넣더니 1달러 지폐를 꺼냈다.

"자, 이거 가져가서 먹을 것 좀 사 먹어라." 그가 말했다.

"아닙니다, 나리."

"바보처럼 굴지 마." 그가 말했다. "부끄러워서 그러는구나. 애야, 그런 것 때문에 돈을 안 받고 굶어서는 안 돼."

남자가 말을 하면 할수록 나는 그 돈을 받을 수 없었다. 나는 그 돈을 원했지만 돈을 쳐다볼 수 없었다. 말을 하고 싶었지만 혀가 움직이지 않았다. 그가 나를 가만 놔뒀으면 싶었다. 무서웠다.

"말을 좀 해보렴." 그가 말했다.

우리 둘레에는 백화점 상품이 쌓여 있었고 백인 여자와 남자들이 이 매장 저 매장 오가고 있었다. 여름이었고 높은 천장에는 거대한 전기 선풍기가 윙윙 돌았다. 나는 가만히 서서 그 백인 남자가 내게 가도 좋다고 신호를 보내길 기다렸다.

"이해할 수 없군." 그가 다문 이 사이로 말했다. "학교는 어디까지 다녔니?"

"9학년까지 다녔지만 사실 8학년이었어요. 9학년에서는 8학년 내용을 복습했거든요."

침묵. 남자는 그렇게 긴 설명을 바라진 않았겠지만 나는 우리 사이에 무시무시하게 입을 벌린 부끄러운 공백을 메우기 위해 길게 말했다. 비현실적인 대화를 남부의 견고한 현실로 끌어내리고 싶었다. 물론 그 대화는 현실적이었다. 내가 잘 먹고 사는지 물었으니 말이다. 하지만 그 물음은 내가 평생 알고 있던 어두운 공포를 환한 대낮으로 끌어냈다. 북부에서 온 그 백인은 자기가 얼마나 위험한 말을 하고 있는지 몰랐다.

(사람에게는 다른 사람에게 말하기 힘든, 말로 표현할 수 없는 심각하고 비밀스런 문제들이 있기 마련이다. 그러나 흑인에게는 삶의 사소한 문제들이 말하기 힘든 것이 된다. 그 사소한 문제에 자기 운명이 달려 있기 때문이다. 자신과 별의 관계를 표현하려고 애쓰는 사람도 있지만 빵 한 덩이를 얻는 데 온 정신이 팔려 있는 사람에게 그 빵 한 덩이는 하늘의 별만큼이나 중요한 법이다.)

다른 백인이 매장에 들어왔고 나는 안도의 한숨을 쉬었다.

"이 돈 필요하니?" 남자가 물었다.

"아닙니다, 나리." 내가 작은 소리로 말했다.

"좋아. 그럼 없던 걸로 하자."

그는 회계장부에 서명을 했고 안경을 받았다. 나는 장부를 가방에 넣고 매장을 나와 통로를 걸어갔다. 내가 진짜 배고프다는 사실을 그 백인 남자가 안다고 생각하니 등뼈가 찌릿해지는 느낌이 들었다. 그 후 나는 그 남자를 피했다. 그를 볼 때마다 이상하게도 그가 내 적이라고 느꼈다. 그는 내 느낌을 알고 있었고, 남부에서 내 삶의 안전은 내 느낌을 모든 백인들에게 얼마나 잘 숨기느냐에 달려 있었기 때문이다.

《Black Boy》(1945) 일부

서문

윌리엄 포크너

할아버지는 그리 크지는 않지만 상당히 다양하고 폭넓은 책이 두루 있는 서재를 갖추고 계셨다. 지금 생각해보면 어린 시절 내 교육의 대부분은 그곳에서 이루어졌다. 소설은 그다지 많지 않았다. 할아버지의 소설 취향은 스콧이나 뒤마처럼 낭만적 열정을 거침없이 표현한 작가들이었다. 하지만 잡다하게 다른 소설도 여기저기 흩어져 있었는데 할머니 이름과 1880년대, 1890년대 날짜가 적힌 것으로 보아 분명 할머니가 되는 대로 고른 책들인 듯했다. 그 무렵에는 테네시 멤피스 같은 큰 도시에서도 부인들이 가게와 상점 앞길에 마차를 멈추면 점원과 주인까지 나와 주문을 받았다. 책을 주로 사는 사람도, 읽는 사람도 여자였고 어머니들은 아이들에게 낭만적이며 비극적인 여주인공과 남주인공 그리고 훨씬 더 낭만적인 작가들의 이름을 따서 바이런, 클라리사, 엘모, 로테어 같은 이름을 붙여주던 시절이었다.

이런 책들 중에 폴란드 작가 헨리크 시엔키에비치*가 쓴 책이 있었다. 얀 소비에스키 왕 통치기 폴란드인들이 거의 단독으로 투르크의 중부유럽 침략을 막던 시절을 배경으로 한 이야기였다. 그 책에도 그 시대의 모든 책, 적어도 할아버지 서재의 다른 책들처럼 머리말, 곧 서문이 있었다. 그때까지 나는 서문을 한번도 읽은 적이 없었다. 등장인물들이 무엇을 하고, 무엇으로 고통받고, 무엇을 극복하는지 얼른 알고 싶었기 때문이다. 하지만 그 책은 서문을 읽었다. 내가 처음으로 시간을 들여 읽은 서문이었다. 왜 그랬는지는 모르겠다. 내용은 대충 이러했다.

사람들의 마음을 북돋기 위해 대단한 노력을 들여 썼다는 내용이었다. 나는 생각했다. '이렇게 생각하고 말할 수 있다니 참 근사하구나.' 하지만 그걸로 끝이었다. '언젠가 나도 책을 쓸 텐데 맨 앞 장에 쓸 만한 생각이 없으면 어쩌나.' 같은 생각은 하지 않았다. 그 시절에 나는 책을 쓸 생각이 없었다. 내게 미래는 그렇게 멀리 있지 않았다. 그때가 1915년, 1916년이었다. 나는 비행기를 보았고 머리에는 온통 이름이 꽉 들어차 있었다. 볼, 이멜만, 뵐케, 귀느메르, 비숍.˚ 나는 얼른 나이가 들어서, 또는 자유를 얻어서, 또는 어떤 식으로든 프랑스로 가서 영예를 얻고 훈장을 받게 될 때를 기다렸다.

그러다가 그런 시절도 지나갔다. 1923년에 나는 책을 한 권 썼

˚ 폴란드 역사소설의 거장으로 《불과 검으로》, 《대홍수》, 《보위디웁스키 장군》으로 이어지는 역사소설 3부작을 썼고 1905년 《쿠오 바디스》로 노벨문학상을 받았다.
˚ 제1차 세계대전에서 활약했던 전투기 조종사들.

고 책 쓰는 일이 내 운명, 숙명임을 깨달았다. 아무런 외적 목적도, 숨은 목적도 없이 쓰는 것. 책을 쓰기 위해 책을 쓰는 것. 분명 출판사는 재정적 위험을 무릅쓰고 내 책을 인쇄할 만하다고 여기는 듯했고 그래서 누군가는 읽기도 했다. 하지만 그것도 책을 써야 하는 욕구에 비하면 중요치 않았다. 물론 내 책을 읽은 사람들이 진실하고 정직한 책이라 여겨주길, 어쩌면 감동까지 느끼길 바라는 것이야 당연하다. 글을 쓰는 사람은 그를 내모는 악마가 여전히 그를 괴롭히며 내몰 만하다고, 내몰 가치가 있다고 여기는 동안에는 글을 쓰느라 너무 바쁘다. 피와 샘과 살이 여전히 움직이고 건강하며 심장과 상상력이 남자와 여자들의 어리석음과 욕망, 용기에 아직 무뎌지지 않는 동안에는 여전히 책을 쓰느라 바쁘다. 그리고 피와 샘이 더뎌지고 다소 식은 뒤에도 써야 할 책이 있기 때문에 여전히 쓴다. 심장이 "너도 답을 모르잖아. 아마 결코 찾지 못할걸"이라 말하기 시작했지만 악마가 조금 가혹하고 냉정해졌을 뿐 여전히 친절하므로 여전히 책을 쓴다. 그러다 어느 날 문득 거의 잊고 지내던 한 폴란드 작가에게 언제나 답이 있었다는 사실을 깨닫는다.

사람의 마음을 북돋는 것. 글 쓰는 사람 모두 마찬가지다. 예술가가 되려고 애를 쓰는 사람도, 가벼운 오락거리를 쓰는 사람도, 충격을 주기 위해 쓰는 사람도, 자신으로부터 달아나기 위해, 자신의 고통으로부터 달아나기 위해 쓰는 사람도 모두 마찬가지다.

그것이 바로 우리가 글을 쓰는 까닭임을 모르는 사람도 있다.

알지만 부정하려는 사람도 있다. 감상적이라는 소리를 들을까봐, 스스로 감상적이라 자백하게 될까봐, 비난받을까봐 부정한다. 무슨 까닭인지 요즘 사람들은 감상적이라는 꼬리표를 부끄럽게 여긴다. 우리 글 쓰는 사람 중에는 마음이 어디 있는지에 대해 이상한 생각을 갖고 있는 듯한 사람도 있다. 마음을 더 천한 샘과 기관, 활동과 혼동하는 사람들이 있다. 하지만 우리 모두 사람의 마음을 북돋우려는 한 가지 목적을 위해 쓴다.

그렇다고 우리가 사람을 변화시키거나 개선하기 위해 글을 쓴다는 말은 아니다. 물론 그러기를 바라는—심지어 의도하는—작가도 있다. 하지만 사람의 마음을 북돋우려는 희망과 욕망을 끝까지 분석해보면 전적으로 이기적이며, 완전히 개인적이다. 글 쓰는 사람은 바로 자신을 위해 사람의 마음을 북돋우려 한다. 그렇게 해야 죽음을 물리칠 수 있기 때문이다. 글을 쓰는 사람은 자기가 북돋우려는 마음들로 죽음을 물리치고 있다. 또는 심지어 자신이 건드린 비천한 분비샘들로 죽음을 물리치고 있다. "적어도 우리는 식물이 아니야. 이런 흥분을 나눌 수 있는 마음과 분비샘이라면 식물의 것이 아니니까 우리는 견뎌낼 것이고 견뎌내야 해"라는 걸 알고 깨닫고 듣고 믿음으로써 스스로 죽음을 물리칠 만큼 고양된 마음과 분비샘들로 자신의 죽음을 물리치고 있다.

따라서 인간미 없는 차갑고 고립된 활자로 이런 흥분을 싹 틔울 수 있는 사람은 자신이 싹 틔운 불멸을 함께 누린다. 언젠가 그는 더 이상 존재하지 않겠지만 그때가 되면 그건 중요하지 않다. 차가운 활자로 고립되어 안전하게 남은 그것은 그가 숨 쉬고 고뇌하던 공기로부터 여러 세대 떨어진 사람들의 심장과 샘에 여전히 오랜 불멸의 흥분을 싹 틔울 수 있기 때문이다. 그것이 한 번 가능했다면 자신이 죽어 희미해진 이름으로만 남은 지 오랜 뒤에도 여전히 가능하고 효력이 있으리라는 걸 그는 안다.

〈Foreword to 《The Faulkner Reader》〉(1954)

소소하고
은밀한

색깔 없는 것은 1페니, 있는 것은 2페니

로버트 루이스 스티븐슨

'색깔 없는 것은 1페니, 있는 것은 2페니'. 스켈트 장난감 극장*과 더불어 어린 시절을 보낸 사람에게는 익숙한 표현일 것이다. 국가적 기념물이라 할 만한 스켈트 극장은 파크, 웹, 레딩턴 그리고 마지막으로 폴록으로 이름을 바꾸다가 이제는 대부분 추억이 되어버렸다. 스톤헨지처럼 기둥 몇 개만 남고 흔적도 없이 사라졌다. 온전히 남은 스켈트 극장은 아마 박물관에나 있을 것이다. 이오니데스 씨*나 여왕 폐하는 대단한 소장품을 뽐낼지 모르겠다. 하지만 평범한 사람에게는 라파엘의 그림처럼 구할 수 없는 물건이 되

---

* 모형 극장에서 상연할 수 있도록 종이에 인쇄된 배경과 인물 삽화, 짧은 대본을 함께 넣어 꾸러미로 판매하던 것으로, 19세기에 영국의 삽화가 스켈트가 제작한 제품이 유행했다. 이런 꾸러미는 대개 당시 영국에서 큰 인기를 끌던 연극의 줄거리를 대폭 축약하고 실제 연극의 배경과 소품을 축소해서 제작되었는데 주로 액션과 로맨스가 가미된 모험담이 많았다. 이 글의 제목처럼 색깔 없는 것은 1페니에, 색깔 있는 것은 2페니에 팔렸다.
* 그리스 혈통의 영국 상인이자 유명한 미술품 수집가.

고 말았다. 나도 이런저런 시기에 알라딘, 붉은 해적, 눈먼 소년, 오래된 떡갈나무 궤, 나무 악령, 잭 셰퍼드, 방앗간 주인과 부하들, 마탄의 사수, 밀수업자, 봉디의 숲, 로빈 후드, 워터맨, 리처드 1세, 나의 폴과 내 짝꿍 조, 인치케이프 종, 세 손가락 잭, 자메이카의 공포를 가졌고 다른 아이들을 도와 여관의 하녀와 워털루 전투를 색칠하기도 했다. 독자는 이 가슴 떨리는 이름들에서 행복했던 어린 시절의 증거를 볼 수 있을 것이다. 요즘 문방구에서는 절반도 구하기 힘들겠지만 한때 행복하게 이들을 갖고 놀았던 사람의 마음에는 만화경처럼 변하는 그림들, 과거의 메아리가 여전히 살아 있다.

나는 내 어린 시절을 보낸 도시가 바다와 만나는 널찍한 도로 모퉁이에 오늘날에도 여전히 그 문방구가 서 있는 모습을 상상한다(그러나 이제 얼마나 쇠락했는지). 토요일마다 무리를 지어 배를 구경하려 갈 때면 우리는 그 모퉁이를 지나쳤다. 그 시절 나는 남자가 버건디 포도주나 새벽을 사랑하듯 배를 사랑했으므로 배를 볼 수 있다는 이유만으로도 그 길은 충분히 아름다웠다. 하지만 그것만이 아니었다. 리스워크의 문방구 진열장에는 일 년 내내 '숲 장면'과 '전투 장면', '술 취한 도적들'이 끼워진 장난감 극장이 전시돼 있었다. 장난감 극장 아래와 둘레에는 내게 열 배쯤 더 소중한 것들이 있었다! 바로 연극 대본들, 저가본 모험담들이 아무렇게나 포개져 있었다. 나는 자주 빈 주머니로 그 진열장 앞에 오래도록 서 있었다. 첫 번째 인물 그림판에 등장인물 하나가 보인다고 치자. 턱수염을 기르고 손에 권총을 들거나 긴 화살을 귀까지 당긴 인물이 보인다면 나는 이름을 읽으려 애썼다. 멕케르? 롱톰 커핀? 아니면 두 번째 의상을 입은 그린도프? 오, 나머지도 너무 보고 싶었다! 이름이 가려져 있다면 대체 어느 연극에 나오는 인물인지, 어떤 불멸의 전설이 그의 태도와 해괴한 의상을 설명해 줄지 무척 궁금했다. 그리고 안으로 들어가 그 꾸러미를 사고 싶다고 씩씩하게 선언할 날을 얼마나 고대했던가! 문방구 주인이 바싹 붙어 쳐다보는 앞에서 꾸러미를 풀고는 폼을 잡고 있는 악당들, 뻣뻣한 동작의 전투 장면, 나무가 우거진 숲, 궁전, 군함, 위압적인 요새, 지하 감옥을 숨 막히게 빨아들일 순간을 말이다! 그것은 아찔한 즐거움이었다. 성경 냄새가 나고 어둑했던 그 문방구는 소년의 이름을 지닌 모든 존재를 끌어당기는 자석이었다. 남자아이들은 그곳을 그냥 지나치지 못했고 일단 들어가면 떠나지 못했다. 그곳은 포위된 장소였다. 살렘을 다시 짓는 유대인처럼 점원들에게는 두 가지 임무가 있었다. 가까이 오지 못하게 우리에게 인상을 쓰며 다른 연극을 꺼내주기 전에 우리 손에 들고 있던 연극을 낚아채야 했다. 그리고 믿기지 않겠지만 가게에 들어서는 우리에게 돈을 갖고 왔는지 빈손으로 왔는지 산적 떼처럼 묻기도 했다. 언젠가 나이 든 스미스 아저씨는 한없이 망설이는 내게 진저리를 치며 내 앞에 늘어놓은 그 보물들을 휙 쓸어 담으며 소리를 질렀다. "애야, 대체 뭘 사기나 할 건지 모르겠구나!" 그들은 낙원을 지키는 용들이었다. 그러나 그만 한 즐거움을 위해서라면 우리는 자메이카의 공포*라도 감수해야 했다. 종이를 한 장 한 장 만지

작댈 때마다 잘 모르는 매혹적인 이야기가 스쳐갔다. 동화책의 원재료에서 뒹구는 느낌이었다. 그 순간에 비길 만한 것이라곤 아직 쓰이지 않은 모험 이야기를 입수해서 읽는 특전을 누리다가 허망하게 깨어나곤 하는, 내가 가끔씩 꾸는 꿈밖에는 없다. 그 기쁨의 꾸러미에 눈이 멀어 조금이라도 더 보고 더 만지려 조바심치며 뜸을 들이는 아이의 망설임에 비하면 뷔리당의 당나귀*가 겪는 고통은 아무 것도 아니다. 볼 만큼 보고 만질 만큼 만진 아이는 드디어 연극을 선택하고 인내심이 바닥난 점원은 나머지를 회색 서류함에 쓸어 담는다. 아이는 다시 밖으로 나온다. 저녁 식사 시간에 조금 늦었다. 푸르스름한 겨울 저녁 하늘에 가로등이 불빛을 터트린다. 〈방앗간 주인〉이나 〈해적〉 같은 연극을 옆구리에 끼고 달려가는 아이의 발걸음이 얼마나 경쾌했던지! 그 환한 웃음소리는 또 얼마나 우렁찼던지! 그 웃음소리가 여전히 내 귓가에 들린다. 그때 말고 내 평생 집에 돌아오는 발걸음이 그렇게 즐거웠던 적은 딱 한 번밖에 없었다. 바로 두껍고 오래된, 두 열로 인쇄된 《아라비안나이트의 즐거움》을 들고 돌아올 때였다. 내가 꼽추 이야기를 한창 읽고 있을 때 목사인 할아버지(우리가 꽤 엄하게 여겼던)가 내 등 뒤로 다가왔다. 나는 두려움에 눈앞이 캄캄해졌다. 하지

* 1700년대 자메이카의 백인 농장주들을 위협했던 전설적인 도망 노예이자 〈세 손가락 잭의 전기: 자메이카의 공포〉를 비롯한 여러 모험담의 주인공 잭 만송을 일컫는다.
* 프랑스 철학자 뷔리당의 우화에 등장하는 당나귀로 똑같은 질과 양의 두 건초더미 사이에서 망설이다가 굶어죽는다.

만 할아버지는 책을 치우라고 호통치지 않고 내가 부럽다고 말씀하셨다. 아, 당연히 그러셨을 거다!

연극을 사는 순간과 집에 도착한 뒤 30분이 기쁨의 절정이다. 그 뒤로는 흥미가 차츰 줄어든다. 대본에 실린 이야기는 배경과 등장인물만큼 가치가 없었다. 어느 이야기든 그러지 않을까? 이를테면 이런 구절들 말이다. "장면 6. 외딴집. 배경은 밤. 무대 배경과 외딴집은 장면 1의 2번과 동일. 인물 2. 오른쪽으로 비스듬하게." 매우 실용적이긴 하지만 양질의 독서라고는 할 수 없다. 사실 문학으로 치면 나는 이런 이야기에 그다지 끌리지 않았다. 〈눈먼 소년〉은 줄거리조차 기억나지 않는다. 소년이 심하게 다친 왕자였으며 아마 옛날에 납치된 듯하다는 것 말고는 아는 게 없다. 〈오래된 떡갈나무 궤〉는 무슨 이야기였더라? 무법자(첫 번째 의상), 어마어마하게 많은 산적들; 빗자루를 든 노파, 3막에(3막이 맞나?) 등장하는 멋진 주방이 모두 녹아내리며 내 머릿속에서 희미하게 떠다니다 뒤섞이고 사라진다.

색칠하는 일은 즐거웠다. 나는 그 즐거움을 일부러 단념하고 "색깔 있는 것은 2페니" 따위를 구차하게 사는 아이를 용서할 수 없다. 진홍 호수색(잘 들어보라! 진홍 호수라니! 요정 나라의 뿔피리 소리도 이토록 강렬하지 못할 것이다)에 감청색을 섞으면 티치아노°도 흉내 내지 못할 근사한 자주색이 나오는데 특히 망토

° 이탈리아의 르네상스 화가로 베네치아 화파에 속하며 뛰어난 색채 사용으로 인정받

를 칠할 때 그만이다.

그 자주색에 강렬한 색이긴 하지만 내가 싫어했던 이름인 자황색을 섞으면 지금 생각해도 탐날 만큼, 너무도 근사한 초록색이 나왔다. 붓을 담그던 물통만 떠올려도 애틋해진다. 그렇다. 색칠은 분명 즐거웠다. 하지만 색칠을 마치고 나면 물론 흥이 깨져버린다. 어쩌면 실제로 한 장면이나 두 장면쯤 설치해 볼 것이다. 그러나 인물을 오려내면 신성함이 사라지고 말았다. 게다가 어떤 아이도 지루하고 불안하고 장황한 실제 공연을 두번은 하지 못한다. 구입한 지 이틀 만에 아이는 단물을 다 빨아먹었다. 부모님은 내가 싫증을 내는 줄 알고 투덜거리곤 하셨다. 하지만 그게 아니었다. 뼈와 접시 빼고 밥을 다 먹은 사람에게 밥에 싫증을 낸다고는 말할 수 없다. 나는 골수까지 빨아먹고 식후 감사 기도까지 끝냈다.

이제 대본 뒤표지를 들여다보며 두 칸으로 나열된 매혹적인 연극 이름을 탐구할 시간이다. 스켈트를 진정 사랑하는 아이들에게 대본 뒤표지는 시가 다스리는 왕국이다. 여왕 폐하처럼 행복하고 우아하게. 나는 그 황금의 나라를 많이도 여행했건만 지도에는 (곧, 작품 소개에는) 여전히 내 기억의 귓가에 맴도는, 그저 이름으로만 남은 엘도라도가 있다. 〈떠도는 횃불〉은 왜 내게 허락되지 않았나? 〈해안의 난파선〉은? 노상 강도이리라 짐작도 못했던 〈열여섯 줄 잭〉은 그 시절 나를 잠 못 들게 하고 내 꿈에도 출몰했다.

왔다.

나를 사로잡은 그 뒤표지에 나란히 실려 있던 이름 셋이 지금도 애송시 구절처럼 떠오른다. 로도이스카, 은 궁전, 웨스트민스터 다리의 메아리. 아이들은 이름을 보고, 이름만 보고도, 기억을 잃어버린 우리 불쌍한 어른들이 기억하는 것보다 훨씬 많은 것을 떠올리는 게 틀림없다.

스켈트라는 이름 자체가 스켈트 극장이 지닌 매력의 본질이자 전부였던 듯하다. 후발 주자인 웹이 슬며시 업계에 끼어들자 이 종이 연극의 매력은 눈에 띄게 줄어들었다. 웹은 스켈트의 둥지에서 으스대는 불쌍한 뻐꾸기였다. 요즘에는 폴록이 등장했다. 폴록이라는 이름은 더 깊은 심연처럼 들린다. 사실, 스켈트라는 이름이 워낙 연극적이고 해적 같은 느낌을 풍기다 보니 나는 그런 특성들에 스켈트성이라는 단어를 과감히 쓰려고 한다. 그렇다면 스켈트성은 많은 예술적 기교의 특징이라 할 수 있다. 경건한 마음으로 말하건대 심지어 자연이 빚은 작품에서도 볼 수 있다. 스켈트성을 더 일반적 표현으로 바꿔 말하면 연극성이다. 하지만 스켈트성은 이 섬나라의 오래된 토종 연극성이다. 프랑스산이 아니라 국내산이다. 요즘이 아니라 활기 넘치던 O. 스미스*와 피츠볼*의 시대, 위대한 멜로드라마* 시대의 연극성이다. 스켈트성에는 멜

• 19세기 영국의 멜로드라마 작가이자 배우.
• 19세기 영국의 멜로드라마 작가.
• 19세기 대중적인 연극 형식으로 선한 주인공과 시련을 겪는 정숙한 여주인공, 악당들이 주로 등장하며 권선징악과 해피엔딩을 담은 줄거리와 관객을 전율케 하는 액션 장면, 과장적인 대사를 특징으로 한다.

로드라마 시대의 독특한 향기가 스며 있다. 생기발랄하면서 예스러운, 매력적 어조로 시답잖은 메시지를 선언하던 멜로드라마 시대의 느낌이 있다. 스켈트 제작자들의 예술성이 높았다고 주장하지는 않겠다. 뻔뻔한 태도와 다채롭고 치명적인 무기, 독보적 의상으로 한때 우리 영혼을 전율케 했던 멋진 등장인물들은 요즘 보면 다소 빛 바래 보인다. 인정하기 고통스럽지만 여주인공은 지독히도 매력이 없다. 험악하게 인상 쓰는 악당을 보아도 더 이상 트럼펫 같은 전율이 느껴지지 않는다. 한때 비할 데 없이 아름답다 여겨졌던 배경도 이제 보니 견습생의 솜씨가 느껴진다. 흠을 찾으려 들면 너무나 많다. 하지만 편견 없는 비평가라면 취향의 통일성을 높이 평가할 것이다. 제대로 응답하지 못하면 한 남자가 완전히 무시당할 수 있는, 노골적인 허풍들. 조명에 비친 화려함. 판에 박히고, 촌스럽고, 멜로드라마 같은 멋을 풍기고, 냉정한 현실성이라고는 조금도 없는, 그러나 더할 나위 없이 사랑스러운!

　스켈트의 풍경에는 주된 특징이 있다. 이런 풍경을 트란스폰투스* 왕국이라 불러도 될까? 스켈트의 풍경은 〈눈먼 소년〉처럼 폴란드를 배경으로 하든, 〈방앗간 주인과 부하들〉처럼 보헤미아를, 〈오래된 떡갈나무 궤〉처럼 이탈리아를 배경으로 하든 언제나 트란스폰투스 왕국이었다. 식물학자라면 식물로 알 수 있을 것이다.

---

* '다리 건너'를 뜻하는 transpontine에서 스티븐슨이 만들어낸 단어. transpontine은 템즈강 건너 남쪽을 뜻하는 말로 19세기에 멜로드라마 상연으로 인기 있는 극장이 많았던 곳이다.

접시꽃이 도처에, 심지어 사막에도 무성하다. 부두와 구부러진 갈대도 흔히 등장한다. 그리고 이 모든 것 위에 그늘을 드리우는 것은 포플러나무, 종려나무, 감자관목, '스켈트산 참나무'—용감하게도 자랐다—이다. 동굴은 모두 런던의 서리 부근 강변 지형으로 묘사되고 흙은 모두 T. P. 쿡*의 가벼운 신발로 다져졌다. 물론 스켈트는 동방 시리즈도 냈다. 그는 매혹적인 동양을 완벽히 그려냈다. 이에르 제도*에 새로 개발된 지역에 있는 일도르 호텔 정원에 가면 그 천국 같은 풍경이 실현된 모습을 볼 수 있다. 그러나 이런 동양풍 작품에 대해서는 자세히 이야기하지 않겠다. 그들은 스켈트 왕국의 곁다리일 뿐이다. 진짜 스켈트다운 풍경은 무의식적으로 그린 배경에서 볼 수 있다. 그런 배경에서는 잉글랜드의 느낌이 물씬 난다. 잉글랜드 풍경과 무대 배경의 어설픈 만남이랄까. 하지만 분명 매혹적인 풍경이다. 구불구불한 길, 언덕 위에 서 있는 성, 구름 뒤에서 빛나는 태양, 뭉게뭉게 피어오르는 구름들, 그것도 베개받침처럼 뻣뻣하게! 오두막 내부는 또 어떤가. 평범한 단층 오두막 안에는 외투가 못에 걸려 있고, 줄줄이 엮은 양파꾸러미와 총과 뿔 화약통, 그릇 선반이 있다. 여관은(틀림없이 뱃사람들이 등장하는 연극이겠지. 러프 선장과 용감한 선원 밥이 나올 것 같다) 어떤가? 붉은 커튼과 파이프, 타구, 8일에 한 번 태엽

• 19세기 영국의 멜로드라마 배우로 〈뱀파이어〉, 〈프랑켄슈타인〉 등의 주연을 맡았다.
• 지중해에 있는 프랑스령의 세 섬.

감는 시계. 그리고 쇠사슬 달린 인상적인 지하 감옥도 빼놓을 수 없다. 지하 감옥을 색칠하려면 참으로 지루했다. 느릅나무 생울타리, 호리호리한 벽돌 집, 풍차, 배가 드나드는 템스강. 바로 잉글랜드다. 내가 처음 본 잉글랜드는 현실로 옮겨진 스켈트 연극일 뿐이었다. 스코틀랜드 출신인 내게 국경을 건너는 것은 내 고향 스켈트로 돌아가는 것과 같았다. 스켈트 연극에서 본 대로 여관 간판이 있었고, 말 여물통이 있었다. 나는 열네 살이나 먹은 뒤에도 곤봉을 하나 사서 친구에게 납을 박아달래서는 내가 꿈꾸던 그 대지 위를 순수한 낭만을 한껏 발산하며 걸어 다녔다. 그 나이에도 나는 여전히 스켈트의 꼭두각시였다. 그 그리운 곤봉은 스켈트의 어느 연극 1쪽에서 조너선 와일드*가 휘트먼이 외친 것처럼 "이것이 날 지배하고 있구나"라고 대단치도 않은 일에 성을 내며 휘둘렀던 곤봉을 본뜬 것이었다. 와일드의 곤봉은 크루생크*가 그린 곤봉을 근사하게 개량한 것으로, 분명 모든 곤봉의 원형이라 할 만했다. 나는 무엇인가? 삶은, 예술은, 문학은, 세상은 무엇인가? 나의 스켈트는 삶을, 예술을, 문학을, 세상을 무엇으로 만들었나? 스켈트는 내 어린 시절에 깊은 흔적을 남겼다. 스켈트를 알기 전 내게 세상은 색깔 없는 세상, 보잘것없는 1페니의 세상이었다. 그러나 곧 모험담의 다채로운 색상이 입혀졌다. 옛날 멜로드라마를

• 18세기 영국의 유명한 범죄자.
• 18세기 영국의 삽화가이자 풍자화가인 조지 크루생크. 디킨스와 월터 스콧의 소설을 비롯한 수많은 소설에 삽화를 그렸다.

보러 극장에 가면 내게는 그저 다소 퇴색한 스켈트 연극으로 보일 뿐이다. 매혹적인 자연 풍경을 보면 스켈트의 풍경이 더 매혹적이리라 생각한다. 언덕 위 성과 판에 박힌 무대장치인 속 빈 나무가 전경에서 빠진 게 아쉽다. 사실, 나는 틀에 박히고 단조롭고 과장적이며 야단스럽고 유치한 이 예술에서 삶의 기쁨을 배웠다. 거기에서 내가 훗날 읽고 사랑하게 될 인물들의 그림자를 만났다. 베버의 오페라와 위대한 포머스*의 목소리를 알기 오래전부터 나는 스켈트의 모험담으로 〈마탄의 사수〉를 알았다. 나는 스켈트에서 얻은 수많은 장면과 인물들로 내 머릿속 조용한 극장에서 온갖 소설과 모험담을 상연했다. 그 투박한 삽화들에서 오래도록 남아, 변화하는 기쁨을 얻었다. 독자여, 당신은 어떤가?

〈Penny Plain and Two Pence Coloured〉(1884) 일부

* 칼 포머스. 독일의 오페라 가수로 영국의 코벤트가든에서 오페라 〈마탄의 사수〉를 공연했다.

로버트 루이스 스티븐슨(1850~1894)
《지킬박사와 하이드》,《보물섬》,《유괴》로 널리 알려진 19세기 스코틀랜드 작가
이다. 1850년 에든버러에서 태어났다. 등대 엔지니어였던 아버지의 가업을 이어
받기 위해 에든버러 대학에서 공학을 공부하다가 법학으로 전공을 바꾸었지만
변호사 개업은 하지 않고 어릴 적 꿈꾸던 작가의 길로 들어섰다. 습작 시절에 찰
스 램과 윌리엄 해즐릿의 에세이를 따라 쓰며 글 쓰는 법을 배웠다.《내륙여행》,
《당나귀와 함께 한 세벤느 여행》,《남쪽 바다에서》등 소설 못지않게 많은 여행기
와 에세이를 남겼다.

장난감 극장

G. K. 체스터튼

어른이 장난감을 갖고 놀지 않는 이유는 딱 하나인데 사실 꽤 온당한 이유이다. 장난감을 갖고 노는 일이 다른 어떤 일보다 시간과 노력을 훨씬 많이 잡아먹기 때문이다. 아이처럼 논다는 말은 세상에서 노는 일이 제일 중요한 것처럼 논다는 뜻이다. 그러나 우리에게 사소한 일거리나 작은 근심이라도 생기면 그렇게 위대하고 야심 찬 인생 계획은 어느 정도 포기해야 한다. 우리는 정치와 상업과 예술과 철학에 쓸 힘은 있지만 놀 힘은 없다. 어린 시절에 장난감 벽돌이든 인형이든 양철 병정이든 어떤 장난감으로든 놀아본 사람이면 잘 알 것이다. 나는 언론인으로 글을 써서 돈을 벌지만 아무 벌이도 되지 않는 놀이를 할 때처럼 글 쓰는 일에 매달리지는 않는다.

장난감 벽돌 놀이를 예로 들어보자. 당신이 내일 '유럽 건축의 이론과 실제'에 대해 12권짜리 책을 출판하기로 마음먹는다면 당신의 연구는 힘들긴 하겠지만 근본적으로는 시시하다. 장난감 벽돌을 하나하나 쌓는 아이의 일만큼 진지할 수 없다. 이유는 간단하다. 당신이 쓴 책이 형편없다 해도 그 사실을 절대적으로 확실하게 증명할 사람이 아무도 없기 때문이다. 하지만 아이가 벽돌을 균형에 맞게 쌓지 못하면 벽돌은 무너져버리고 만다. 벽돌이 무너지면 아이는 속상해하면서도 숙연하게 벽돌을 다시 쌓기 시작할 것이다. 하지만 내가 작가에 대해 좀 아는 바가 있다면 이미 쓴 책을 다시 쓰려는 작가는 없다는 것이다. 아마 할 수만 있다면 자신의 책을 다시 떠올리고 싶지도 않을 것이다.

인형 놀이를 예로 들어보자. 교육을 논하는 일이 인형을 돌보는 일보다 훨씬 쉽다. 교육을 주제로 글을 쓰는 일은 토피 사탕이나 전차를 주제로 쓰는 일만큼 쉽다. 그러나 인형을 돌보는 일은 아이를 돌보는 일만큼이나 어렵다. 내가 런던 배터시의 작은 길에서 마주친 여자 아이들은 놀이라기보다는 숭배에 가깝다는 생각이 들 만큼 인형을 숭배했다. 사람이 만든 그 상징물이 원래 상징하려 했던 실제 삶보다 더 중요해진 듯했다.

배터시에서 만난 어느 여자 아이는 인형 유모차에 큰 아기 여동생을 태운 채 끌고 가고 있었다. 왜 여동생을 인형 유모차에 태웠느냐고 묻자 아이는 이렇게 대답했다. "저한테 인형이 없어서 동생이 인형 흉내를 내는 거예요." 자연이 예술을 모방하는 셈이다. 원래는 인형이 아이를 대신했는데 나중에는 아이가 인형을 대신하게 되었다. 어쨌든 그것은 또 다른 문제이고 이 글의 요지는 아이들처럼 놀려면 삶과 정신의 대부분을 바쳐야 한다는 것이다. 놀이가 원래 상징하기로 되어 있던 현실인 것처럼 놀이에 열중해야한다. 따라서 양육을 주제로 글을 쓰는 사람은 교육 전문가일 뿐이지만 인형을 가지고 노는 아이는 어머니이다.

예를 들어 병정놀이를 살펴보자. 군사 전략에 대해 기사를 쓰는사람은 그저 기사 쓰는 사람일 뿐이다. 참으로 지겨운 풍경이다. 그러나 양철 병정으로 군사 작전을 펼치는 아이는 살아 있는 병사로 군사 작전을 펼치는 장군과 같다. 아이는 아이의 능력이 닿는한 작전을 궁리한다. 하지만 종군 기자는 생각할 필요가 전혀 없다. 메수엔*이 생포된 뒤 어느 종군 기자는 이렇게 논평했다. "드라레이 쪽은 군수품이 부족했기 때문에 공격을 재개한 듯하다." 이 종군 기자는 몇 문단 앞에서 드라레이가 공격을 재개하기 전에 메수엔이 지휘하는 부대에 바짝 쫓기며 맹공격을 당했다고 언급했다. 그러니까 메수엔이 드라레이를 추격했고 드라레이는 군수품이 부족했기 때문에 반격했으며 군수품이 부족하지 않았다면적에게 쫓겨도 가만히 있었으리라는 말인가. 이는 내가 손도끼를들고 존스를 쫓아갔는데 그가 몸을 돌려 나를 죽이려고 했다면 그이유는 단지 그의 은행잔고가 부족했기 때문이라는 설명과 같다. 병정놀이를 하는 어떤 아이도 이렇게 멍청한 생각은 하지 않을 것이다. 하지만 생각해보면 무언가를 갖고 놀 때는 누구든 진지해질

• 남아프리카 지배권을 두고 영국과 보어인이 벌인 보어 전쟁 중 티보쉬 전투에서 보어인 사령관 드라레이에 패배하고 포로로 잡힌 영국군 중장.

수밖에 없다. 하지만 기사를 쓰는 사람은 머리에 떠오르는 대로 무엇이든 쓸 수 있다. 그건 내가 너무나 잘 안다.

그렇다면 대개 어른이 아이들 놀이에 끼지 못하는 이유는 놀이가 재밌지 않아서가 아니라 놀이를 할 여유가 없기 때문이다. 어른이 되면 그렇게 원대하고 진지한 계획을 생각해낼 여유도 힘도 시간도 없다. 한동안 나도 작은 장난감 극장에 연극을 올리려고 시도한 적이 있다. 한때 '색깔 없는 것은 1페니, 있는 것은 2페니'라 불렸던 그런 장난감 극장 말이다. 다른 점이라면 내가 인물과 배경을 직접 그리고 색칠했다는 것이다. 그렇게 해서 나는 품위 없게 1페니나 2페니를 지불할 필요가 없었다. 질 좋은 판지 한 장에 1실링*, 질 나쁜 수채화 물감 한 상자에 1실링이 들었을 뿐이다. 내가 말하는 작은 무대는 아마 모두 잘 알 것이다. 스켈트*가 만들고 작가 로버트 루이스 스티븐슨이 사랑했던 바로 그런 무대 말이다.

하지만 나는 이야기나 기사를 쓰는 일보다 장난감 극장을 만드는 일에 훨씬 열심히 매달렸는데도 끝내지 못했다. 내게는 너무 버거운 일이었다. 나는 장난감 극장을 만들다 말고 더 가벼운 소일거리를 해야 했다. 이를테면 위인전을 쓴다거나 했다. 내가 한밤에 기름을 태우며 열심히 만든 〈성 조지와 용〉(이 작품은 등불 아래에서 상연돼야 하므로 반드시 등불을 켜고 그려야 한다)은 여전히

• 1971년까지 영국에서 사용되던 주화로, 1실링은 12페니.
• 19세기 스켈트 아동극을 만든 영국의 삽화가로 장난감 극장과 배경과 인물, 간략한 대본을 꾸러미로 판매했다.

부족한 구석이 있다. 아! 술탄이 사는 성의 두 날개도 완성해야 하고 막을 쉽게 올리는 실용적인 방법도 고안해내야 한다!

이렇게 장난감 극장에 매달리다 보면 불멸의 진정한 의미를 느끼게 된다. 이 세상에서 우리는 순수한 즐거움을 누리지 못한다. 순수한 즐거움이란 게 우리와 우리 이웃에게 위험한 탓도 있지만 상당한 수고가 따르기 때문이기도 하다. 내가 더 나은 세상에 살 기회가 있다면 그저 장난감 극장을 가지고 놀 시간이 충분하길 바란다. 그리고 적어도 연극 한 편이라도 완벽하게 공연할 만한 초인적이고 신적인 에너지를 지닐 수 있기를 바란다.

그건 그렇고 장난감 극장의 철학도 생각해볼 만하다. 현대인이 꼭 알아야 할 모든 교훈을 이 장난감 극장에서 끌어낼 수 있다. 예술적인 면에서 장난감 극장은 우리 시대에 잊혀가는 예술의 주요 원칙을 떠올리게 한다. 바로 예술은 한계로 이루어진다는 원칙이다. 예술은 무언가를 확장시키는 데 있지 않다. 예술은 잘라내는 데 있다. 내가 가위를 들고 성 조지와 용을 서툴게 잘라내듯 말이다. 뚜렷한 개념을 좋아했던 플라톤은 내가 표지를 오려 만든 용을 좋아했을 것이다. 예술적 가치는 거의 없지만 적어도 용처럼 보이기는 하니 말이다. 무한을 좋아하는 현대 철학자들은 그냥 텅 빈 표지에 환호한다. 연극 예술의 가장 큰 예술성은 관객이 창을 통해 모든 것을 본다는 데 있다. 내가 만든 극장보다 열등한 극장도 마찬가지다. 심지어 궁정극장, 곧 왕실극장도 창을 통해 본다. 물론 더 큰 창이다. 작은 극장의 장점은 바로 작은 창을 통해 본다는 것이다. 아치문을 통해서 보면 어떤 풍경도 근사하고 놀라워 보인다는 사실을 모두 한번쯤 경험하지 않았는가? 견고하고 네모난 창, 다른 모든 것을 차단하는 창은 아름다움을 돋보이게 할 뿐 아니라 아름다움에 없어서는 안 될 요소이다. 모든 그림에서 가장 아름다운 부분은 그림의 틀이다.

특히 장난감 극장이 그렇다. 장난감 극장은 사건의 규모를 줄여 훨씬 더 큰 사건을 보여준다. 작기 때문에 자메이카의 지진도 쉽게 표현한다. 작기 때문에 심판의 날도 쉽게 그릴 수 있다. 장난감 극장은 무대가 제한되어 있기 때문에 무너지는 도시나 떨어지는 별을 쉽게 보여줄 수 있다. 한편 큰 극장은 규모가 크기 때문에 경제적이어야만 한다. 그리고 보면 세상이 처음에 작은 민족에게서 영감을 얻었던 이유도 알 듯하다. 방대한 그리스 철학은 거대한 페르시아 제국보다 작은 도시국가 아테네에 더 잘 맞았다. 단테는 피렌체의 좁은 골목에서 연옥과 천국, 지옥을 위한 공간을 창조했다. 영국 제국에 살았다면 단테는 질식했을 것이다. 거대한 제국은 진부할 수밖에 없다. 그렇게 거대한 규모로 시를 실현하는 일은 사람의 능력을 넘어서기 때문이다. 매우 큰 사상은 매우 작은 공간에서만 표현될 수 있다. 내 장난감 극장은 아테네의 극만큼이나 철학적이다.

〈The Toy Theatre〉(1939)

G. K. 체스터튼(1874~1936)

1874년 런던에서 태어났다. 삽화가가 되려는 꿈을 품고 슬레이드 예술학교에 들어갔으나 학업을 마치지는 못했다. 〈스피커〉, 〈북맨〉, 〈데일리뉴스〉 같은 당대의 간행물에 다양한 주제의 에세이와 문학비평, 사회비평을 발표해 작가로서 명성을 얻었으며 시, 희곡, 전기, 소설을 비롯해 다양한 장르의 글을 왕성하게 썼다. 힐레어 벨록과 함께 대안적 정치 주간지 〈아이 위트니스〉를 발간했으며 가톨릭 사회 교설을 바탕으로, 사유재산제를 인정하되 자본의 집중과 무절제한 축적을 규제하자는 분배주의 운동을 벌이기도 했다. 1932년부터 BBC 라디오 방송으로 많은 인기를 끌었으며 1936년 울혈성 심부전으로 세상을 떠날 때까지 방송을 계속했다. 근래에는 브라운 신부를 주인공으로 한 탐정소설 '브라운 신부 연작'으로 더 잘 알려져 있다.

제임스 서버의 은밀한 인생

제임스 서버

나는 (살바도르 달리가 그린 그림과 살바도르 달리를 찍은 사진이 실린) 살바도르 달리가 쓴 《살바도르 달리의 은밀한 인생》[1]을 여기저기 조금씩 들여다봤을 뿐이다. 우리 애비게일 이모할머니 표현을 빌자면 "영원한 졸음병"에 걸린 사람은 누구든 이런 자서전을, 특히 요즘처럼 우울한 시기에는 잽싸게 훑어볼 수나 있을 따름이다.

그리 많이 훑어보지 않아도 책의 전체 윤곽과 특징을 알 만한 짧은 일화들을 마주칠 수 있었다. 아픈 박쥐를 물어뜯거나 죽은 말에게 입 맞추는 꿈을 꾸는 어린 몽상가, 언젠가는 구웠지만 살아 있는 터키 요리를 먹으리라는 간절한 소망과 터무니없는 욕망을 품고 있는, 성년의 문턱을 막 넘은 빼빼 마른 풋내기, 진정하고 고귀한 숫양의 향기를 풍기기 위해 염소 똥과 아스픽[2]을 온몸에

---

1. 우리나라에는 《나는 세계의 배꼽이다》(이마고, 2012)로 소개되었다.

바른 한숨짓는 연인. 나는 달리 자서전을 비행하는 동안 위대한 인간 달리의 다른 면모도 볼 수 있었다. 플라타너스나무에서 떨어진 열매를 숭배하는 살바도르, 어린 시절 자기보다 몸집 작은 친구를 발로 차서 다리 아래로 떨어뜨린 살바도르, 목발을 사랑하는 살바도르, 가족의 나이 든 주치의 안경을 가죽 끈 달린 매트리스 먼지떨이로 깨뜨린 살바도르. 살바도르가 세상에서 혐오감을 느끼는 것은 둘밖에 없다(죽은 지 오래된 고슴도치를 말하려는 게 아니다). 그는 해골과 메뚜기를 무서워한다. 아, 어쩌겠나, 모두 저마다 기벽이 있는 법이다.

달리 선생의 자서전을 읽으니 이런저런 생각을 하게 됐다. 면도를 할 때면 나도 모르게 중얼거리고 있었고 두 번은 우체국 가는 길에 동네 꼬마 여자 아이에게 내 목발을 흔들었다. 달리 선생의 책은 6달러에 팔린다. 내 회고록(하퍼앤브라더스, 1933)[3]은 1.75달러에 팔렸다. 내 회고록이 나왔을 때 나는 같은 달에 출판된《고슴도치 호레이스의 모험》보다 내 책이 고작 50센트 많을 뿐인, 유난히 낮은 가격에 팔리는 것에 대해 출판사에 잠깐 항의한 적이 있다. 출판사는, 가격은 최고 수익을 토대로 예상되는 수직 근사치로, 수평 요소의 수확체감효과를 염두에 두고 결정된다고 설명했다.

2. 육즙으로 만든 투명한 젤리.
3. *My Life and Hard Times*(1933).

그 시절 기업의 우두머리들은 앞뒤가 맞지 않는 말을 진지하게, 목소리를 낮추어 얼버무릴 때가 많았는데 아무도 무슨 일이 일어날지 몰랐고, 아무도 무슨 일이 일어났는지 제대로 이해하지 못했기 때문이다. 줄줄이 일어나는 여러 경제 현상으로 보건대 우리 문명은 서서히 무너지는 정도가 아니라 갑자기 꺼져버릴 듯했고 큰 기업은 겁을 집어먹고 있었다. 어쨌든 이 모든 일의 결과로 나는 1.75달러라는 가격에 수긍하고 말았다. 곧 세계의 상황이 책값을 결정하는 타당한 기준임을 인정한 셈이다. 그리고 이제 세계의 상황은 내가 회고록을 출판하던 1933년보다 열 배는 심각해 보이지만 달리의 자서전을 펴낸 출판사는 책값을 6달러로 정했다. 그러니 문학 분야의 가격 결정 기준은 세계적이 아니라 개인적 문제라는 결론에 도달할 수밖에 없다. 문제는 내 회고록이 내가 사는 집에서 어떤 일이 일어나는지는 너무 많이 떠들어댄 반면 내 내면에서 어떤 일이 일어나는지는 충분히 이야기하지 않았다는 데 있다.

우선 달리의 벌거벗은 진실이 나무 위 피아노, 그러니까 가슴 달린 피아노라면 내 벌거벗은 진실은 다락방의 낡은 우쿨렐레에 불과하다는 걸 내가 먼저 인정하겠다. 살바도르 달리는 처음부터 나를 앞질렀다. 그는 어머니 뱃속에 있을 때 어떤 느낌이었는지를 자세히 기억하고 묘사한다. 내게 가장 오래된 기억은 아버지를 따라 오하이오주 콜럼버스의 투표소에 갔던 일이다. 아버지는 그곳에서 윌리엄 맥킨리[4]에게 투표했다. 투표소는 칙칙한 담갈색의 낡고 좁은 이동식 건물이었는데 상스럽게 웃어대는 남자들과 담배 연기가 가득했다. 살바도르 달리가 훌륭하게 상상해낸 첫 기억 속의 낙원 같은 어머니 뱃속과는 아주 거리가 멀었다. 뚱뚱하고 쾌활한 사내 하나가 나를 무릎에 앉히고 어르며 나도 곧 나이가 들어서 윌리엄 제닝스 브라이언[5]에게 반대표를 던지게 되리라고 말했다. 그래서 나는 아버지가 투표를 마치자마자 나도 종이를 접어 자물쇠로 잠긴 상자 투입구에 넣게 될 줄 알았다. 그렇지 않다는 게 드러나자 소리를 지르며 발버둥치는 나를 아버지가 투표소에서 끌고 나와야 했다. 나와 승강이를 벌이는 동안 아버지의 중산모가 여러 차례 떨어졌다. 살바도르 달리는 마주치는 모든 것에 괴기스럽게 흥미진진한 애착을 느꼈지만 그 중산모는 내게 그런 애착의 대상이 아니었다. 내가 그날로 되돌아갈 수 있다 해도, 지금 알고 있는 대로 이색적인 관점에서 그 중산모를 본다 해도, 그 모자에 강렬하고 도착적인 애착을 품게 될지는 의심스럽다. 내 기억 속에 그 중산모는 다소 우스꽝스럽게 남아 있다. 정수리 부분이 지나치게 컸던 그 모자를 쓰면 아버지는 마지못해 가장행렬에 끌려온 피곤하고, 예민한 신사처럼 보였다.

그 무렵 우리는 챔피언 가에 살았고 투표소는 마운드 가에 있었

4. 미국의 정치인으로 공화당 출신 의원과 주지사를 거쳐 25대 대통령에 당선되었다.
5. 민주당 하원의원으로 제국주의를 반대하는 진보파 정치인이었으나 1900년 대통령
  선거에서는 윌리엄 맥킨리에 패했다.

다. 이 이름들을 적고 보니 어린 살바도르와 어린 나 사이의 본질적이고 중대한 차이를 알 만하다. 환경이 달랐다고 말할 수 있다. 살바도르 달리는 한니발과 엘 그레코, 세르반테스의 전설로 채색된 나라 스페인에서 자랐다. 나는 콕시의 군대[6]와 주류판매 금지 동맹[7], 윌리엄 하워드 태프트[8]에 푹 빠진 지역 오하이오에서 자랐다. 그러니 어린 살바도르의 영혼은 내 영혼을 흔들었던 바람보다 더 불가사의한 바람에 흔들렸고, 내 영혼을 감쌌던 안개보다 더 환상적인 안개에 둘러싸였을 것이다. 그러나 내 어린 시절이 생기 없었노라고 징징대는 일은 이제 그만하기로 하자. 우선 달리 선생을 잠깐 더 살펴본 뒤 내 은밀한 인생이라는 변변찮은 주제로 돌아가겠다.

살바도르 달리는 반쯤은 상상이고 반쯤은 현실인 어린 시절을 회상한다. 그가 회상한 어린 시절에서 현실의 경계는 꿈의 경계보다 더 모호하다. 아무튼 달리는 이런 어린 시절이 해리 스펜서와 찰리 독스, I. 파인버그, J. J. 맥내브, 윌리 포크너, 허비 후버, 그리고 나 같은 사람과 자신을 구분지어주리라 생각했던 모양이다. 나

6. 1893년 불황기에 오하이오의 제이콥 콕시가 이끌던 실업자들의 모임으로 통화 팽창과 실업자 구제를 주장하며 워싱턴 D.C까지 행진했다. 프랭크 바움이 이 행렬에서 착상을 얻어 《오즈의 마법사》를 썼다는 설이 있다.
7. 1893년 오하이오에서 창립되어 미국 전역으로 확산된 정치적 압력단체로 술 판매를 법적으로 금지시키기 위해 활동했다.
8. 오하이오 출신 정치가로 27대 대통령을 지냈다.

머지 어린 우리에게는 없었지만 살비에게는 있었던 것은 깨끗하고 전통적이며 편안한 것에 기를 쓰고 반항하는 어린 아이에게 완벽히 어울리는 풍경과 인물, 의상이었다. 살비는 머리카락에 향수를 뿌렸고(뉴저지주 베이온이나 오하이오주 영스타운 같은 곳에서는 목숨을 잃을지도 모를 일이다), 꼬리 둘 달린 도마뱀을 가졌으며, 은단추 달린 신발을 신고 갈루차와 둘리타라는 이름의 소녀들을 알았거나, 안다고 상상했다. 따라서 그는 편집증으로 가는, 그가 간절히 바라는 부드러운 포와팀⁹으로, 그가 봉헌한 녹아내리는 오즈의 나라로, 알아듣기 쉽게 말해 그의 가슴이 욕망하는 수도로 가는 길 위에서 태어났다. 뭐, 어쨌든 오하이오주 콜럼버스에서 어린 시절을 보내며 라저러스 백화점에서 12달러에 파는 정장을 입고 아이보리 비누로 머리를 감고 꼬리가 고작 하나 달린 불테리어 개를 키웠으며 이르카와 베티, 루비라는 이름의 어린 소녀들과 (즐겁게, 그리고 다소 힘들게) 어울려 놀았던 사람에게는 분명 그렇게 보인다.

편집증으로 내달리는 힘에서 어린 달리가 나를 앞설 수 있었던 또 다른 이점은 그의 현실에 사는 어른들의 성격에 있다. 달리의 고향 피구에라스에는 피초라는 이름의 예술가 가족(음악가들, 화가들, 시인들)이 있었고 이들 모두 '앙팡 테리블' 달리가 걸어 다니던 땅을 숭배했다. 그들 중 한 사람이 높은 바위에서 몸을 던지

<hr>

9. 미국 소설가 제임스 브랜치 케벨이 연작소설에서 창조한 가공의 나라.

거나—우리의 영웅 달리가 좋아하던 여가 활동인—발로 매달려 물 양동이에 머리를 쳐박고 있는 달리를 우연히 본다면 위대한 인물이자 천재가 피구에라스에 태어났다는 소식이 온 읍내에 떠들썩하게 퍼졌다. 또한 자기한테 돌멩이를 던지는 살바도르를 어머니 같은 관심으로 바라보는 여인도 있었다. 어느 날엔가는 시장이 소년 달리의 발밑에서 쓰러져 죽자 마을의 의사(달리가 채찍으로 때렸던 의사 말고 다른 의사)가 발작을 일으키며 달리를 두들겨 패려 했다. (내가 아니라 달리의 주장에 따르면 그때 의사는 제정신이 아니었다.)

내가 짧은 바지를 입고 다니던 시절 내 주변 어른들은 그렇게 매력적이지도 그렇게 세심하지도 않았다. 어린 시절 주로 내 주위에 있던 어른들은 열한 명의 이모할머니들이었다. 모두 감리교 신자들이었고 하제와 겨자 연고, 성경을 독실하게 믿는 신도들이었다. 예술가적 기질은 딸꾹질이나 히스테리 발작처럼 치료되어야 한다는 것도 이모할머니들이 철썩같이 믿는 교리 가운데 하나였다. 예술가는 아무도 없었다. 사람들의 생일을 축하할 때나 거대한 국가적 재앙이 일어날 때면 16강세 시[10]를 마구잡이로 지었던 루 이모를 예술가로 치지 않는 한 말이다. 나는 이모할머니들 앞에서 박쥐를 물어뜯거나 그분들에게 돌멩이를 던질 생각은 결코 해보지 못했다. 그래도 탈출구가 하나 있었다. 바로 나의 은밀한

10. 시행마다 일정 수의 강세를 담고 있는 시.

관용구 세상이었다.

2년 전 아내와 나는 살 집을 보러 다니다가 뉴밀포드에 있는 부동산 중개사를 방문했다. 중개사 한 사람이 열쇠가 많이 담긴 쇠 상자를 뒤지다가 얼굴을 들고 말했다. "록스베리 집 열쇠는 여기 없네." 그의 동료가 대답했다. "흔한 자물쇠야. 해골이라도 들여보내 줄 거야." 그러자 나는 갑자기 두 눈을 동그랗게 뜨고 입을 딱 벌린 다섯 살짜리로 되돌아갔다. 내가 꼬마였을 때 상상했을 것처럼 록스베리 집을 머리에 그려 보았다. 정체 모를 공포로 가득한 어두컴컴한 그 집은 박쥐를 깨물었다는 우리의 작은 꼬마 살비의 마음에는 결코 떠오른 적이 없을 것이다.

내 어린 시절의 매혹적이고 은밀한 세상은 부동산 중개사와 이모할머니들, 목사님들을 비롯해 너무도 평범한 사람들이 내뱉은 이런 문장들로 만들어졌다. 그 세상에서 사무실에 묶여 있다고 아내에게 전화를 하는 회사원들은 회전의자에 밧줄로 묶이고 아마 입에 재갈이 물린 채 움직일 수도 말할 수도 없지만 어쨌든 기적적으로 아내에게 전화는 한다. 내 환상 속 세상의 모든 도시에서는 수백 수천의 회사원들이 수백 수천의 사무실 의자에 묶여 있었다. 모든 도시에서 사무실에 묶여 있는 모든 회사원들에 대해 세부 설명을 하나 덧붙인다면 누가 그 짓을 하든 항상 오후 다섯시 무렵에 한다는 것이다.

그리고 구름을 이고[11] 마을을 떠난 남자가 있었다. 나는 가끔 삼베자루에 들어간 고양이처럼 구름에 온통 휩싸여 보이지 않는 남자를 그려 보았다. 가끔은 소파만 한 구름이 남자의 머리 위에 1미터쯤 뜬 채 그를 따라다니는 모습을 상상하기도 했다. 잠자기 전에 구름을 이고 가는 남자를 떠올려보라. 그렇게 이 마을 저 마을 떠돌아다니는 남자의 이미지는 수면 유도제로 그만이다.

그러나 딸이 수술을 받다 죽었을 때 끔찍하게 난도질당했다[12]는 휴스턴 부인에 대한 상상은 그렇지 않았다. 나는 의사들이 휴스턴 부인에게 칼을 갖다 대기 직전에 어떠했을지 너무도 생생하게 상상할 수 있었다. 이런 목소리가 들리는 듯했다. "자, 휴스턴 부인 순순히 수술대로 올라가겠소? 아니면 우리가 올려줄까?" 나는 잠들기 전에 떠오르는 휴스턴 부인의 이미지는 싸워 물리칠 수 있었지만 부인은 자주 내 꿈에 등장했고 요즘도 가끔 나온다.

어느 날 저녁 아버지가 어머니에게 "베티에 대해 말했더니 존슨 부인이 뭐라고 해요?"라고 물으니 어머니가 이렇게 대답했다. "아, 온통 귀였지요."[13] 그날부터 내 머릿속에 들러붙어 떠나지 않던 괴기스러운 괴물을 나는 여전히 기억한다. 내 어린 시절 은밀한, 초현실적 풍경에는 다른 형상도 많이 있었다. 항상 허공에 떠 있는[14] 노부인과 발을 내려놓을 수 없는[15] 남편, 불이 났을 때 머리

---

11. under a cloud: 의심을 받고
12. cut up: 무척 속상하다
13. be all ears: 집중해서 듣다
14. up in the air: 흥분한
15. put down one's foot: 단호하게 결심하다

를 잃고도[16] 여전히 소리를 지르며 집 밖으로 뛰어나온 남자, 사실은 흙 묻은 비둘기[17]인 젊은 여자가 있었다. 이런 세상은 당연히 혼자 비밀로 간직하며 곰곰이 생각해야 했다. 말로 표현하는 순간 산산조각이 날 테니 말이다. 실제로 이런 이미지를 밝은 빛 아래 끄집어내 시험 삼아 질문을 한다면 부모님의 웃음 앞에 그 기적이 사라져버리거나 부모님이 당신의 열을 잰 다음 얼른 가서 자라고 할 것이다. (나는 열을 잴 때마다 늘 열이 있어서 침대에 휴스턴 부인과 단 둘이 누워 있어야 했다.)

아쉽게도 어린 시절의 이런 세상은 세월에 저항하지 못했다. 시인 윌리엄 어니스트 헨리의 표현을 빌자면 어슴푸레 빛나며 가물거리다가 사라져버리는 유령이었다. 그 세상이 확실하게 영영 녹아내리기 시작한 것은 분명 사촌 프랜시스가 우리 집에 놀러왔던 무렵이었던 듯하다. 어느 비 오는 저녁에 집에 돌아온 나는 프랜시스가 어디 있냐고 물었다. "위층 앞방에서 심장이 빠지도록 울고 있단다."[18] 우리 집 요리사가 대답했다. 사람이 너무 심하게 울면 빨간 벨벳으로 만든 바늘꽂이처럼 번들번들한 심장이 그대로 몸 밖으로 빠져나오기도 한다는 이야기는 내게 금시초문이었다. 어찌된 일인지 나는 현실이 소망과 꿈을 거스르는 일이 너무도 많은 미국의 가정에서 그토록 흔히 쓰이던 그 표현을 그날 처음 들

16. lose one's head: 허둥대다
17. soiled dove: 창녀
18. cry one's heart out: 엉엉 울다

었다. 나는 위층으로 올라가 방문을 열었다. 나보다 세 살 많은 프랜시스가 침대에서 뛰쳐나와 흐느끼며 나를 지나쳐 아래층으로 내려갔다.

나는 그곳에서 15분쯤 프랜시스의 심장을 찾았다. 침대 시트를 걷어내고 양탄자를 발로 차 뒤집고 심지어 옷장 서랍까지 뒤졌다. 헛수고였다. 나는 비가 내리고 어둠이 내려앉는 창밖을 내다봤다. 내가 소중히 간직해온, 구름을 지고 걸어가는 남자의 이미지가 점점 희미해지며 사라졌다. 아무도 없는 그 방에서 혼자 휴스턴 부인을 떠올려도 아무렇지도 않았다. 아래층 거실에서는 프랜시스가 아직도 울고 있었다. 나는 웃음을 터트렸다.

자, 어때, 살바도르!

〈The Secret Life of James Thurber〉(1943)

제임스 서버(1894~1961)

미국의 삽화가이자 유머 작가로, 살아 있을 때 마크 트웨인 이후 미국 최고의 유머 작가라는 평을 들었다. 어릴 적 사고로 한쪽 눈의 시력을 잃고 혼자서 글을 쓰고 그림을 그리며 상상력을 키웠다. 오하이오 주립대에서 공부했으나 당시 필수 과목이던 ROTC 과정을 시력 때문에 통과하지 못해 졸업은 하지 못했다. 지역신문인 〈오하이오 디스패치〉에서 책과 영화, 연극 기사를 쓰다가 뉴욕으로 옮겨 가 〈뉴욕 이브닝 포스트〉의 기자로 활동했고 나중에는 〈뉴요커〉에서 편집자로 일했다. 저서로 《월터 미티의 은밀한 생활》과 《공중그네를 탄 중년남자》 등이 있다.

애서가는 어떻게 시간을 정복하는가

홀브룩 잭슨

책 읽기 좋을 때는 아무 때나다. 아무 도구도 필요 없고 시간과 장소를 지정할 필요도 없다.[1] 책 읽기는 낮이든 밤이든 어느 시간에든 즐길 수 있는 유일한 예술이다. 책 읽을 시간이 있고, 책을 읽고 싶을 때가 바로 책 읽기 좋은 시간이다.[2] 기쁘거나 슬프거나 건강하거나 아프거나 책은 읽을 수 있다. 이유 없이 또는 사소한 연상 작용으로 문득 책이 읽고 싶어질 때가 있다.[3] 기싱은 어느 날 해 질 무렵 거리를 걷다가 오래된 농가 앞에 의사의 2륜마차가 대기하고 있는 모습과 불 켜진 2층 창문을 보고 갑자기 《트리스트럼 샌디》 생각이 나서 허겁지겁 집으로 돌아와 20년간 펴보지 않았던 그 책 속으로 빠져들었다. 하루 종일 앉아서 조용히 책을 읽을 수

1. John Aikin, *Letters from a Father to his Son*.(원주)
2. C. F. Richardson, *Choice of Books*, 44.(원주)
3. Gissing, *Private Papers of Henry Ryecroft*, 144~147.(원주)

있는 시간이 있다는 생각만큼 기싱을 즐겁게 하는 일은 없었다. 책을 좋아하는 사람이라면 누구든 실현이 되든 안 되든 '아침부터 밤까지' 책을 읽으리라 꿈꾼다.

하지만 기회를 기다리는 것은 어리석다. 책 읽기 좋은 때는 나중이 아니라 지금이다. 시간을 만들어서라도 책을 읽지 않으면 분명 즐거움을 놓치고 말 것이다. 책을 읽는 근사한 상상에 빠져 수천 권의 책을, 그것도 훌륭한 판본으로 수집했는데 책장도 잘라보지 못하고 죽고 말았다는, 해머튼의 친구처럼 말이다. 그러니 해머튼이 독서야말로 우리가 마음먹는 온갖 일 중에 가장 큰 환상이라고 말할 만하다. 무한한 미래에 방대한 문학을 읽겠다고 마음먹었다가 결국 시간에 패배하고 마는 것만큼 흔한 일이 있을까?[4] 오늘 읽을 책을 결코 내일로 미루지 말자.

밀턴은 겨울에는 일과나 예배를 알리는 어떤 종소리보다, "여름에는 처음 일어나는 새보다 먼저 깨어 정신을 차리고 주의력이 다할 때까지, 기억 용량이 가득 찰 때까지 꾸물대지 않고 좋은 저자의 책을 읽거나 읽혔다."[5] 반면에 새뮤얼 존슨은 옥스퍼드 대학을 졸업한 뒤로는 〈램블러〉지에 글을 쓸 때 말고는 일찍 일어난 적이 없다고 했다.[6] "더 자고 싶은데도 두 시간 일찍 일어나게 만든 책은 로버트 버턴의 《우울증의 해부》뿐"[7]이라고 말이다.[8] 새뮤얼 피

4. Hamerton, *Intellectual Life*. 147.(원주)
5. 'Apology for Smectymnus,' *Works*.(1697) 333.(원주)
6. *Johnsonian Miscellanies*, Hill. i, 16.(원주)

프스는 키케로의 〈두 번째 연설〉을 읽기 위해 새벽 네시에 일어났고 토머스 맥컬리는 캘커타에 있을 때 매일 아침 다섯시부터 아홉시까지 고대 문학을 읽었다. 1850년 9월 9일에는 여섯시 직후에 일어나 "윌리엄 코빗의 글을 감탄하고 즐거워하는 동시에 혐오하며" 읽었고 "가끔 한가한 오후"에는 플루타르코스의 영웅전을 읽었다.[9] 코울리지도 이른 아침형 독서가였는데 로버트 사우디와 보울즈를 "유일한 아침 친구"로 꼽았다. 하지만 프랜시스 보몬트와 존 플래처가 함께 쓴 〈거지들의 숲〉이라면 하루 종일이라도 읽을 수 있다고 했다.[10] 로버트 루이스 스티븐슨은 이른 아침이든 늦은 밤이든 책을 읽을 수 있지만 베르길리우스는 빈속에 읽으면 재미가 없다고 했다.[11]

저녁 무렵과 밤늦도록 책 읽기를 좋아하는 사람도 있다. 젖은 수건과 식초 습포를 머리에 얹고 잠을 깨기도 하고 커피를 많이 마시거나 딱딱한 의자에 앉아 잠을 쫓기도 한다. 중국 학자 손정은 "졸지 않기 위해 머리 위 기둥에" 땋은 머리를 늘 매달고 책을 읽었다.[12] 플랑드르 학자 린겔베르기우스는 잠을 자다가도 금세 깨어 책을 다시 읽을 수 있도록 판자 두 개에 몸을 가로 걸치고 누

7. *Life*. Ed. Hill. ii,121.(원주)
8. *Life and Letters*. i, 385.(원주)
9. *Letters*, Ed. E. H. Colerdge. i, 107.(원주)
10. *Table Talk*, 212.(원주)
11. *Letters*, Ed. Colvin. ii, 126.(원주)
12. Giles, *Chinese Biog. Dict.* 688.(원주)

위 잠의 욕구에 저항했다. 하지만 유명한 책벌레들은 대개 그런 장치가 필요치 않았다. 안셀무스는 독서 열정이 지나쳐서 식사도 거르기 일쑤였고 밤늦도록 책을 탐구했다.[13] 피렌체의 사서 마글리아베치는 하루 종일 책을 읽고도 최대한 밤늦게까지 책을 읽다가 책 사이에서 지쳐 잠들곤 했다.[14]

밀턴의 천재성은 배움의 열정에서 드러난다. 밀턴 스스로 배움의 열정에 너무도 열렬히 사로잡혀서 열두 살 이후로 "자정 전에 잠자리에 든 적이 거의 없다"고 말한다.[15] 위스망스의 소설《거꾸로》에서 주인공 데 제생트는 곤데발드 통치시절에 비엔나 주교 아비투스가 쓴, 오래된 라틴시 〈정절 찬가〉를 밤새 곰곰이 생각하다가 문득 시계를 보니 새벽 세시였는데 담배에 불을 붙이고는 다시 그 시에 푹 빠졌다.[16] 헨리 크랩 로빈슨은 저녁 식사 뒤에 월터 스콧의 역사소설《웨이벌리》의 많은 부분을 탐독했다. 페르시아 시 〈오마르 하이얌의 루바이야트〉를 영어로 옮긴 에드워드 피츠제럴드에 따르면 그에게 페르시아어를 가르친 E. B. 코웰 교수는 밤마다 산스크리트 문헌학 공부를 끝낸 뒤 제인 오스틴의 소설을 읽었다. 오스틴의 소설은 생각을 중단시키지 않기 때문에 죽처럼, 나폴레옹이 무엇보다 좋아했던 파이젤로의 음악처럼 마음을 가라

13. *St. Anselm.* Möhler, Trans. Rymer. 9, 19.(원주)
14. Buck, *Anecdotes.* I, 246.(원주)
15. Pattison, *Milton.* 5.(원주)
16. Chap. vi, 100.(원주)

앉혀준다는 이유 때문이었다.[17] 서지학자 토머스 딥딘은 새벽에도 밤에도 책을 읽었다. 그는 옥스퍼드 대학을 다니던 시절 이삭 디즈라엘리의 글을 벗 삼아 저녁 시간과 자정 너머까지 사색에 잠겼노라고 회상한다.[18] 한번은 《문학의 진기한 이야기들》을 덮고 잠자리에 들려는데 새벽빛이 어슴푸레 비치는 유리창 밖에 고트족의 전투가 벌어지는 모습이 보였다"고 말한다.[19]

새뮤얼 존슨은 매일 밤 《아이네이스》를 하루에 한 권씩 읽어서 12일 만에 완독했고 대단히 즐거운 시간을 보냈다."[20] 체스터필드 경은 (편지 26. xii. 1749에) 종종 밤을 새워 책을 읽다가 새벽 여섯 시쯤 잠자리에 들었다고 썼다. 그는 "지인들이 자는 동안 내가 깨어 있지 않았다면 분명 '(스물에서 마흔 살 사이에는) 매우 조금밖에 읽지 못했을 것"이라고 쓴다. 이 구절을 읽으면 〈시인 아르키아스를 위한 변론〉에서 키케로가 세네카에 대해 했던 말이 떠오른다. "다른 이들이 어슬렁거리며 즐거워할 때 그는 끊임없이 책을 읽었다." 체스터필드 경은 나이 들고 귀가 멀어 "살아 있는 친구들로부터 멀어지자" 죽은 자들에게 의지했다. 죽은 자들의 이야기만 들을 수 있었던 그는 정해진 시간을 배당해 죽은 자들을 접견했다. "듬직한 이절판[21]은 일꾼들이다. 나는 그들과 오전에 대화

17. *Letters and Literary Remains*. i, 335~336.(원주)
18. Dibdin, *Reminiscences*. i, 281.(원주)
19. 위의 책. 87~88.(원주)
20. *Life*. iv, 218.(원주)

한다. 사절판은 더 편하게 어울리는 친구들로 저녁 식사 후에 만난다." 그리고 늦은 저녁에는 "팔절판이나 십이절판과 가볍고 종종 변덕스러운 소소한 수다"를 나눈다. 오러리 경은 밤늦도록 끊임없이 책을 읽었다. "《클라리사》를 읽느라 우리는 새벽 두시까지 깨어 있었다.《로데릭 랜덤의 모험》을 읽느라 밤을 새울 것이고 그다음에는 내가 세인트올번스에 두고 온 사랑스러운《클라리사》를 다시 이어 읽을 것이다."[22] 그리고 몇 년 뒤에는 오러리 부인이 남편과 똑같은 습관에 빠져 "《아멜리아》를 밤이 깊도록 읽더니" 끔찍한 두통을 호소했다.[23] 벤저민 로버트 헤이든은 스톤의《연대기》를 읽느라 시력이 나빠졌다. 해즐릿도 책 읽기에 탐닉했는데 하루 종일 비를 흠뻑 맞고 도착한 브리지워터의 한 여관에서 집어든《폴과 비르지니》를 읽느라 밤의 절반을 보냈던 일을 기억한다.[24] 로버트 사우디는 하루 종일 글을 쓰고 저녁에 책을 읽었다. "요즘 내가 저녁 식후에 읽는 책은 에라스무스의 서한집"[25]이라고 말한 바 있다. 월터 스콧이 그에게 자신의 작품《호수의 여인》을 보내자 사우디는 일찍 잠자리에 드는 오랜 습관에도 그 책을 다

---

21. 수동 인쇄기로 책을 제작하던 시절에 책의 크기를 일컬을 때 썼던 표현으로, 종이를 한 번 접어 앞뒤로 4면을 인쇄하는 방식으로 제작된 책을 말한다. 두 번 접으면 이절판보다 작은 사절판이 된다.

22. *Orrery*, ii, 23.(원주)

23. 위의 책, ii, 285.(원주)

24. *On Going a Journey*.(원주)

25. Southey, *Letters*, World's Classics, 179.(원주)

읽을 때까지 잠자리에 들 수 없었다. 스콧의《로크비》가 도착한 저녁도 "그 시를 다 읽을 때까지는 잠자리에 들지 않았네"라고 스콧에게 이야기했다.[26] 서지학자이자 도서관 사서 프랜시스 젠킨슨도 가끔씩 늦게까지 책을 읽었는데 어느 날 밤에는 정원의 민달팽이를 한 시간 동안 잡은 뒤 거의 새벽 한시까지《하인》을 읽었다.[27]

존 홀은 책 읽기에 적절하지 않을 때도 있다고 생각한다. 식사 후처럼 몸이 소화에 여념이 없을 때는 책 읽기가 불쾌하다. 밤처럼 휴식을 찾아 축 처지기 시작할 때도 마찬가지다. 이럴 때는 점액, 체액, 담즙이 많이 나온다. 버튼도 비슷한 이야기를 했다.[28] "열심히 공부하는 사람들은 대개 통풍, 감기, 비염, 악액질, 소화불량, 시력 저하, 결석, 산통, 변비, 어지럼증, 결핵으로 고생하는데 너무 오래 앉아 있어서 생기는 병들이다. 그들은 대체로 마르고, 윤기 없고, 혈색이 안 좋으며, 재산을 탕진하고 유머를 잃으며 많은 경우 목숨까지 잃는데 터무니없는 고생과 엄청난 공부 때문이다." 그러나 우리 시대에는 물론 책을 읽느라 건강을 망치고 인생마저 망치는 사람이 더러 있기는 하지만 그렇게 과도하게 책을 읽는 사람은 더 이상 흔치 않다. 게다가 좋은 조명과 선명한 인쇄 덕에 공부를 위해서나 오락을 위해서나 큰 해 없이 더 기분 좋게 책을 읽을 수 있다.

26. 앞의 책. 210.(원주)
27. *Francis Jenkinson*, Stewart. 116.(원주)
28. *Anat. of Melan.* 1904 I, 350~351.(원주)

그대의 배움은 어디에서 오는가? 한밤의 기름을
소비하며 힘들게 책을 읽었는가?[29]

전기와 서머타임제의 등장으로 이 오래된 재담은 이제 의미를
잃었다. 재미없는 작가와 어리석은 독자는 여전히 필요 이상으로
많지만 이제 더 이상 '한밤의 기름'을 들먹일 수 없게 됐다.

이제 햇빛이든 전등 빛이든 차이가 없다. 독자는 시간, 장소, 계
절에 관계없이 책을 읽는다. 그런데 여기에도 다른 의견이 더러
있다. 찰스 램은 여름에는 책을 많이 읽지 못한다고 했다.[30] 시를
읽을 때는 쌀쌀한 날 촛불을 켜고 읽는 걸 좋아했다.

오래전에 세상을 떠난 걸출한 자들과 시간을 보내니
겨울밤이 얼마나 즐거운가![31]

요즘에도 이런 의견에 동의하는 사람이 많다. 심지어 겨울이 일
년 중 책 읽기에 특히 좋은 시간이라고 말하는 사람도 있다.[32] 겨울
에 시와 수필을 읽으면 한층 더 기분이 좋다. 바깥은 온통 춥고 습
한데도 우리는 푸른 잔디와 꽃이 만개한 나무, 봉오리 맺힌 꽃, 파
란 하늘의 세상으로 순간이동할 수 있으니 말이다.

29. Gay, intro. to *Fables*.(원주)
30. *Letters*, Ed. Lucas. ii, 912.(원주)
31. Mark Akenside.(원주)
32. W. Davenport Adams, *Rambles in Book-Land*, 169.(원주)

그러나 해가 짧은 계절 하늘이
어둑해지고 길은 온통 질척일 때
유쾌한 서재 난로 불빛은
책장을 참으로 환하게 비추는구나

아버지가 읽는 사절판에
아버지를 사로잡은 셰익스피어 희곡에
포가 꿈꾼 모든 공포에
헤릭이 노래한 모든 즐거움에[33]

시인이자 번역가 에드워드 피츠제럴드는 사우디의《윌리엄 쿠
퍼의 삶》은 "낙엽 떨어질 무렵에 읽기에는 모든 사람에게 적절치
는 않다"고 생각했으며[34] 이월 중순 대단히 습한 시골집에 앉아 세
네카를 읽는 신사는 주변 환경에 비해 약간 로코코스럽다고 표현
했다.[35] 또한 그리스 시인 테오크리토스는 화창한 봄 날씨가 다가
올 무렵과 잘 어울린다고 믿었고[36] 1866년 여름에는 소포클레스
에 열광했지만[37] 매해 봄이면 세비네 부인[38]이 꽃처럼 싱싱하게 되
돌아온다고 말했다.[39] 그리고 영국 시인 크래브는 낙엽 질 무렵 자

---

33. A. Lang, 'To F. L.', *Books and Bookmen*. 38~39.(원주)
34. *Letters and Literary Remains*. I, 34.(원주)
35. 위의 책. 125.(원주)
36. 위의 책. 41.(원주)
37. *More Letters*. 79.(원주)
38. 《서간집》으로 잘 알려진 17세기 프랑스의 문필가.
39. *Letters to Fanny Kemble*. 221.(원주)

연스럽게 그를 찾아온다.[40] 헨리 제임스는 셰리던 르 파누[41]의 신비로운 소설은 "한밤의 시골집에서 읽기에 이상적"이라 평했다. 라이오넬 존슨은 제임스 비티의 〈진실의 본성과 불변성〉조차 "화창한 날에 읽을 수 있다"고 믿었다.[42] 에드워드 다우든은 "집중하거나 열성적으로 책 읽을 기분이 아닌" 여름 저녁 읽을거리로 초서를 추천했고[43] 리 헌트는 《아라비안나이트》는 어느 계절에 읽어도 좋다고 추천했다.[44] 이 모든 의견 하나하나가 중요하지만 대부분의 애서가들은 "책을 막 사서 집에 들고 온 때만큼 책 읽기에 좋은 때는 없다"는 월터 롤리의 말에 고개를 끄덕일 것이다.[45] 그러니 사업가든 정치가든 혹은 다른 사람이든 할 일이 너무 많아서 하루를 여러 조각으로 쪼개어 써야 하는 사람은 책 읽기를 위해서도 한 조각을 준비해두면 좋을 것이다. 그래서 결국 이 글의 첫 문장이 곧 마지막 문장이 된다. 책 읽기에 적절한 때는 아무 때나다.

《The Anatomy of Bibliomania》(1930) 일부

40. 앞의 책, 55.(원주)
41. 아일랜드 출신 작가로 여성 뱀파이어를 처음 등장시킨 《카르밀라》로 잘 알려졌다.
42. *Post Liminium*, 215.(원주)
43. *Fragments*, 123.(원주)
44. *A Jar of Honey from Mount Hybla*, xiii.(원주)
45. *Letters*, I, 144.(원주)

홀브룩 잭슨(1874~1948)

영국의 저널리스트, 작가, 출판인으로 당대의 유명한 애서가 가운데 한 사람이다. 경영난을 겪고 있던 문예지 〈더 뉴에이지〉를 조지 버나드 쇼의 재정 지원을 받아 인수하여 편집과 경영을 맡았다. 시인 랄프 호지슨과 함께 작은 출판사 '플라잉 페임 프레스'를 세워 운영했으며 소출판과 활판술, 책 수집을 소재로 많은 글을 썼다. 저서로는 《서적광의 해부》, 《애서가의 즐거움》, 《1890년대: 19세기 말의 예술과 사상》, 《에드워드 리어의 완벽한 난센스》 등이 있다. 〈애서가는 어떻게 시간을 정복하는가〉는 홀브룩 잭슨이 17세기 고전 《우울증의 해부》에 영감을 받아서 쓴 《서적광의 해부》의 일부이다.

읽을 것이냐, 읽지 않을 것이냐

오스카 와일드

내 생각에 책은 세 부류로 편리하게 나눌 수 있다.

읽어야 할 책. 이를테면 키케로의 편지들, 수에토니우스, 바사리가 쓴 《미술가 열전》, 벤베누토 첼리니 자서전, 존 맨더빌 경, 마르코 폴로, 생시몽의 회상록들, 몸젠, 그로트의 《그리스사》(더 좋은 책이 나오기 전까지는) 같은 책들이다.

다시 읽어야 할 책. 플라톤과 키츠 같은 사람들의 책. 시에서는 음유시인이 아니라 대시인, 철학에서는 학자가 아니라 선견자가 이 부류에 속한다.

결코 읽지 말아야 할 책. 이를테면 제임스 톰슨의 《사계절》, 새뮤얼 로저스의 이탈리아 시들, 윌리엄 페일리의 논증들, 성 아우구스티누스를 뺀 모든 교부들의 글이다. 존 스튜어트 밀도 〈자유론〉을 빼면 읽을 게 없고 볼테르의 희곡은 하나도 빠짐없이 읽을 필요가 없다. 그리고 조지프 버틀러의 《자연종교와 계시종교의 비교》, 알렉산더 그랜트의 아리스토텔레스 책, 데이비드 흄의 《영국사》, 조지 헨리 루이스의 철학사, 논쟁적인 모든 책과 무언가를 증명하려고 애쓰는 모든 책들.

셋째 부류가 단연 중요하다. 사람들에게 무엇을 읽으라고 말하는 것은 대체로 쓸모없거나 해롭다. 문학을 감상하는 일은 기질의 문제이지 가르침의 문제가 아니다. 파르나소스*에 이르는 길에는 독본이 없으며 배울 수 있는 것은 무엇이든 배울 가치가 없다. 그러나 사람들에게 무엇을 읽지 말라고 말하는 것은 매우 다른 문제이다. 대학은 무엇을 읽지 말아야 할지 알려주는 일을 대중교육의 사명으로 삼아야 한다고 나는 조심스럽게 추천하고 싶다.

사실, 무엇을 읽지 말아야 할지 알려주는 일은 우리 시대에 대단히 필요하다. 우리는 너무 많이 읽다 보니 감탄할 시간이 없고 너무 많이 쓰다 보니 생각할 시간이 없다. 누구든 현대 도서목록의 혼돈 속에서 '최악의 책 백 권'을 선정해서 발표한다면 젊은 세대에게 실질적이며 지속적인 도움을 줄 것이다.

이런 의견을 밝혔으니 '최고의 책 백 권'에 대해 한 마디도 하지 않는 게 좋겠지만 내게 모순의 즐거움을 허락해주길 바란다. 나는 이 칼럼에 책을 선정한 훌륭한 평가단 대부분이 이상하게도 빠트린 책 한 권을 무척 추천하고 싶다. 바로 그리스 시 선집이다. 내가

---

* 그리스 중부 델포이 근처의 산으로 뮤즈의 고향으로 여겨지며 시와 문학, 더 넓게는 학문의 고향을 의미한다.

보기에 이 선집에 포함된 아름다운 시들은 그리스 극문학에 견줄 만하다. 타나그라의 섬세한 작은 조각상이 파르테논 마블스에 못 지않은 것처럼 말이다. 그리고 그리스 정신을 완전히 이해하는 데 꼭 필요하다.

에드거 앨런 포가 빠진 것도 놀랍다. 운율이 살아 있는 표현을 빼어나게 구사하는 대가인 그에게 분명 한자리를 주어야 하지 않을까? 포의 자리를 마련하기 위해 누군가를 밀어내야 한다면 나는 로버트 사우디를 밀어내겠다. 그리고 존 키블 대신 보들레르에게 자리를 내주는 게 훨씬 낫지 않을까?

물론 사우디가 쓴《키하마의 저주》와 키블이 쓴《교회력》도 뛰어난 시들이지만 모든 취향을 너그럽게 수용하는 일에는 위험이 없지 않다. 예술의 모든 유파를 사랑해야 하는 사람은 경매인으로 족하다.

〈To Read or Not to Read〉(1886)

오스카 와일드(1854~1900)

아일랜드 출신의 극작가이자 소설가, 시인. 작품으로는 동화집 《행복한 왕자》와 장편소설 《도리언 그레이의 초상》, 희극 《윈더미어 부인의 부채》, 《살로메》, 평론집 《의향》 등이 있다. 극작가로 명성과 경제적 여유를 얻기 전까지 〈폴 몰 가제트〉, 〈드라마틱 리뷰〉, 〈스피커〉, 〈우먼스 월드〉 같은 간행물에 많은 서평과 에세이를 기고했다. 극작가로서 전성기를 구가하던 1895년 동성연애 혐의로 기소되어 레딩 감옥에 2년간 수감되었고 출옥 후 프랑스에 머물던 중 사망했다. 레딩 감옥에서 쓴 편지를 묶은 《심연으로부터》가 사후에 출간되었다.

행복한 여백

케네스 그레이엄

미국의 미술가 윌리엄 모리스 헌트는 생각해볼 만한 글 〈예술에 대한 이야기〉에서 언제, 어디서든 그릴 수만 있다면 그림을 그리도록 아이들을 격려해야—아이들은 격려하지 않아도 그림 그리는 일을 자연스레 좋아하므로 허락해야 한다는 게 맞겠다—한다고 주장한다. 헌트는 아이에게는 교과서 여백에 그림을 끄적거리며 배운 것이 교과서 내용보다 더 가치 있으며 "아이는 어떤 책이든 여백을 가장 좋아하며 여백을 보면 마음을 달래주는 맑은 하늘 같은 느낌을 받는다"고 썼다. 물론 벤저민 백바이트 경*은 예술적인 인물은 아니지만 자신의 새 사절판 책을 두고 "아담한 활자의 실개천이 푸른 초원 같은 여백을 구불구불 통과하리라"고 표현하며 인쇄된 활자보다 여백이 훨씬 우월하다고 장담할 때 이런 위대한 진실을 어렴풋이 느꼈던 듯하다. 이런 은유는 스코틀랜드 역사

* 리처드 셰리던의 희곡 〈스캔들 학교〉의 등장인물.

가 존 힐 버튼의 《책 사냥꾼》으로 이어진다. 《책 사냥꾼》에는 "가운데를 흐르는 활자의 장대한 강물이 인용 출처로 무성한 실개천 같은 여백의 주석으로 흘러넘치는" 이절판 책들이 등장한다. 그러나 버튼은 여백의 주된 쓰임새를 주석과 인용 출처의 열병식장으로 여겼다는 점에서 본류를 벗어나 후미진 샛강으로 흘러드는 실수를 범했다. 마치 여백만으로는 절대적인 가치도 없고, 더 나은 목적도 없다는 듯 말이다! 사실 그보다는 교재 여백에 그림을 그리는, 헌트의 아이가 훨씬 현명하다.

나로 말하자면 어린 시절 책의 여백에 메모와 주석을 달고 악어가 우글대는 서식지를 묘사했다. 아래쪽 여백에는 등이 톱니처럼 깔쭉깔쭉한 커다란 파충류가 오래된 나일강에서 나온다. 위쪽 여백에는 연필에 침을 묻혀가며 최대한 까무잡잡하게 그린 흑인들이 겁 없이 창을 날리고 위쪽 반대 여백에는 원숭이 무리가 공포에 질려 끽끽대며 야자나무—정식으로 그림 공부를 하지 않은 소년이 영국 떡갈나무보다 더 쉽게 그릴 수 있는—를 황급히 오른다. 그사이 소년의 눈길에서 소외된 본문에서는 발부스가 터무니없는 이유로 격분하여 카이우스를 죽이거나 한니발°이 승리를 거듭하는 동안 로마 장군들은 화려한 연설을 늘어놓고 난 뒤 평소처럼 호된 참패를 겪는다. 파비우스°도 하스두르발°도 하나같이 파

• 기원전 3세기 로마를 상대로 2차 포에니 전쟁을 이끈 카르타고의 명장.
• 로마의 장군으로 2차 포에니 전쟁에서 한니발을 무찔렀다.
• 한니발의 동생으로 2차 포에니 전쟁에서 전사했다.

리한 그림자들일 뿐, 그들의 희미하고 가는 목소리가 멀리까지 뚫고 나오지 못한다. 저승에 흐르는 코키토스강 가장자리는 분명 그들을 보았을 테지만 내 책 가장자리에는 더 매혹적인 동물들의 살과 피, 열대림의 다양한 모습이 가득하다. 더 쓸모 있는 일을 하고 싶은 기분이 들 때는 꾸부정하게 앉아 본문 내용을 그림으로 그리기도 했다. 아마 이런 딴짓 덕택에 대단치 않은 지식이나마 얻었을 것이다. 이를테면 내 로마사 책에는 이런 문장이 있었다. "마그네시아에서 벌어진 이 단 한 번의 전투로 안티오쿠스 대제는 소아시아에서 정복한 모든 것을 잃었다." 진지한 역사학자들은 절대 화를 내지 말기를. 펜을 한 번만 갖다 대도 '전투battle'가 '병bottle'으로 둔갑하고 '정복conquests' 대신 초등학생도 어리둥절해하지 않을 단어가 들어간다. 그렇게 미개한 열정으로 여백에 그린 고대 전투 하나만큼은 소년의 기억에 남는다. 그러나 이 지루하고 비천한 예술이 내게는 작은 마법이었다. 내게 행복한 여백은 더 아름다운 세상으로 마음껏 떠날 수 있는 "맑은 하늘"이었다. 죽은 언어에 대한 무지를 고통스럽게 성취한 끝에 나는 드디어 내 모국어를 진지하게 공부할 자격을 얻었다. 모국어도 그리 다를 바 없었다. 밀턴의 여백에서는 그리핀이 아리마스포이 부족•을 추격한다. 아리마스포이 부족이라! 상상력 넘치는 연필에 얼마나 좋은 기회인가!

• 밀턴의 《실낙원》에 등장하는 외눈박이 부족으로 그리핀이 지키는 황금을 훔쳐 달아난다.

그렇게 해서 밀턴 수업 내용은 시간의 스펀지로 대부분 기억에서 지워졌지만 복수심에 불타는 그리핀, 어느 해변가에서 바닷가재 카드리유 춤을 추는 그 점잖은 괴물*의 친사촌은 아직도 기억에 생생하다.

그러나 나는 여백의 주요 목적과 용도가 그림을 그리거나, 남몰래 삼목두기*를 하거나 (찬송가집의 경우) 오늘의 찬송가 옆에 연애편지를 휘갈겨 써서 옆 신자석으로 전달하는 데 있다고 말하려는 게 아니다. 아! 젊고 신을 믿지 않으면서 교회에 다니던 시절에 흔히 있던 일이다. 또한 몇몇 시집 여백은 제대로 대접받지 못한 주제에 대해 무한히 뛰어난 시를 끄적거려 보라고 있는 게 아니다. 그건 머리가죽 벗기기나 다름없는 야만적 습관이다. 지금까지 제대로 인정받지 못한 것이 있다면 여백이 지닌 절대적 가치이다. 여백의 가치는 여백에 둘러싸인 본문의 가치를 종종 뛰어넘는다. 대중의 취향은 시에 여백을 원한다. 심지어 "크래커 안에 집어넣는 짧은 시 구절"에도 신경 써서 여백을 넣는다. 서사시보다 서정시가 인기 있는 것도 바로 이런 취향 때문이다. 영국 시인 앨저넌 스윈번이 좋은 예이다. 그의 시는 후기로 갈수록 좋지만 초기 시가 늘 더 인기 있는데 바로 독자를 감동시키는 아름다운 여백 덕택이다. 마틴 터퍼도 이런 제1원칙을 무시하지 않았다면 일

• 《이상한 나라의 앨리스》에서 앨리스와 바닷가재 카드리유 춤을 춘 그리핀을 말한다.
• 두 사람이 번갈아 ○나 ×를 그려 연달아 세 개를 그리는 사람이 이기는 게임.

찌감치 계관시인이 됐을 터이다. 우리 시대의 서사시 《시구르드의 노래》*는 안타깝게도 여백이 없는 탓에 당연히 누려야 할 영광을 제대로 누리지 못했다. 다른 영어 서사시 《베어울프》를 쓴 영리한 신사는 여백이 중요하다는 사실을 처음부터 잘 알았기 때문에 《베어울프》는 《시구르드의 노래》보다 더 인기 있다. 교훈은 분명하다. 어느 권위 있는 책 제작 전문가는 "여백은 연구해야 할 문제"라고 말했다. 또한 "활자를 종이 가운데 배치하는 것은 원칙적으로 틀린 일로 비난받아야 한다"고 썼다. 본문을 가운데 두는 것이 "원칙적으로 틀리다면" 그 원칙을 논리적으로 끝까지 밀고 나가서 종이 어디든 본문을 놓는 일에 반대하자. 실제로 이 방법을 살아 있는 시인에게 제안하지는 않겠지만 나는 이렇게 묻고 싶다. "언제쯤 진정한 시인이 나타나서 하찮은 본문을 무시하고 온전히 여백으로만 이루어진 시집을 세상에 선사할까? 그 커다란 종이 시집을 먼저 손에 넣기 위해 우리는 얼마나 허둥지둥 서로 밀치며 달려갈까?"

〈Marginalia〉(1894)

• 윌리엄 모리스가 북유럽의 영웅 시그문드와 그의 아들 시구르드의 비극적 이야기를 소재로 쓴 일만 행이 넘는 서사시인 《시구르드 왕과 니블룽족의 멸망 이야기》.

케네스 그레이엄(1859~1932)

1859년 영국 에든버러에서 태어났다. 다섯 살 때 어머니가 돌아가시고 아버지가 알코올 중독으로 아이들을 돌보지 못했기 때문에 다른 형제자매들과 함께 할머니 밑에서 자랐다. 어려운 가정 형편 때문에 대학에 가지 못했고 낮에는 잉글랜드 은행에서 근무하고 밤에는 글을 쓰며 잡지에 에세이와 단편소설을 발표했다. 몸이 아픈 아들 알레스테어에게 들려주기 위해 지었던 두꺼비 이야기를 책으로 엮은《버드나무에 부는 바람》으로 많은 사랑을 받았다. 1920년 아들이 죽은 뒤 거의 글을 쓰지 않았고 1932년에 세상을 떠났다.

길
위에서

나의 이탈리아어 독학기

마크 트웨인

피렌체에서 2~3킬로미터 떨어진 이곳 시골의 중세 별장에 머문 지도 거의 보름이 되어간다.* 나는 이탈리아 말을 모른다. 이제 와서 배우자니 나이가 너무 든데다 바쁠 때는 무척 바쁘고 바쁘지 않을 때는 무척 게으르다. 그러니 내가 이곳에서 따분하게 하루하루 보내겠거니 생각하는 사람도 있을 것이다. 하지만 전혀 그렇지 않다. 집안 '일손'은 이곳 토박이다. 그들은 내게 이탈리아어로 말하고 나는 영어로 대답한다. 나는 그 사람들 말을 못 알아듣고 그 사람들은 내 말을 못 알아듣는다. 그러니 서로 해로울 게 없고 모두 만족스럽다. 공정해지려는 노력으로 내가 어쩌다 주워들은 이탈리아 말을 대화에 덧붙이면 사람들 반응이 좋다. 나는 아침 신문을 읽으며 알게 된 단어를 써먹는다. 단어가 신선할 때 써야지

---

* 1903년 겨울 아내 올리비아의 건강 악화로 마크 트웨인은 온화한 기후를 찾아 이탈리아 피렌체로 갔다. 1904년 6월 올리비아는 건강을 회복하지 못하고 피렌체에서 세상을 떠났고 당시 일흔 살이던 트웨인은 혼자 미국으로 돌아왔다.

그렇지 않으면 이곳 기후에서 쉽게 상해버린다. 해질 녘이면 희미해지기 시작해서 다음날 아침이면 사라져버린다. 하지만 괜찮다. 아침을 먹기 전에 신문에서 다시 새로운 단어를 배워 머리에서 사라지기 전에 집안 일손들을 즐겁게해줄 수 있다. 나는 사전이 없고 필요하지도 않다. 소리나 생김새로 단어를 고를 수 있다. 이탈리아어에는 프랑스어나 독일어, 영어처럼 보이는 단어가 많다. 나는 주로 그런 단어를 집어다가 하루 동안 부려먹는다. 대체로 그렇다는 말이지 늘 그렇다는 말은 아니다. 생김새도 근사하고 소리도 음악처럼 아름다운데다 내가 기억할 수 있는 단어라면 그 뜻을 굳이 알려고 신경 쓰지 않는다. 그리고 그날 마주친 첫 상대에게 써본다. 내가 제대로 발음했다면 그는 분명 그 단어를 이해할 것이다. 그걸로 충분하다.

어제 고른 단어는 '아반티'˙였다. 셰익스피어 단어처럼 들리는데 아마도 '물러가라 그리고 사라져라'˙˙는 뜻인 듯했다. 오늘은 '소노 디스피아센티시모'라는 어구를 통째로 써보았다. 무슨 뜻인지는 모르겠지만 어느 상황에나 잘 맞고 만족스러웠다. 이런 단어와 어구는 대개 하루쯤 머리에 머물다 잊히는 법이지만 왠지 모르게 잊히지 않는 표현이 더러 있다. 이런 표현은 길고 지루한 대화에 흥을 돋우어야 할 때 쓰면 좋다. 그중 최고는 '도베 일 가토?'˙이

• '앞으로'를 뜻하는 이탈리아어.
• 《맥베스》 3막 4장의 구절.
• '고양이가 어디 있죠?'를 뜻하는 이탈리아어.

다. 이 말을 할 때마다 사람들이 늘 놀라면서 즐거워하기 때문에 나는 찬사나 감탄을 표현하고 싶을 때만 쓴다. 맨 마지막 '가토'는 발음이 꼭 프랑스어 같다. 아마 '참 잘했다'는 뜻인 듯하다.

나무와 꽃에 둘러싸여 아늑하고 적막한 이곳에서 꿈꾸듯 첫 주를 보내는 동안 나는 바깥소식을 듣지 못했다. 나는 그런 생활이 꽤 마음에 들었다. 신문을 마지막으로 본 지 4주가 지나니 삶에 새로운 매력과 우아함이 깃들고 진짜 기쁨에 가까운 느낌이 가득 차오르는 듯했다. 그러고 나서 올 것이 왔다. 그렇게 푹 쉬고 나니 뉴스를 빨아들이고픈 식욕이 살아났다. 그 식욕을 채우긴 해야겠지만 다시 무력한 노예로 되돌아가고 싶지는 않았다. 그래서 엄격하고 제한된 뉴스 다이어트를 하기로 마음먹었다. 나는 이탈리아 신문을 훑어봤다. 이탈리아 신문을, 오직 이탈리아 신문만 읽을 작정이었다. 말 그대로 신문만, 사전도 찾지 않고 읽기로 했다. 그렇게 하면 틀림없이 과식과 소화불량을 막을 수 있을 터였다.

신문을 훑어보니 용기가 생겼다. 특종을 부르짖는 커다란 글자체가 보이지 않았다. 마음에 들었다. 더할 나위 없이 마음에 들었다. 하지만 제목은 있었다. 한 줄과 두 줄짜리 제목들이었다. 그것도 마음에 들었다. 그런 제목마저 없다면 독일 신문을 읽을 때처럼 기사 내용을 이해하기 위해 소중한 시간을 들이고도 흥미로운 내용이 없다는 사실을 발견할 때가 많을 테니 말이다. 신문 기사의 제목은 소중하다.

당연한 일이지만 우리는 살인과 스캔들, 사기, 강도, 폭발 사고,

충돌 사고 같은 온갖 일들이 우리가 아는 사람에게 일어날 때, 우리의 이웃과 친구에게 일어날 때 흥미를 느낀다. 우리가 모르는 사람들에게 일어난다면 대체로 흥미를 느끼기 힘들다. 그런데 요즘 미국 신문의 문제는 도대체 기사를 선별하지 않는다는 데 있다. 온 세계에서 피와 쓰레기를 긁어온다. 독자는 매일 뉴스를 과식하고 질려버린다. 습관처럼 날마다 돼지죽을 꾸역꾸역 먹으니 강렬한 관심이 갈수록 줄어든다. 사실, 거의 지겨울 정도이다. 신문에서 대체로 98퍼센트는 모르는 사람들 이야기이다. 우리 시야를 벗어나 수천 킬로미터, 수만 킬로미터 떨어진 곳에 있는 사람들을 다룬다. 가만 생각해보면 그들에게 무슨 일이 있는지 누가 신경 쓴단 말인가? 나라면 친구 한 사람이 암살당한 사건이 먼 나라의 학살 소식보다 더 궁금할 것이다. 친척이나 이웃이 말려든 스캔들이 저 먼 소돔과 고모라의 방종한 사람들 이야기보다 더 흥미로울 것이다. 그러니 언제나 내게 지역 상품을 달라.

좋다. 나는 한눈에 피렌체 신문이 마음에 들었다. 신문에 실린 스캔들과 비극 여섯에 다섯은 지역에서 일어난 일이다. 바로 이웃, 친구라고 불러도 될 만한 이웃들이 겪는 모험이다. 세계 뉴스는 그다지 많지 않지만 충분할 만큼은 보도한다. 나는 구독 신청을 했다. 이제까지 후회할 일은 없었다. 아침마다 나는 그날 하루 내게 필요한 모든 뉴스를 얻는다. 때로는 헤드라인에서, 때로는 본문에서. 아직까지 사전이 필요한 적은 없다. 신문을 읽는 건 어렵지 않다. 잘 이해하지 못하고 자세한 내용은 모를 때가 많지만 어쨌든 대충 감은 잡는다. 이탈리아어가 얼마나 명쾌한지 신문 기사 한두 문단을 잘라서 보여주겠다.

Il ritorno del Reali d'Italia
Elargizione del Re all' Ospedale italiano

첫 줄은 이탈리아 국왕 가족이 되돌아온다는 뜻이다—국왕 가족은 영국에 다녀왔다. 두 번째 줄은 이탈리아 병원에서 국왕을 확장한다는 말인데 아마 연회 같은 걸 연다는 뜻이 아닐까. 연회에서 음식을 먹으면 몸이 확장되니까 말이다.* 더 살펴보자.

Il ritorno dei Sovrani
a Roma

ROMA, 24, ore 22,50 – I Sovrani e le
Principessine Reali si attendono a Roma domani alle ore 15, 51.

보다시피 국왕 가족이 로마로 돌아온다는 소식이다. 기사 전문이 로마에 도착한 시간은 11월 24일 23시 10분 전이다. 기사는 이런 내용을 전하는 듯하다. "국왕 가족과 자녀들이 내일 15시 51분에 로마에 도착할 예정이다."

나는 이탈리아의 시간 체계를 잘 모르긴 하지만 아마 자정에

---

* 이탈리아어 'Elargizione'(기부)를 영어의 'enlargement'(확장)로 해석하고 있다.

서 시작해서 중단되지 않고 24시간 지속되리라 짐작해본다. 다음 광고에서는 연극이 20시 30분에 시작된다. 낮 공연이 아니라면 20:30은 내 계산에 따르면 오후 8시 30분을 뜻한다.

Spettacoli del dì 25

TEATRO DELLA PERGOLA - (Ore 20, 30) Opera: Bohème

TEATRO ALFIERI – Compagnia dramatica Drago - (Ore 20, 30) -*La Legge.*

ALHAMBRA - (Ore 20, 30) - Spettacolo variato.

SALA EDISON – Grandioso spettacolo
　　Cinematografico: Quo-Vadis? -Inaugurazione della Chiesa Russa – In coda al Direttissimo – Vedute di Firenze con gran movimento – America: Trasporto tronchi giganteschi – I ladri in casa del Diavolo –Scene comiche.

CINEMATOGRAFO – Via Brunelleschi n. 4. - Programma straordinario, Don Chisciotte – Prezzi popolari.

　이 기사는 전부 이해할 수 있고 말이 되는데 딱 하나 '러시아 치즈 낙성식'*이 무슨 말인지 모르겠다. 내게는 버거운 구절이다. 내 손에 맞는 패를 달라!

　내가 구독하는 신문은 모두 합해 네 쪽으로 롱프리머*로 인쇄된 데다 한 쪽은 광고란이어서 바깥세상의 범죄니 재앙이니, 이런저런 잡다한 이야기를 실을 공간이 없다. 얼마나 고마운 일인가! 오

• 'Inaugurazione della Chiesa Russa'(러시아 정교회 낙성식)를 잘못 이해한 구절이다.
• 10포인트 크기의 옛 활자체.

늘 실린 해외소식으로는 다소 좋지 않은 소식을 전하는 다음 기사 하나밖에 없었다.

Una principessa

che fugge con un cocchiere

PARIGI, 24. - Il Matin ha da Berlino che la principessa Schovenbare-Waldenbure scomparve il 9 novembre. Sarebbe partita col suo cocchiere. La principessa ha 27 anni.

11월 9일에 스물일곱 살짜리가 사라짐. 자세히 읽어보면 자기 마부와 함께 달아났다는 걸 알 수 있다. 사레베°가 실수하지 않았기를 바라지만 유감스럽게도 실수일 듯하다. '소노 디스피아첸티시모.'

화재가 몇 건 있었고 사고도 두 건 있었다. 하나는 이런 사고였다.

Grave disgrazia sul Ponte Vecchio

Stamattina, circa le 7,30, mentre Giuseppe Sciatti, di anni 55, di Casellina e Torri, passava dal Ponte Vecchio, stando seduto sopra un barroccio carico di verdura, perse l'euilibrio e cadde al suolo, rimanendo con la gamba destra sotto una ruota del veicolo.

Lo Sciatti fu subito raccolto da alcuni cittadini, che, per mezzo della

---

° Sarebbe는 이탈리아어로 '~이다'를 뜻하는 èssere의 3인칭 단수 현재조건형인인데 이를 사람 이름으로 착각한 듯하다.

> pubblica vettura n. 365, lo trasportarono a San Giovanni di Dio.
> Ivi il medico di guardia gli riscontrò la frattura della gamba destra
> e alcune lievi escorizioni giudicandolo guaribile in 50 giorni salvo
> complicazioni.

아마 이런 이야기를 전하는 듯하다. "아주아주 오래된 다리 위에서 벌어진 대단한 치욕. 오늘 아침 7시 30분쯤 카젤리나와 토리 출신 55세 조제프 샤티 씨가 푸른 초목(나뭇잎인지 건초인지 채소인지 잘 모르겠다) 수레에 앉아 있다가 일어서던 중 중심을 잃고 떨어져서 수레바퀴에 왼쪽 다리가 끼었다."

"몇몇 시민들이 샤티 씨를 거둬들여(들어 올렸다는 뜻인가?) 승합차 365번으로 하느님의 성 요한 병원으로 옮겼다."

세 번째 문단은 다소 모호하다. 하지만 내 생각에 의사가 부러진 왼쪽 다리를—오른쪽 다리는 아무 문제가 없으니까—접합시켰다는 이야기인 듯하다. 그리고 합병증이 없다면 50일이면 그를 '지우디칸돌로-구아리블'하게 데리고 다닐 수 있다는 말인 것 같다.

분명 나도 그러길 바란다.

익숙하지 않은 언어로 신문을 읽는 일에는 다른 일에서 맛볼 수 없는 큰 매력이 있다. 우리는 신비하고 불확실한 것에 늘 매력을 느끼기 마련이다. 무엇을 읽어도 뜻을 전적으로 확신할 수 없다. 민첩하고 기운찬 사냥감을 쫓듯 수수께끼를 쫓아간다. 종잡을 수 없이 방향을 바꾸며 내빼는 사냥감을 쫓는 동안 우리의 삶은 사냥이 된다. 사전은 이런 재미를 망쳐버린다. 뜻이 분명치 않은 단어 하나가 차갑고 실용적인 확실성을 지닌 문단 전체에 몽롱한 금빛 불확실성의 베일을 드리우기도 한다. 저속하고 흔한 사건이 그 한 단어 덕택에 매혹적이고 아름다운 미스터리에 둘러싸이게 된다. 당신이라면 그 우아한 단어의 의미를 확실히 알아내기 위해 사전을 끄집어내겠는가? 그 단어를 마땅히 반기겠는가?

이틀쯤 쉬고 나서 나는 다시 이 주제로 돌아와 적절한 예를 찾기 시작했다. 아침 신문에서 어렵지 않게 찾을 수 있었다. 시카고와 인디애나에서 파리를 거쳐온 해외 기사였다. 이탈리아어를 모르는 사람도 딱 한 단어만 빼고 나머지 단어는 모두 의미를 짐작할 수 있다.

Revolverate in teatro

PARIGI, 27. - La Patrie ha da Chicago:

Il guardiano del teatro dell'opera di Wallace (Indiana), avendo voluto espellere uno spettatore che continuava a fumare malgrado il divieto, questo spalleggiato

dai suoi amici tirò diversi colpi di rivoltella. Il guardiano rispose. Nacque una scarica generale. Grande panico fra gli spettatori. Nessun ferito.

해석 – "극장의 총격. 파리 27일. 시카고에서 온 '라 파트리'. 인디애나주 월리스 오페라 극장에서 금지 규정을 어기고 담배를 계속 피운 관객을 경찰이 쫓아내려 하자 관객은 친구들의 '스팔레기

아토'에 권총 여러 발을 '티로'(프랑스어 'tiré', 영어의 'pulled') 했다. 경찰은 응답했다. 결과, 관객들이 겁에 질리다. 부상자 없음."

인디애나주 윌리스의 극장에서 벌어진 이 무해한 대소동에 흥분할 만한 사람이 유럽에 나 말고 또 누가 있을까? 이 소식이 프랑스를 거쳐 피렌체까지 전보로 전해질 가치가 있을까? 하지만 나는 진짜 흥분했다. 내가 흥분한 까닭은 그 관객이 경찰에게 저항한 동기가 무엇인지 알 수 없었기 때문이다. '스팔레기아토'라는 단어에 이를 때까지 나는 아무런 장애물이나 문제 없이 기사를 술술 읽었다. 그러다가 '스팔레기아토'에서 무너지고 말았다. 이 단어가 윌리스 극장의 비극에 얼마나 짙은 어둠과 얼마나 강력하고 이해할 수 없는 수수께끼를 드리우는가? 그게 바로 그 단어의 매력이다. 그 단어가 주는 기쁨이다. 바로 그곳에서 추적이 시작된다. 향연이 열린다. 추측을 하고 또 하면서 온갖 재미를 맛볼 수 있다. 그 즐거움이 끝나리라고 걱정할 필요도 없다. 아무것도 가능하지 않다. 아무리 추측하고 추측해봐도 그 뜻을 확신하지 못한다. 다른 단어는 모두 형태나 소리, 철자로 암시를 준다. 하지만 '스펠레기아토'는 아니다. 아무런 힌트도 주지 않는다. 자신의 비밀을 내보이지 않는다. 아주 작은 암시 비슷한 것이 있다면 '스칼레기아토spalleggiate' 한가운데 '에그egg'가 있다는 사실이다. 그 힌트를 동원해보자. 어떤 답을 얻었는가? 금지 규정을 어기고 담배를 계속 피우다가 경찰의 제재를 받은 그 관객을 친구들이 '부추겨서 egg on', 그 친구들의 해로운 영향으로 그가 총격을 시작했고 그 소식이 바다 건너 유럽 도처의 신문에 부리나케 전달되어 결국 나를 제외한 아무도 흥분시키지 못했다. 하지만 그렇게 확신할 수 있는가? 그렇게 된 일이라고 진짜 확신할 수 있는가? 아니다. 그래서 불확실성이 남고 수수께끼는 사라지지 않는다. 그와 함께 매력도 사라지지 않는다. 그러니 다시 추측해보라.

진짜 만족스러운 상용 회화책이 있다면 내 모든 시간을 사전 없는 독서에 바치는 대신 그 책을 공부할 것이다. 하지만 그런 책은 없다. 시중에 나와 있는 상용 회화책들은 모두 부족하다. 충분히 많은 표현이 실려 있긴 하지만 무릎이 까졌을 때는 뭐라 말해야 하는지 알려주지 않는다.

〈Italian Without a Master〉(1904)

마크 트웨인(1835~1910)

1835년 미주리 플로리다에서 태어났다. 열두 살에 아버지를 잃고 열세 살부터 인쇄소 견습공으로 일했으며 열다섯 살부터 형의 신문사에서 인쇄공과 편집보조로 일하며 글쓰기에 흥미를 느꼈다. 1857년부터 미시시피강에서 도선사로 일했으나 남북전쟁으로 증기선 무역이 중단되자 남부군에 잠시 있다가 일확천금을 꿈꾸며 네바다의 금광으로 떠났지만 실패했다. 1865년에 단편소설 〈짐 스마일리와 뜀뛰기 개구리〉로 선풍적인 인기를 끌며 명성을 얻었다. 이후 《허클베리 핀의 모험》, 《톰 소여의 모험》을 비롯해 많은 소설을 썼고 여행기, 문학 비평, 사회 평론, 정치 평론 등 다양한 에세이를 왕성하게 썼다. 헤밍웨이는 모든 미국 문학은 《허클베리 핀의 모험》에서 나왔다고 평했다.

마슈하드 가는 길

로버트 바이런

마슈하드*(해발 944미터), 11월 16일

니샤푸르에서 마슈하드까지는 거리가 144킬로미터이다. 나는 정오 무렵이면 마슈하드에 도착하리라 생각했다. 그러나 내 아름다운 스피드왜건 자동차가 움직일 수 없었다. 내가 영국산 베드포드 순례 버스에 자리를 얻게 된 때는 아홉시가 지나서였다. 니샤푸르에서 25킬로미터쯤 떨어진 콰담가의 사원으로 걸어가는데 버스 운전사가 친절하게도 버스를 세워주었다. 콰담가의 작고 예쁜 사원은 둥글납작한 돔 천장이 얹힌 팔각 건물로 이맘 레자*가 쉬어갔던 장소를 기념하기 위해 17세기 중반에 지어졌다. 암벽 바로 밑 기단 위에 세워진 사원 둘레에는 키 큰 금송이 둘러서 있고 개울이 졸졸 흘렀다. 햇볕을 받은 타일이 진초록 나뭇잎과 찌푸린

• 이란 동북부에 있는 도시로 이슬람 시아파의 성지.
• 이슬람 시아파의 8대 이맘으로 마슈하드에 성묘가 있다.

하늘을 배경으로 파란색, 분홍색, 노란색으로 반짝였다. 검은 터번을 두르고 턱수염을 기른 남자가 돈을 구걸했다. 절름발이와 맹인들이 껑충껑충 뛰고 지팡이를 톡톡거리며 무서운 속도로 몰려들었다. 나는 얼른 버스로 달아났다.

버스는 적정 인원보다 승객을 두 배나 실었고 승객들의 짐도 함께 실었다. 여정이 이제 곧 끝난다는 생각에 신이 난 운전기사는 시속 100킬로미터가 넘는 속도로 내리막길을 내리달려 요동치며 강바닥을 건너더니 반대편 비탈을 쿵 들이받고 말았다. 떨어진 앞바퀴가 내게 달려드는 바람에 나는 기겁했다. 바퀴는 버스 발판을 우지끈 찌그러트리고 사막으로 달아났다. "영국 사람이오?" 운전사가 넌더리 난다는 투로 내게 물었다. "저걸 좀 보라구요." 영국제 철강 한 조각이 완전히 부서져 있었다.

또 다른 조인트를 끼우는 데 한 시간 반이 걸렸다. 순례자들은 바람을 등지고 옹송그린 채 모여 있었다. 남자들은 누런 양가죽을 뒤집어쓰고 여자들은 검은색 보자기를 베일처럼 뒤집어썼다. 서로 발목이 묶인 닭 세 마리는 잠시 자유를 누리고 있었지만 그들의 꼬꼬댁 소리에는 희망의 기미가 보이지 않았다. 다시 출발하자 운전사는 조심병에 사로잡히고 말았다. 시속 8킬로미터로 차를 몰았고 여행자 쉼터마다 멈춰 차를 마시며 긴장을 풀었다. 마침내 좁은 산길로 들어서자 새로운 풍경이 펼쳐졌다.

붉게 물든 산자락이 층층이 지평선을 에워쌌다. 밤이, 구름의 파도가 동쪽에서부터 펼쳐지고 있었다. 저 아래 평원에 피어오르는 흐릿한 연기와 나무, 집들을 보니 그곳이 시아파의 성지 마슈하드라는 걸 알 수 있었다. 차가운 가을 실안개 사이로 금색 둥근 지붕이 반짝였고 파란색 둥근 지붕이 흐릿하게 보였다. 이맘 레자가 하룬 알 라시드* 곁에 묻힌 뒤 오랜 세월 동안 사막에 지친 순례자와 상인, 군대, 왕, 여행자들을 상쾌하게 만든 바로 그 풍경이었다. 그리고 이제 고장 난 버스를 마음 졸이며 타고 가는 순례자 수십 명의 마지막 희망이 되었다.

많은 돌탑이 있는 것으로 보아 기도하기 좋은 장소였다. 남자 순례자들은 내려서 마슈하드를 등지고 메카를 향해 기도를 올렸다. 운전사는 요금을 거두기 위해 버스에서 내렸다. 남편들은 기도에 열중하고 있으니 어쩔 수 없이 부인들에게 다가갔다. 새된 불평 소리가 점점 격렬해지며 감사 기도의 순간을 뒤흔들었다. 경건한 남편들은 한숨을 무겁게 내쉬고 하늘을 향해 눈을 굴리며 피할 수 없는 계산의 순간을 늦추려는 굳센 의지로 돌탑에 이마를 두드리고 양말만 신은 발을 바닥에 긁히며 계속 기도를 올렸다. 버스 안에 앉은, 두건을 두른 사나운 여자들에게 쫓겨난 운전사와 조수는 버스 주변을 뛰어다녔다. 한 사람씩 남편들은 몰래 버스로 돌아가려 했다. 한 사람씩 운전사가 그들을 붙잡았다. 한 사람

---

* 압바스 왕조의 5대 칼리프.

씩 족히 15분은 항의했다. 그러나 결국 딱 세 사람만 버스 요금 치르기를 거부했다. 그들은 고래고래 욕지거리를 퍼붓다가 결국 손찌검 발찌검을 당하며 일행에서 퇴출되었다. 세 사람의 열성 신자 중에서도 주동자이자 버스 앞좌석에 나와 나란히 앉아 있던 사내가 일행을 이끌고 불평을 늘어놓으며 총총걸음으로 언덕을 내려갔다.

버스가 그들 뒤를 이어 출발하자마자 뒷좌석에 있는 여자 셋이 떠들썩한 소동을 부리기 시작했다. 주먹과 살림도구를 동원해 그들과 운전석 사이에 있는 얇은 나무 칸막이를 금방이라도 때려 부술 듯 두드렸다. 우리는 다시 차를 세웠다. 사나운 여장부들이 베일이 흘러내리거나 말거나 화가 나서 입에 거품을 물고는 남편들을 다시 태우라고 내게 호소했다. 그때쯤 되자 나는 해가 지기 전에 호텔에 도착하는 일 말고는 아무 관심이 없었다. 나는 운전사에게 말했다. "저 남자들을 다시 태우든가 계속 가시오. 여기서 더 꾸물대면 나도 요금을 내지 않겠소." 내 주장은 효과가 있었다. 운전사는 언덕길을 부리나케 내려가는 남자들을 따라잡고는 다시 차에 타라고 했다. 그들은 거절했다. 길 가장자리로 물러서면서 자신들의 삶에서 가장 신성한 순간을 망쳐버린 악마의 청을 받아들일 수 없다고 딱 잘라 말했다. 뒤편에서 여자들이 비명을 내지르며 다시 칸막이가 부서져라 두드려댔다. 버스가 온통 삐걱대며 흔들렸다. "빨리 가요!" 나도 소리를 지르며 자동차 바닥이 브레이크에 걸릴 때까지 발을 굴렀다. 운전사는 차에서 펄쩍 뛰어내리더니 탈영병들을 붙잡고는 그들이 살려달라고 끙끙거릴 때까지 주먹다짐을 벌인 끝에 버스로 다시 끌고 왔다. 탈영을 주동했던 사내가 내 옆자리에 다시 앉으려 했다. 그러나 이제는 내가 팔짝 뛸 차례였다. 나는 그 사내를 내 옆에 앉힐 수 없다고 말했다. 그러자 사내는 내 손을 붙들어 까칠까칠하고 침 묻은 자기 턱수염에 갖다 대더니 온통 입맞춤을 퍼부어대는 게 아닌가. 내가 거칠게 떠미는 바람에 사내는 대자로 나가떨어졌고 나는 반대쪽으로 펄쩍 뛰어내려 이제는 기진맥진해서 정신이 몽롱해진 비참한 운전사에게 그 사내와 더 이상 접촉하느니 마슈하드까지 내 발로 걸어가겠노라고, 내 주머니에 든 버스 요금도 주지 않겠노라고 선언했다. 그러자 여자들이 이번에는 그 사내에게 소리를 지르며 악담을 퍼부었다. 사내는 풀이 죽은 채 뒤 칸으로 끌려갔다. 우리는 포차라도 박살낼 듯한 속도로 신성한 도시 마슈하드로 출발했다.

운전사와 나는 서로를 마주 보았다. 우리는 웃었다.

《The Road to Oxiana》(1937)의 일부

로버트 바이런(1905~1941)

영국의 여행 작가로 아토스산, 인도, 소련, 티베트 등 다양한 지역을 여행하며 《역》(1928), 《처음은 러시아, 그다음은 티베트》(1933) 등의 여행기를 썼다. 특히 베이루트와 예루살렘을 거쳐 옥시아나에 이른 여행담을 담은 《옥시아나 가는 길》(1937)은 유적지를 세밀하게 묘사하고 지역 사람들과의 만남을 생생하게 그려 많은 사랑을 받았다. 미국의 문학사가 폴 푸셀은 "양차 대전 사이에 《율리시즈》가 소설에서 이룬 것과 〈황무지〉가 시에서 이룬 것을 《옥시아나 가는 길》은 여행기에서 이루었다"고 평했다. 바이런은 2차 세계대전 기간에 신문사 통신원으로 활동하던 중 타고 있던 배가 독일 잠수함 유보트의 어뢰 공격을 받아 북대서양에서 침몰하여 35세의 나이로 세상을 떠났다.

덜보로우 타운

찰스 디킨스

얼마 전 나는 내가 어린 시절을 보내고 어릴 적에 떠나 어른이 되도록 찾지 않았던 곳을 돌아다니게 되었다. 이는 드문 일이라고는 할 수 없고 누구에게든 언젠가 일어날 수 있는 일이다. 그러니 이토록 평범하고, 비상업적인 여행에 대해 독자들과 의견을 나누어보는 것도 흥미로울 것이다.

나는 내 어린 시절을 보낸 고향을 덜보로우*라 부른다(이 말을 할 때는 영국 오페라의 테너 가수가 된 느낌이다). 사실, 시골 읍에서 자란 우리 대부분에게는 덜보로우 같은 고향이 있다.

* 디킨스가 네 살부터 열한 살까지 성장기를 보낸 영국 켄트주의 채텀을 모델로 한 마을이다. 디킨스가 채텀에 살던 시절은 아버지 존 디킨스가 해군관리국에서 일하며 가족이 재정적으로 비교적 안정된 시기여서 디킨스는 약간의 교육을 받을 수 있었다. 디킨스가 열한 살이 되던 해 런던으로 발령받은 아버지를 따라 가족이 이사했으나 디킨스는 채텀에 남아 학교를 마치고 뒤늦게 런던에 있는 가족에 합류했다. 이후 아버지가 빚 때문에 감옥에 수감되면서 가세가 기울었고 디킨스는 학교를 그만두고 하루에 열 시간씩 공장에서 일을 하며 돈을 벌어야 했다.

내가 덜보로우를 떠날 때는 철도가 없었으므로 승합마차를 탔다. 그 오랜 세월이 흐르는 동안 나를 사냥 고기처럼 싣고 운임선 불로 런던 치프사이드 우드 가 크로스키즈 여관으로 배송해준 승합마차의 눅눅한 밀짚 냄새를 잊은 적이 있던가? 마차 안에 다른 승객이 없어서 나는 혼자 울적하게 샌드위치를 먹었다. 마차를 타고 가는 길 내내 비가 심하게 내렸고 나는 기대했던 것보다 삶이 더 질척거린다고 생각했다.

이처럼 애틋한 기억을 떠올리며 며칠 전 나는 기차로 당당하게 덜보로우로 되돌아왔다. 내 기차표는 세금처럼 미리 징수되었고 반짝이는 새 여행 가방에는 큼직한 딱지가 붙었다. 영국 의회에서 제정한 철도법에 따라 나는 가방에든, 내게든 일어난 그 어떤 일에도 이의를 제기할 수 없다. 그랬다가는 40실링 이상 5파운드 미만의 벌금을 내야 할 뿐 아니라 투옥까지 당하는 수도 있다. 망가진 내 소지품을 호텔로 보내고 주위를 둘러보았다. 처음 발견한 사실은 기차역이 놀이터를 집어삼켰다는 것이다.

사라져버렸다. 아름다운 산사나무 두 그루도 산울타리도 잔디도 그 모든 미나리아재비와 데이지도 덜컹대는 냉혹한 철로에 자리를 내주었다. 역 너머로는 흉측한 검은 터널 괴물이 그 모두를 집어삼키고도 아직도 허기진 듯 입을 쩍 벌리고 있었다. 나를 싣고 떠났던 마차는 '팀슨의 파란 눈 아가씨'라는 경쾌한 이름으로 불렸고 윗길에 있던 팀슨 승합마차 회사에 속해 있었지만 나를 싣고 되돌아온 기관차는 97번이라는 엄숙한 이름으로 불리고

S.E.R.(영국 남부 철도)에 속해 있으며 지금 황폐한 바닥에 재와 뜨거운 물을 토해내고 있다.

교도관이 마지못해 풀어준 죄수처럼 승강장 문밖으로 나온 나는 낮은 담장 안을, 사라진 영광의 현장을 다시 들여다보았다. 이곳에서 건초를 말릴 무렵이면 승리를 거둔 동포 영국인들(옆집 소년과 그의 두 사촌)이 인도 세링가파탐의 지하 감옥(사실은 거대한 건초더미)에 갇힌 나를 구출했고, 내 몸값을 지불하고 나와 결혼하기 위해 멀리 영국(골목 두 번째 집)에서 달려온 내 약혼녀(루시 그린 양)가 나와 황홀하게 재회하곤 했다. 정부에서 일하는, 인맥 좋은 아버지를 둔 아이에게 '급진주의자'라 불리는 끔찍한 도적 떼에 대한 극비 정보를 처음 들은 것도 이곳에서였다. 급진주의자들은 섭정 왕자가 코르셋을 입고 다니며, 아무도 임금을 받을 권리가 없고, 육군과 해군을 깔아뭉개야 한다고 주장한다고 했다. 나는 그들이 얼른 붙잡혀 교수형에 처해지길 간곡히 기도한 뒤에도 가시지 않는 두려움에 몸을 떨며 누워 있곤 했다. 이곳에서 볼즈 집안 꼬맹이들과 콜즈 집안 꼬맹이들이 크리켓 시합도 하지 않았나? 두 집안 아이들은 우리가 기대하고 바라던 대로 만나자마자 서로 분개하며 맹렬히 공격하는 대신에 예의 바르게 인사를 주고받았다. "볼즈 부인은 건강하신가?" "콜즈 부인과 아기도 잘 지내고 있는가?" 이 모든 일이, 그리고 더 많은 일이 일어났던 놀이터가 기차역으로 바뀌고 97번 기차가 끓는 물과 시뻘겋게 단 재를 토해내는 곳으로 변해도 된단 말인가? 이 모든 것이 국회

법에 따라 S.E.R 소유지가 될 수 있단 말인가?

그렇게 될 수 있고, 그렇게 되었다. 나는 무거운 마음으로 그곳을 떠나 마을 곳곳을 돌아다녔다. 우선 팀슨 사무실이 있던 윗길로 갔다. 내가 짚 냄새 나는 팀슨의 푸른 눈 아가씨에 안겨 덜보로우를 떠나던 시절 팀슨 사무실은 그리 크지 않은(사실 작은), 밤이 되면 아름답게 보이는 타원형 투명 유리창 달린 역마차 사무실이었다. 유리창에는 최고급 패션으로 옷을 빼입은, 대단히 즐거운 승객을 안팎으로 가득 실은 팀슨의 마차가 엄청난 속도로 런던 거리의 이정표를 지나쳐가는 모습이 그려져 있었다. 그런데 이제는 팀슨 사무실을 찾을 수 없었다. 팀슨이라는 이름은 고사하고 팀슨 사무실 같은 벽돌과 서까래도 찾을 수 없었다. 북적대는 이 지상에 그런 건물은 없었다. 픽포드가 들어 와 팀슨 사무실을 허물었다. 팀슨 사무실뿐 아니라 양쪽으로 집 두세 채를 더 허물어서 큰 대문 한 쌍이 달린 거대한 시설을 지었고 픽포드 짐마차들이 노상 덜컹대며 대문으로 들락거렸다. 픽포드의 마부석은 워낙 높아서 마차가 마을을 흔들며 중심가를 지날 때면 마부들이 오래된 집들의 2층 창문 안을 들여다볼 수 있을 정도였다. 나는 픽포드를 알지는 못하지만 내 어린 시절을 이렇게 거칠게 짓밟다니 소년 살해까지는 아니라 해도 내게 해를 끼친 인물 같은 느낌이 들었다. 혹여 그 괴물 같은 짐마차를 몰고 파이프를 피우며(픽포드 마부들이 늘 그렇듯) 지나가는 픽포드를 만난다면, 그리고 그의 눈과 내 눈이 마주친다면 그는 내 표정에서 우리 둘 사이에 문제가 있음을 알게 될 것이다.

게다가 픽포드가 덜보로우로 무턱대고 밀고 들어와 마을의 이름난 풍경을 빼앗을 권리는 없다. 그는 나폴레옹 보나파르트가 아니다. 투명 유리창 달린 승합마차 사무실을 앗아갈 때는 투명 유리창 달린 짐마차 사무실이라도 지어야 하지 않을까. 픽포드는 상상력이라곤 손톱만큼도 없는 철저한 실용주의자라 생각하며 나는 계속 길을 갔다.

우리 집 현관에 적록 램프와 야간용 벨을 달지 않게 되었으니 감사해야 할 일이다. 아주 어렸을 적에 나는 산모를 위문하러 가는 길에 워낙 자주 끌려다녔기 때문에 나중에 내가 전문적인 산모 돌보미가 되지 않은 게 신기할 정도다. 아마 나를 돌보던 유모는 매우 정이 많고 결혼한 지인을 많이 둔 사람이었던 듯하다. 어쨌든 덜보로우를 걷다 보니 산모를 위문하러 갔던 일로만 기억에 남은 집이 많았다. 아래쪽 길로 몇 걸음 더 가다가 작은 청과상에 이르자 아이 넷을(분명 다섯이었다고 기억하지만 차마 다섯이라고 쓰지는 못하겠다) 낳은 여인을 위문하러 갔던 일이 생각났다. 내가 그 집에 들어선 날 아침에 이 갸륵한 여인의 방에는 꽤 많은 사람이 모여 있었다. 그 집을 다시 보니 죽은 네(다섯) 아기가 깨끗한 천이 깔린 서랍 궤에 나란히 누워 있던 모습이 생생하게 떠올랐고 상투적인 연상이긴 하지만 아기들의 안색 탓인지 깔끔한 양* 가

---

* 소나 돼지의 위 내면으로, 식재료로 쓰였다.

게에 진열된 돼지 족발이 생각났다. 불 켜진 양초가 손에서 손으로 건네졌다. 청과상 건물을 계속 바라보고 있으니 그날 사람들이 기부금을 모으기 시작했고 용돈을 들고 갔던 내가 불안해서 안절부절 못했던 일도 떠올랐다. 나를 데리고 간 사람이 누구였는지는 기억나지 않지만 기부금을 내라고 열심히 나를 설득하는데도 나는 단호하게 거절했고 사람들은 내게 넌더리를 내며 천국에 갈 꿈도 꾸지 말라고 이야기했다.

어디를 가든 모두 변했는데도 결코 변하지 않는 사람들이 있는 것은 어떻게 된 일일까? 청과상 건물을 보며 오래전에 일어난 그 소소한 일들을 떠올리는데 바로 그 청과상 주인이 계단에 나타났다. 내가 어릴 적에 많이 봤던 모습 그대로, 그의 그림자가 그곳에 붙박이로 남아 있기나 한 듯 양손을 주머니에 찌른 채 문기둥에 어깨를 기대고 서 있었다. 문기둥에는 옛 표지판이 아직도 있었다. 바로 그 청과상 주인이었다. 그는 어쩌면 그 당시에 나이 들어 보이는 젊은이였거나 아니면 지금 젊어 보이는 늙은이인 듯했다. 덜보로우를 돌아다니는 동안 나는 친숙한 얼굴이나, 친숙한 얼굴을 물려받은 얼굴을 찾았지만 허사였다. 그런데 산모를 찾아가던 날 아침에 바구니를 저울에 달고 정리하던 바로 그 청과상 주인이 그 자리에 서 있었다. 나는 청과상 주인이 죽은 아기들과 혈연관계가 없었던 걸 기억해내고는 길을 건너가 대담하게 그날 일에 대해 말을 꺼냈다. 그는 내 정확한 기억에 조금도 흥분하거나 즐거워하지 않았고 어떤 식으로든 흥미를 보이지 않았다. 다소 심상하

게 그렇다고, 흔치 않은 일이 — 그는 아기가 몇이었는지 기억하지
못했다(여섯 명이라도 해도 별반 다를 게 없다는 듯) — 여기에 머
물던 아무개 여인에게 있었다고 말했지만 그 일을 각별히 기억하
지는 않았다. 그의 무심한 반응에 마음이 상한 나는 내가 어린 시
절에 이곳에 살다 떠났다고 밝혔다. 그는 천천히 그다지 감동하지
않은 목소리로 빈정대는 감이 없지 않게 대꾸했다. 아! 그랬냐고.
그리고 나 없이도 마을이 그럭저럭 잘 있는 걸 알았냐고. 고향을
떠난 사람과 그곳에 남은 사람은 이렇게나 다르다(고 나는 청과
상을 떠나 몇백 미터를 가고 난 뒤, 떠나온 거리만큼 기분이 나아
졌을 때 생각했다). 생각해보니 청과상 주인이 흥미를 보이지 않
는다고 화낼 권리가 내게는 없었다. 나는 그에게 아무것도 아니었
다. 하지만 그는 내게 그 마을이고 성당이고 다리이고 강이고 내
어린 시절이고 내 삶의 큰 조각이었다.

물론 마을은 내가 아이였을 때보다 무척 줄어들었다. 옛날에 나
는 읍내 중심가가 런던의 리젠트 가나 파리의 이탈리앙 가만큼 넓
다고 생각했었다. 이제 보니 골목길만 했다. 그곳에는 내가 세상
에서 제일 멋지다고 생각했던 마을 시계도 있었다. 그런데 이제
보니 그저 평범하게 둥근 얼굴을 가진, 내가 봤던 시계 중 가장 허
술해 보이는 시계였다. 시계는 타운홀에 속해 있었는데 그곳에서
나는 인도인이(아마 진짜 인도인이 아니었으리라) 칼을 삼키는
(지금 생각해보니 진짜 삼키지는 않았으리라) 모습을 구경하기

도 했다. 그 시절 내게 타운홀은 굉장히 웅장한 건물이었다. 그래서 램프의 요정 지니가 알라딘에게 지어준 궁전을 타운홀 같은 건물로 상상했다. 그런데 이제 보니 제구실을 못하는 예배당처럼 보잘것없는 작은 벽돌 더미일 뿐이었다. 가죽 각반을 찬 사람 몇이 주머니에 손을 찌르고 하릴없이 문가에 느긋하게 앉아서는 그곳을 곡물 거래소라 불렀다!

극장은 남아 있었다. 진열장에 서대기 한 마리와 새우 1쿼트만 단출하게 진열해놓은 생선 가게 주인에게 물어보고서야 알았다. 나는 극장을 둘러보며 마음을 위로하기로 했다. 그 극장에서 나는 매우 불편한 망토를 입은 리처드 3세*를 처음 보았다. 고결한 리치몬드 백작과 싸우다 궁지에 몰린 리처드 3세가 내가 앉아 있던 무대 옆 객석까지 뒷걸음치는 통에 공포에 질린 내 가슴이 콩닥콩닥 뛰었다. 내가 영국사 책을 읽듯, 사악한 리처드 3세가 어떻게 전쟁 중에 자기 키보다 훨씬 짧은 소파에 누워 잤는지, 그의 양심이 얼마나 끔찍하게 그의 발을 괴롭혔는지 배운 곳도 바로 그 극장이었다. 꽃무늬 조끼를 입은 웃기는, 웃기지만 고결한 시골 남자가 작은 모자를 우그러뜨려 바닥에 내팽개치고 외투를 벗어던지며 "이보쇼, 나으리, 그럼 주먹 쥐고 덤벼 보쇼!"라고 외치는 모

---

* 잉글랜드 요크왕가의 마지막 왕. 형 에드워드 4세가 갑자기 사망한 뒤 어린 조카 에드워드 5세의 섭정이 되었으나 정적을 제거하고 조카를 런던탑에 유폐시킨 뒤 왕위에 올랐다. 1483년부터 시작된 내란에서 훗날 헨리 7세로 튜더왕조를 연 리치먼드 백작과 싸우다 전사했다.

습도 그곳에서 처음 봤다. 그 모습에 그와 함께 있던 (다섯 가지 색깔의 리본을 맨 다섯 띠를 두른 작고 흰 모슬린 앞치마를 입고 이삭을 주우러 나선) 사랑스러운 젊은 여인이 놀라 기절해버리고 말았다. 이 신성한 극장에서 나는 놀라운 자연의 신비도 경험했다. 적잖이 신기했던 것은 《맥베스》에서 마녀들이 나중에 등장하는 스코틀랜드의 귀족을 비롯해 고결한 스코틀랜드인과 놀랄 만큼 닮았으며 훌륭한 덩컨 왕이 무덤에서 쉬지 않고 자꾸 나와 다른 사람으로 무대에 등장하는 것이었다.

그래서 나는 마음을 위로하러 극장에 갔다. 하지만 그다지 위안을 받지는 못했다. 극장은 낡고 쇠락해가고 있었다. 포도주와 병맥주를 파는 상인이 이미 매표소를 차지하고 장사를 하고 있었다. 극장 돈은—돈이 들어 올 때는—통로에 있는 고기 보관용 찬장 같은 곳으로 들어갔다. 그 상인은 분명 무대 밑도 슬며시 차지했을 것이다. '나무 통에 든' 다양한 술을 판다고 광고하고 있었는데 극장에 술통을 둘 만한 곳은 무대 밑밖에 없다. 틀림없이 그는 극장을 야금야금 먹어 치우다가 곧 완전히 자기 소유로 만들고 말 것이다. 극장은 임대로 나왔지만 옛 용도로는 임대될 가망이 없어 보였다. 오랫동안 파노라마 말고는 상연된 공연이 없었다. 그 파노라마마저도 '재미있고 교육적'이라 선전되었는데 나는 그 끔찍한 표현의 심각한 뜻과 무거운 암시를 너무도 잘 알고 있다. 나는 극장에서 전혀 위안을 찾지 못했다. 극장 역시 내 어린 시절처럼 불가사의하게 사라져버렸다. 그러나 내 어린 시절과 달리 극장은 언젠가 되돌아올지 모른다. 그럴 가망이 거의 없어 보이긴 하지만 말이다.

덜보로우에 기계학 협회 포스터가 붙어 있었으므로 나는 그곳을 둘러보기로 마음먹었다. 내 어린 시절에는 없던 곳이니 어쩌면 덜보로우 기계학 협회가 지나치게 번창하는 바람에 극장이 수난을 겪고 있는지도 모른다는 생각이 들었다. 덜보로우 기계학 협회는 찾기가 좀 힘들었다. 짓다 만 듯한데다 건물 정면이라 부를 만한 것도 없으니 외양만 보고는 기계학 협회인 줄 몰랐을 것이다. 마구간 뜰에 세운 볼품없고 후미진 창고 같았다. 그런데 그곳이 덜보로우에서 가장 번창하고 가장 유익한 장소였다(물어 보고서 알게 됐다). 기쁜 소식이긴 했지만 협회에 소속된 회원이 아무도 없고 굴뚝 꼭대기까지 빚에 파묻혀 있는데도 가장 번창하고 유익한 장소가 되는 데 지장이 없었던 모양이다. 협회에는 큰 강의실이 하나 있었는데 허약한 발판 사다리를 딛고 들어갈 수 있었다. 건축업자가 건축비를 현금으로 즉시 지불하지 않으면 계획했던 층계를 만들지 않겠다고 했기 때문이다. 덜보로우는 (협회의 가치를 대단히 높이 평가하고는 있었지만) 무슨 까닭인지 건축비를 내고 싶지는 않은 듯했다. 오백 파운드의 비용이 들었다는—지불한다면 오백 파운드를 내야 할—그 큰 강의실에는 오백 파운드로살 수 있음 직한 것보다 더 많은 회반죽과 메아리가 있었다. 강단과 흔한 강의 도구도 있었고, 무시무시하게 큰 검정 칠판도 있었다. 이 번창하는 협회의 강연 목록을 살펴보니 여가 시간에는 한

가하게 한숨 돌리며 기분 전환을 하고 싶은 인간의 욕망을 부끄러워하는 성향을 눈치챌 수 있었다. 진지함을 서투르게 가장한 오락을 슬쩍 끼워넣은 흔적이 보였다. 그리하여 기체, 공기, 물, 음식, 태양계, 지질 시대, 밀턴 비평, 증기기관, 존 번연, 설형문자를 회원들의 머리에 퍼부은 뒤에야 조지 2세 치하의 대례복을 걸치고 정체불명의 성가대로 가장한 흑인 가수들의 기분 좋은 노래를 들려주었으리라. 마찬가지로 다채로운 음악회를 시작하기 전에 셰익스피어의 작품에 그의 외삼촌이 스토크뉴잉턴에 몇 년간 살았다는 내재적 증거가 있냐는 무거운 질문으로 회원들을 아연실색케 했을 것이다. 심지어 이곳에 올 때면 예의상 진지한 척해야 하는 불쌍한 공연자들도 오락을 오락이 아닌 것으로 가장했다―응접실에 침대를 두어야 하는 사람이 침대를 책장이든 소파든 서랍장이든, 침대가 아닌 그 무엇으로 가장해야 하는 것처럼. 여가수 둘을 데리고 순회공연을 다니던 매우 유쾌한 가수 한 사람은 여가수 중 하나가 민요 〈호밀밭에서〉를 부를 것이라 소개하면서 거두절미하고 밀과 클로버에 대한 일반론을 늘어놓았다. 그러고도 노래를 차마 노래라 부르지 못하고 '예증'이라는 이름으로 공연 프로그램에 실었다. 도서실에는 3천 권을 꽂을 책장을 구비했지만 축축한 회반죽에 모서리가 눅눅해진 책이 170권 조금 넘게(대부분 증정본으로) 있었다. 그곳에도 한낱 인간이 가슴과 영혼에 품은 열망을 묘사한 하찮은 소설과 여행기, 대중적 전기를 읽고 연체 기한을 넘겨 미안해하며 반납한 62명이 있는 한편, 의기양양하게 하루 만에 유클리드를 독파한 2명의 영특한 모범생, 마찬가지로 하루 만에 형이상학을 끝낸 3명, 역시 하루 만에 신학을 끝마친 1명, 그리고 문법, 정치, 경제, 식물학, 대수학을 한꺼번에 붙들고 하루 동안 고심한 4명이 있었다. 으쓱대며 이런 책들을 빌려갔다 반납한 것은 아마 그런 일을 하도록 고용된 사람이 혼자 한 일이 아니었을까 의심스럽다.

협회를 나와 덜보로우를 이리저리 돌아다니는 동안에도 즐거움을 찾는 당연한 욕구를 지나치게 숨기려는 경향을 곳곳에서 볼 수 있었다. 칠칠치 못한 가정부가 먼지를 숨기고는 깨끗이 쓸어낸 척하는 것 같다고 할까. 그런데 하나같이 세련되지 못하고 허술하게 위장했다. 덜보로우에서 '진지한 서점'이라 불리는, 어린 시절에 내가 양쪽에 가스등이 하나씩 달린 연단에 그려진 많은 신사들의 얼굴을 뜯어보곤 했던 서점을 들여다보다가 거기에 펼쳐진 책장에 눈길이 갔다. 그곳에서도 재미와 극적 효과를 가미하려는 엄청난 노력을 볼 수 있었다. 참으로 그랬다. 불쌍한 서커스의 해악을 성난 어조로 혹독하게 비난하는 책마저 그랬다. 마찬가지로 사랑의 올가미를 비롯해 멋진 관계에 빠진 젊은이들을 위한 글에서도 작가들은 (여하튼) 이야기꾼처럼 글을 시작해야 한다는, 젊은이들에게 글이 재미있으리라는 착각을 심어주어야 한다는 고통스러운 책임감을 느끼는 듯했다. 정확히 20분 동안 서점 진열장을 들여다봤으니 그 정도면 나도 책에 삽화를 기획하고 새기는 사람들에게 진심 어린 충고를 한 마디 해도 될 듯하다. 그들은 자신들이 표현한 '선' 때문에 어떤 끔찍한 결과가 생길지 생각해본 적이 있을까? 스스로에게 질문을 던져본 적이 있을까? '선한' 사람이 되면 그들이 늘 묘사하는 대로 지독하게 통통한 얼굴과 꼴사나운 팔, 살짝 탈구된 듯한 다리, 곱슬곱슬한 머리, 거대한 셔츠 깃을 달고 살아야 한다면 악과 선 사이에서 동요하는 예민한 사람들은 악한 사람이 되겠다고 마음을 굳히지 않을까 하고 말이다. 그 진열장에서 나는 청소부와 선원이 행실을 고치면 어떤 사람이 될까를 보여주는 대단히 인상 깊은(내가 그 이야기를 믿는다면) 일화도 보았다. 두 사람이(둘은 가까운 친구였다) 비할 데 없이 형편없는 모자를 쓰고 머리카락을 이마 위로 늘어뜨린 채 술에 취해 아무렇게나 기둥에 기대어 있을 때는 다소 근사해 보였다. 비열하지 않고 유쾌한 사람들처럼 보였다. 하지만 두 사람이 나쁜 버릇을 고치자 얼굴이 거대해졌고, 머리가 너무 굽슬굽슬해서 이미 부풀어오른 뺨이 더 불룩해 보였으며, 너무 길어 아무 일도 하지 못할 듯한 소매가 달린 외투를 입고 눈은 너무 크게 떠서 잠도 한숨 못 잘 듯한 모습으로 변해버렸다. 마음 약한 사람을 악의 구렁텅이로 빠트릴 작정으로 그린 게 아닌가 하는 생각이 들 정도였다.

그러나 내가 마지막 본 이래 무척 노쇠해버린 마을 시계가 서점 앞에서 너무 오래 꾸물댄다고 나를 타박하니 다시 발걸음을 옮겼다.

오십 보도 채 가지 않았을 무렵 한 남자가 작은 사륜마차에서 내려 의원으로 들어가는 모습이 문득 보였다. 갑자기 발에 밟혀

으깨진 풀냄새가 퍼지고 지나간 세월의 그림이 투시원근법처럼 펼쳐지면서 그 맨 끝에 그 남자와 조금 닮은 형상이 삼주문三柱門을 지키는 모습이 나타났다. "세상에! 조 스펙스!"

많은 변화가 있었지만 나는 조에 대해 다정한 기억을 간직하고 있었다. 우리 둘 다 로데릭 랜덤*을 알았고 랜덤을 악당이 아니라 순진하고 매력적인 영웅으로 여겼다. 나는 마차에 남아 있는 소년에게 방금 내린 신사가 조가 맞는지 묻지도 않고, 문에 달린 놋쇠 표찰도 읽지 않은 채―조가 맞다고 확신했으므로―초인종을 울리고 하녀에게 낯선 사람이 스펙스 씨를 만나길 원한다고 알렸다. 진찰실 겸 서재로 안내되어 그를 기다리는 동안 둘러보니 그곳에는 조 스펙스를 증언하는 물건이 가득했다. 스펙스 씨의 초상화, 스펙스 씨의 흉상, 환자가 스펙스 씨에게 감사의 뜻으로 선물한 은잔, 동네 목사가 헌정한 강론, 지역 시인의 헌시, 지역 귀족이 보낸 저녁 초대장, 지역의 망명자가 권력 균형에 대해 쓴, '저자가 스펙스 씨에게 증정함'이라고 프랑스어로 쓴 논문.

옛 친구 조가 진찰실로 들어오자 나는 미소를 지으며 환자가 아니라고 말했다. 조는 내가 왜 미소를 짓는지 몰라 다소 어리둥절해하며 무슨 일로 방문하셨냐고 공손히 물었다. 나는 다시 미소를 지으며 내가 기억나지 않냐고 물었다. 아쉽게도 (그가 말하길) 기억이 나지 않는다고 했다. 스펙스 씨에 대해 좋지 않은 견해가 막

• 토비아스 스몰렛의 소설 《로데릭 랜덤의 모험》의 주인공.

생기려 할 무렵 그가 무언가 떠올리는 듯한 목소리로 말했다. "그런데 뭔가 기억이 나는 것도 같아요." 그의 눈에 소년 시절 눈빛이 반짝였다. 나는 궁금한 게 있는데 찾아볼 책이 수중에 없는 이 낯선 사람에게 누가 랜덤 씨와 결혼했는지 알려달라고 부탁했다. 그러자 그는 "나르시사"라 대답하고는 나를 가만히 보더니 내 이름을 부르고 내 손을 잡아 흔들며 너털웃음을 터트렸다. "아, 루시 그린 기억하지?" 우리가 잠시 이야기를 나눈 뒤 그가 물었다. "물론이지." 내가 대답했다. "루시가 누구랑 결혼했을 것 같아?" 그가 물었다. "너?" 나는 혹시나 하며 대답했다. "그래, 나야. 이제 루시를 만나게 될 걸세." 그렇게 해서 나는 루시를 만났다. 루시는 살이 쪘다. 하지만 아무리 살이 쪘다 해도 풀 내 향긋한 세링가파탐의 지하 감옥에 갇힌 나를 내려다보던, 기억 속의 그 얼굴을 변화시킨 세월만큼 그녀를 많이 달라지게 한 것은 없었다. 하지만 저녁 식사 뒤에 루시의 막내가 왔을 때(나는 스펙스 가족과 함께 저녁을 먹었고 아들 스펙스만 그 자리에 있었는데 법정 변호사인 아들은 옷을 갈아입자마자 다음 주에 결혼할 젊은 아가씨를 보러 나갔다) 나는 건초를 말리던 그 들판의 작은 얼굴을 다시 볼 수 있었고 어리석게도 꽤 감격했다. 스펙스 부부와 나는 옛날의 우리에 대해, 그 옛날의 우리가 죽어 사라지기나 한 듯 이야기했다. 진짜, 진짜 그런 게 맞다. 녹슨 철 덩어리 황무지와 S.E.R. 소유지로 바뀐 놀이터처럼 죽어 사라져버렸다.

그러나 스펙스가 있기에 덜보로우에 흥미로운 빛이 더해졌다.

그것은 그날 내가 원했던, 그리고 스펙스가 없었다면 보지 못했을 빛이었다. 그는 대단히 유쾌한 끈으로 현재와 과거를 이어주었다. 스펙스와 함께 있으니 내가 전에 다른 사람들과 이야기를 나누며 느꼈던 것을 새롭게 깨닫게 되었다. 내가 안부를 물은 동창들과 옛 지인들은 무척 잘 지내거나 무척 못 지냈다. 완전 파산하거나 중죄를 짓고 강제 추방된 이도 있었다. 아니면 엄청난 성공을 거두거나 놀라운 일을 해낸 사람도 있었다. 이렇게 특별한 경우가 워낙 많다 보니 어렸을 적 평범했던 그 모든 사람들에게 어떤 일이 일어나는 것인지 상상하기 힘들었다. 더군다나 나이 들어서도 평범하게 사는 사람이 적지 않은데 말이다. 하지만 나는 이런 문제를 스펙스에게 말하지 않았다. 그럴 말을 꺼낼 사이도 없이 대화가 이어졌다. 나는 이 훌륭한 의사에게서 결점이라고는 단 하나도 찾을 수 없었다. 딱 한 가지—스펙스가 이 재미있는 기록을 다정하게 읽으리라 기대하며—결점이 있다면 그가 그의 영웅 로데릭 랜덤을 잊었으며 스트랩*과 해치웨이 중위*를 혼동했다는 것이다. 해치웨이 중위가 피클과 아무리 가깝다 해도 랜덤과는 결코 알고 지낸 적이 없다.

그날 밤 혼자 기차역으로 향할 때(스펙스가 나와 같이 갈 생각이었지만 하필이면 호출이 와서 불려 나갔다), 나는 그 어느 때보

• 《로데릭 랜덤》에 나오는 등장인물로, 랜덤의 친구이며 위기에 처한 랜덤에게 여러 차례 도움을 주었다.
• 토비아스 스몰렛의 다른 소설 《페러그린 피클의 모험》의 등장인물.

다 너그러운 기분으로 덜보로우를 볼 수 있었다. 그래도 그날 온 종일 나는 마음속으로 덜보로우를 사랑하고 있었다! 아! 내가 뭐라고, 고향이 달라졌다고 불평한단 말인가. 나 역시 이렇게 달라져서 돌아왔으면서! 어린 시절 내가 읽고 상상한 모든 것이 이곳에서 시작되었다. 그것들과 함께 나는 순진한 생각과 정직한 믿음으로 가득 차 이곳을 떠났고 이제 너무 닳고 해진 그것들을 들고 되돌아왔다. 훨씬 더 지혜로워지고 훨씬 더 나빠져서!

〈Dullborough Town〉(1860)

찰스 디킨스(1812~1870)

1812년 영국 포츠머스에 태어났다. 채팀에서 성장기를 보내고 열두 살 무렵 런던으로 이주했으나 아버지의 빚 때문에 가세가 기울어 학교를 그만두고 구두약 만드는 공장에서 하루에 열 시간씩 일을 해야 했다. 이후 약간의 교육을 더 받은 뒤 열다섯 살에는 법률 사무소의 사환으로 일자리를 얻었고 속기술을 공부해 신문사 통신원으로 활동했다. 1834년 보즈라는 필명으로 〈모닝 크로니클〉지에 쓴 글로 인정을 받기 시작해 《올리버 트위스트》, 《데이비드 코퍼필드》, 《두 도시 이야기》, 《위대한 유산》 등 많은 작품을 남겼다. 소설가뿐 아니라 저널리스트로 활동하며 수백 편의 에세이를 썼고 편집자로 활동하며 다른 이가 쓴 수백 편의 에세이를 편집했으며 〈매스터 험프리스 클락〉과 〈하우스홀드 워즈〉 같은 주간지를 창간하여 운영하기도 했다. 특히 1859년부터 죽기 직전까지 편집했던 〈올 더 이어 라운드〉지에 실렸던 에세이들은 런던의 소외된 사람들의 모습을 친근한 어조로 그려내어 주목받았고 나중에 《비상업적 여행자》라는 책으로 묶여 나왔다. 〈덜보로우 타운〉도 《비상업적 여행자》에 수록되었던 글이다.

베로나

찰스 디킨스

나는 로미오와 줄리엣이 조금이라도 싫어지지 않을까 해서 베로나에 가기가 꽤 두려웠다. 그러나 오래된 광장에 들어서자마자 그런 불안은 사라졌다. 멋진 건물들이 놀랍도록 다양하게 많은 그곳은 너무나 환상적이고 예스럽고 그림 같은 장소여서 가장 낭만적이고 아름답다 할 만한 이야기의 배경인 이 낭만적인 소도시의 중심지로 더할 나위 없이 좋았다.

광장에서 곧장 캐퓰렛 저택*으로 가는 것은 지극히 당연했다. 캐퓰렛 저택은 이제 매우 초라한 작은 여관으로 퇴락하고 말았다. 발목까지 흙먼지가 쌓인 여관 안뜰에는 진창이 튄, 지저분한 새끼 거위들이 돌아다니고 시끄러운 마부들과 진흙투성이 시장 수레

---

* 베로나 중심부에 있는 14세기 초반 건물로, 줄리엣이 살았던 집이라 주장된다. 저택 뜰 아치에 캐퓰렛 가문을 상징하는 모자(이탈리아어로 '카펠로') 문장이 새겨져 있다. 여관으로 쓰이던 건물을 20세기에 베로나 시 당국이 인수해 개축해서 관광명소로 만들었다.

들이 자리다툼을 벌이고 있었다. 얼굴이 사납게 생긴 개 한 마리가 입구에서 거칠게 숨을 헐떡이고 있었는데 만약 로미오와 줄리엣 시절에도 살아서 활개치고 다녔다면 분명 로미오가 담장을 넘으려고 다리를 걸친 순간 로미오의 다리를 물었을 것 같았다. 과수원은 다른 사람에게 넘어가서 여러 해 전에 분리되었다. 하지만 예전에는 집에 딸린 과수원이 있었고 —여하튼 아마 있었을 테고 —캐퓰렛 가문의 오랜 문장인 모자가 안뜰 출입구 위 돌에 새겨진 것을 여전히 볼 수 있었다. 솔직히 거위와 수레, 수레꾼들, 개가 로미오와 줄리엣을 떠올리는 걸 가로막았음을 털어놓아야겠다. 차라리 집이 비어 있었다면, 이제는 쓰지 않는 방들을 돌아다닐 수 있었다면 더 좋았을 것이다. 하지만 모자 문장은 말할 수 없이 큰 위안을 주었고 예전에 정원이었던 곳도 그 못지않게 위안을 주었다. 게다가 집은 그리 크지 않았지만 사람들이 상상하는 대로 불신과 적개심의 분위기를 풍겼다. 그래서 나는 옛 캐퓰렛 가문의 진짜 저택이라는 그 집에 상당히 만족했고 문간에 축 늘어진 채 거위들을 바라보던, 지독히도 무신경한 중년의 여인인 여관 주인에게도 그만큼 고마움을 전하고 싶었다. 적어도 그녀는 '가문'의 길목을 매우 잘 막아선다는 점에서만큼은 캐퓰렛 가문 사람들을 닮았으니 말이다.

　줄리엣의 집에서 줄리엣의 무덤으로 가는 것은 아름다운 줄리엣, 또는 횃불은 언제든 밝게 타올라야 한다고 했던 고귀한 줄리엣뿐 아니라 여행자에게도 당연한 여정이다. 그래서 나는 안내자

한 사람과 함께 아주, 아주 오래된 수도원 소유였음 직한 아주, 아주 오래된 정원으로 갔다. 다 낡아 떨어진 문으로 우리를 들여보내준 사람은 눈에 생기가 넘치는, 빨래하던 여인이었다. 우리는 무너진 오래된 담장과 초록빛 흙 둔덕들 사이로 싱그러운 식물과 어린 꽃들이 어여쁘게 자라는 곳으로 걸어갔다. 우리는 작은 탱크, 곧 수조로 안내되었는데 생기 넘치는 눈의 여인이 손수건으로 자기 팔을 닦으며 '라 톰바 디 줄리에타 라 스포르투나타(불행한 줄리엣의 무덤)'라고 말했다. 세상 누구보다 다른 사람 말을 잘 믿는 나는 생기 넘치는 눈의 여인이 믿는 것을 믿는 수밖에 없었다. 그래서 나는 그녀 말을 믿었고 현금으로 관례상 사례비를 지불했다. 줄리엣의 안식처가 잊히다니 실망스럽기보다는 다행이었다. 머리 위 보도로 지나다니는 발소리와 하루에도 스무 번씩 거듭 이름을 부르는 소리가 요릭*의 유령에게는 얼마나 위안이 될지 몰라도, 줄리엣은 여행자의 발길이 닿지 않는 곳에, 봄비와 상쾌한 공기, 햇살만 찾아오는 곳에 누워 있는 편이 훨씬 나았다.

유쾌한 베로나! 아름다운 옛 저택들, 주택가 골목에 서면 멀리 보이는 매혹적인 전원 풍경, 난간 달린 멋진 발코니들. 로마 성문들이 여전히 아름다운 거리에 서서 오늘의 햇살에 천오백 년 전

---

* 18세기 영국 작가 로렌스 스턴의《트리스트럼 샌디》에 등장하는 특이한 목사. 죽은 뒤 그의 유령은 무덤을 지나는 사람들이 자신의 비문을 읽는 것을 하루에도 열 번씩 들으며 위안을 삼았다고 한다. 그의 비문은 "아, 불쌍한 요릭"이었다. 셰익스피어의《햄릿》에 해골로 등장하는 광대 요릭에서 유래한 인물로 여겨진다.

그림자를 드리운다. 대리석으로 장식된 교회들과 우뚝 솟은 탑들, 풍요로운 건축. 한때 이 예스럽고 오래된 고요한 거리들에 몬터규 가문과 캐풀렛 가문의 고함이 울려 퍼졌다.

그래서 베로나의 나이 든 시민들이
적절하게 기품 있는 장신구를 내팽개치고
오래된 장창을 휘두르니*

　빠르게 흘러가는 강물과 그림 같은 옛 다리, 웅장한 성, 손을 흔드는 사이프러스나무들, 너무도 매력적이고 너무도 상쾌한 경치! 유쾌한 베로나!

　베로나 한복판, 브라 광장—덧없는 현재의 익숙한 현실에 둘러싸인 지난 시대의 혼—에는 로마시대 거대한 원형 경기장이 있었다. 너무나 잘 보존되고 신중하게 관리되어서 좌석 한 줄 한 줄이 파손되지 않은 채 그대로 남아 있었다. 몇몇 아치에는 옛 로마 숫자가 여전히 남아 있었다. 경기장의 살벌한 구경거리에 정신 팔린 수천 명의 흥분한 관객이 서둘러 오갔을 때처럼 통로와 계단들이 있었고 짐승들이 지나가는 지하 통로들, 지상과 지하에 구불구불한 길들이 있었다. 경기장 벽 그늘과 텅 빈 공간 몇몇에는 이제 대

* 《로미오와 줄리엣》 1막 1장의 구절.

장장이들이 용광로와 함께 자리를 잡았고 이런저런 소상인들이 더러 있었다. 난간 위에는 초록색 잡초와 나뭇잎, 풀들이 있었다. 하지만 그 외에는 크게 변하지 않았다.

대단히 관심있게 경기장 여기저기를 둘러보다가 맨 꼭대기 좌석까지 올라가 멀리 알프스 산맥으로 둘러싸인 아름다운 전경을 뒤로한 채 경기장을 내려다보니 마치 엄청나게 챙이 넓고 머리통이 얕은 거대한 밀짚모자가 속을 보이며 누워 있는 듯했다. 밀짚을 땋아놓은 부분은 마흔네 줄의 좌석에 해당한다. 차분하게 회고하며 종이에 옮겨놓고 보니 이런 비유는 상투적이고 비현실적이긴 하지만 어쨌든 그 순간에는 밀짚모자를 떠올릴 수밖에 없었다.

곡마단—아마 모데나의 성당에서 노부인 앞에 나타났던 무리인 듯했다—이 얼마 전에 이곳을 다녀가면서 경기장 한쪽 끝에 조그맣게 동그라미를 남겨놓았다. 공연이 있던 곳, 말굽 자국이 여전히 생생하게 남은 곳이었다. 나는 머릿속으로 그들의 공연을 그려보지 않을 수 없었다. 암울한 경기장 벽들이 지켜보는 가운데 오래된 돌 관람석 한두 줄에 몇 안 되는 관객이 모여 앉고 번쩍이는 장식을 단 기사가 늠름하게 등장하거나, 광대가 우스꽝스러운 공연을 했으리라. 무엇보다 이 말없는 로마의 벽들이 영국 여행객을 풍자한, 인기 있는 희극 장면을 얼마나 이상하게 쳐다봤을까 하는 생각이 들었다. 발목까지 오는 파란 연미복에 연노랑 반바지를 입고 흰 모자를 쓴, 뱃살이 축 쳐진 영국 귀족(존 경)이 밀짚 보닛과 초록 베일에 빨강색 짧은 외투를 걸치고 항상 큼직한 레티큘*을 들고 양산을 들어 올리고 다니는 영국 부인(벳시 부인)과 함께 뒷발로 선 말 한 필에 간신히 매달려 등장하는 장면 말이다.

나는 온종일 베로나를 걷고 또 걸었고 지금까지도 걸을 수 있을 듯하다. 베로나에는 아주 예쁜 현대식 극장도 있었는데 (베로나에서 늘 인기 있는) 로미오와 줄리엣 오페라 공연이 막 끝났다. 어느 주랑 밑에 그리스와 로마, 에트루리아 유물을 모아놓은 곳도 있었다. 에트루리아 유물만큼이나 나이 들어 보이는 노인이 유물을 관리하고 있었다. 노인은 철문의 자물쇠를 풀긴 했지만 문을 열 힘이 없었고 진기한 유물들에 대해 설명해주긴 했지만 목소리가 잘 들리지 않았을 뿐더러 그 진기한 유물들을 제대로 볼 시력도 없었다. 무척 나이 든 노인이었다. 그림을 전시한 화랑도 있었는데 어찌나 형편없는 그림들인지 그림들이 썩어가는 게 상당히 유쾌할 정도였다. 하지만 어느 곳을 가든, 성당을 가든, 저택 사이를 걷든, 다리를 걷든, 강가를 거닐든 언제나 유쾌한 베로나였다. 내 기억 속에서 베로나는 늘 유쾌할 것이다.

나는 그날 밤 여관의 내 방에서 《로미오와 줄리엣》을 읽었고—물론 그곳에서 《로미오와 줄리엣》을 읽은 영국 남자는 내가 처음이리라—다음 날 해 뜰 무렵 만투아로 출발하며 (승합마차에,《파리의 미스터리》라는 책을 읽고 있는 차장 옆에 앉아서) 이렇게 혼

• 끈을 당겨 여밀 수 있는 여성용 지갑.

자 거듭 중얼거렸다.

베로나 성벽 너머에는 세상이 없으니
연옥과 고통, 지옥밖에 없습니다.
그러니 베로나로부터 추방은 세상으로부터 추방이며
세상으로부터 추방은 죽음입니다.•

《Pictures from Italy》(1846) 일부

•《로미오와 줄리엣》3막 3장 일부.

걷는 여자

메리 헌터 오스틴

내가 처음 그녀에 대해 들은 것은 템블러 산맥°에서였다. 그날 우리는 신기루 위로 뭉툭 솟은 희끄무레한 절벽 사이를 뿌연 흙먼지를 바퀴 뒤에 피어 올리며 온종일 달렸고 낮은 산비탈의 생명 없는 암벽은 미끄러지며 열기로 어른거렸다. 나는 그 현기증 나게 어른거리는 풍경 어디쯤에서 '걷는 여자'가 우리를 지나쳐 튤레어 호수로 걸어갔다는 이야기를 들었다. 캐리설에서 다시 그녀에 대해 들었고 어도비역에서도 양털 깎기 한 주 전에 그녀가 지나갔다는 이야기를 들었다. 나는 모하비 승합마차를 타고 서둘러 북쪽으로 가던 길에 에이틴마일 하우스°에서 마침내 그녀를 잠깐 보았다. 나중에 그녀가 자기들 막사에서 묵어 갔다는 양치기들과 로데오의 카우보이들이 자신들이 이해하는 만큼 그녀가 살아가는 방식에 대해 이야기해주었다. 아마 그들은 그녀에게도 내 이야기를 그만큼 했을 것이다. 그러니까 매우 적게 말이다. 그녀는 '걷는 여

• 캘리포니아 중남부에 있는 산맥.
• 오하이오주 해밀턴 카운티에 있는 오래된 건물로 19세기 초반 여관으로 지어졌다.

자'였다. 아무도 그녀의 이름을 몰랐다. 하지만 남자들이 공손하게 말을 거는 부류의 여자여서 남자들은 그녀의 면전에서는 미세스 워커Mrs. Walker라 불렀고 그녀는 마음이 내키면 대답했다. 그녀가 무슨 목적으로 이곳 서부를 오가는지는 알려지지 않았다. 중간에 쉬어가는 휴식처가 있는지, 이 지역에 별다른 목적 없이 가끔 나타날 때까지 계속 걷기만 하는지도 알 수 없었다. 속박 없는 세상이 낳은 여행의 뮤즈처럼 오가며 간혹 놀랍게도 많은 이야기를 쏟아내기도 했다. 자신에 대한 이야기가 아니라 자신이 보고 알게 된 것들의 이야기를. 소문에 따르면 그녀는 분명 흔치 않은 사건을 목격한 듯했다. 폭설이 쏟아지던 매버릭에 있었고 사람들이 모레나의 시신을 고향 트레스 피노스에 실어올 때 그곳에 있었다. 드보라가 마리아나를 악의로 죽였는지 정당방어로 죽였는지 말해줄 사람이 있다면 바로 그녀일 것이다. 오직 그녀만 가장 필요한 순간에 찾을 수 없었다. 그녀는 폭우가 내리던 투나와이에 있었고 관심만 있다면 굴을 파고 흔적을 남기는 작은 동물들에 대해 무척 귀중한 정보를 알고 있을 터였다.

이 모든 것 때문에도 만나볼 만한 사람이었지만 사실 내가 그녀를 만나고 싶었던 까닭은 그런 것 때문이 아니었다. 그리고 마침내 우리가 만났을 때도 그런 이야기는 나누지 않았다. 우선, 그녀는 여자였고 늙지 않았으며 여자가 열다섯 명에 한 명꼴밖에 안되는 지역을 혼자 돌아다녔다. 양치기들의 막사에서 먹고 자며 광산 찾는 사람들이나 어쩌다 지나가고, 삼 주에 한 번 역마차가 멈출 때 말고는 사람 볼 일이 없는 1인 막사에서 며칠을 쉬기도 했다. 때로는 하얗고 뜨거운 사막에서 그녀를 태운 뒤 어디를 가려 해도 며칠씩 걸리는, 이름 없는 외딴 교차로에 내려준 마부들에 의해 갈 길이 정해지기도 했다. 그녀는 이 모든 길을 아무 무기 없이, 아무 탈 없이 지나갔다. 그녀를 직접 만난 남자들에게서 들은 이야기이니 틀림없는 사실이다. 아마 남자들도 몹시 놀랐으니 그런 이야기를 하고 다닐 것이다. 남자들은 대개 자신들도 그러리라 생각지 못했다.

나는 너무나 뜨거운 열기로 경계를 지워버리고 단숨에 하얀 폐허를 넓혀가는 자연도 잘 알고, 비열하게 만족시키기에는 너무 고귀한 욕망의 쓸쓸한 고요도 조금은 안다. 하지만 걷는 여자가 그런 것과 관련 있으리라고는 생각할 수 없다. 그리고 숙녀답다고 일컬어지는 행동의 틀 안에 머무는 한 모욕당하지 않는다는 말에 일말의 진실이 있다 해도 여기에서는 적용되지 않는다. 그 말은 결국 특정 집단의 평가에 따라 모욕받을 행동을 하지 않는 한 모욕을 받지 않는다는 뜻일 뿐이다. 특정 집단의 평가이므로 런던의 고급주택가 메이페어에서 보호받을 만한 행동이 미국 서부의 탄광 지역 매버릭에서는 전혀 고려 대상이 되지 않는다. 게다가 어느 기준으로 보나 검정 가방과 모포를 들고 지갑에 돈 한 푼 없이 걸어서, 게다가 거칠고 외로운 남자들이 득시글대는 곳을 돌아다니는 여자를 숙녀 같다고 할 수는 없을 것이다.

그녀를 직접 만나고 싶은 다른 이유도 있었다. 그중 하나는 그녀를 봤다는 사람들의 이야기에 상반된 구석이 있기 때문이었다. 이를테면 그녀가 예쁜지 물으면 어떤 사람은 그렇다고 했고 어떤 사람은 기형적일 만큼 못생겼다고 했다. 얼굴이 일그러졌다고 말한 사람이 있는가 하면 한쪽 어깨가 기울었다는 사람도 있었다. 걸을 때 다리를 절룩댄다고 장담하기도 했다. 하지만 걸어 다니는 거리로 보건대 그녀는 건강하고 젊은 듯했다. 마찬가지로 정신이 멀쩡한지도 불확실했다. 살아가는 방식으로만 보면 제정신은 아니었다. 정신을 아주 놓았다고는 할 수 없지만 제구실을 하지는 못했다. 하지만 그녀의 이야기에는 지혜와 지식이 있었고 길과 샘에 대한 정보도 인디언들만큼이나 믿을 만했다.

그녀의 이야기에 따르면 처음에는 병을 떨치기 위해 걸었다고 한다. 여러 해 동안 병든 이를 돌보다 보니 결국 자신도 몸이 망가졌고 어려움을 벗어나기 위해 의지할 것이라곤 두 다리밖에 없었다. 돌보던 이가 죽은 것 말고도 다른 근심거리가 있었던 듯하지만 어떤 근심거리였는지, 자신의 병이 무엇이었는지 그녀가 분명히 밝힌 적은 없었다. 아마 마음의 병에 내몰려 밖으로 나왔고 결국 건강하고 너른 자연의 힘으로 치유되고 정신을 되찾은 듯하다. 그 무렵 그녀는 자신의 이름을 잃었으리라. 그녀가 이름을 한 번도 말하지 않았던 이유는 그녀 자신도 모르기 때문일 것이다. 그녀는 '걷는 여자'였고 지역 사람들은 그녀를 미세스 워커라 불렀다. 내가 그녀를 알게 된 무렵 그녀는 짧은 머리에 남자 장화를 신은데다 바깥 공기에 노출된 얼굴 전체에 잔주름이 있었지만 완전히 제정신이었고 상냥했다.

나는 목장 주택과 역에서 그녀를 가끔 만났고 장소가 허락하는 한 가까워졌다. 그러나 내가 궁금했던 이야기를 묻기에는 시간이 부족했고 주변에 사람도 많았다. 이야기를 나눌 기회가 오자 우리는 전혀 다른 이야기를 했다.

어느 화창한 오전에 그녀를 우연히 마주친 것은 리틀 앤털로프의 온수 샘에서였다. 샘은 큰길에서 1.5미터쯤 떨어져 있었고 지역에서 유일하게 볼 수 있는 나무들이 샘 둘레에 서 있었다. 처음에는 더러운 웅덩이가 눈에 들어온다. 웅덩이에는 진초록 독초가 무성하고 수면에 닿은 갈대 줄기마다 하얀 진창이 고리처럼 둘려 있다. 그다음에는 비탈에 휘청대며 서 있는 떡갈나무 세 그루가 보이고 그 아래로 잿빛 진흙 샘이 흐느끼고 통곡한다. 그 지역의 모든 언덕은 사막으로 곤두박질친 다음 돌연 시에라 산맥으로 다시 합류한다. 풀잎은 두껍고 퍼석대며 한창때가 끝날 무렵이라 짚처럼 색이 바랬다. 습지대를 올라가는데 풀이 가장 무성한 곳에 걷는 여자가 평소에 막대에 달고 다니던 검정 가방과 모포를 옆에 내려놓고 앉아 있는 모습이 보였다. 뜨겁고 파란 아침에 사막을 흐르는 신기루 강물처럼 이야기가 술술 나오는 그런 날이었다.

나는 이 경계 지역에 사는 사람들에 대해 쓸 때 단지 말이 아니라 이야기의 의미를 온전히 전달하려 한다. 말은 생각의 구두점에 지나지 않을 때가 많다. 오히려 침묵으로 나누는 대화의 긴 물결에서 물마루에 가깝다. 걷는 여자의 이야기는 대부분의 이야기보다 충만했다.

　우리가 그날 나눈 최고의 이야기는 그녀가 무심코 흘린 몇 마디에서 시작되었다. 그것은 그녀에게 아이가 있었음을 짐작하게 해주는 말이었다. 그녀에게 아이가 있었다니 놀라웠고, 그러고 보니 아이를 갖는 일은 무엇보다 자연스러운 일인데 내가 왜 놀라야 했는지 의아했다. 나는 그녀에게 그런 요지의 말을 했고 아이는 내가 포기하고 싶지 않은 삶의 특전 중 하나라고도 덧붙였다. 그러자 걷는 여자는 알고 나면 나머지는 모두 없어도 그만인 세 가지가 있으며 그 세 가지는 어떻게 얻든 좋지만 그녀가 그랬듯 세 가지가 서로 연결되고, 서로에게서 자라나면 최고라고 말했다. 그녀가 말을 할 때 보니 얼굴이 진짜 일그러진 듯했다. 가만히 있을 때는 저절로 일그러지는데 얼굴에 생각이나 감정이 실리는 순간 사라졌다.

　걷는 여자가 가장 가치 있다고 생각하는 경험 가운데 첫 번째는 테하차피 남쪽 비탈에 모래폭풍이 몰려왔던, 날짜를 알 수 없는 어느 봄날의 일이었다. 그 무렵 그녀는 방랑의 원인이었던 근심과 상실의 시기를 끝내고 자신을 찾기 시작했던 것 같다. 폭풍의 조짐으로 세상이 온통 곤두선 날에 그녀는 양치기 필론 제로드의 막사에 도착했다. 필론의 동료는 식량을 구하기 위해 사흘 여정으로 모하비에 가고 없었다. 필론은 넉살 좋고 혈기왕성하며 활짝 눈웃음을 짓는 사내로, 여자들이 보기에 분명 미남자였다. 낮에는 꽃이 살며시 피지만 밤이면 몸을 웅크릴 만큼 춥고 새끼 양들은 연약해서 아직 무리에 끼지 못하는 계절이었다. 그맘때 불어닥치는 모래폭풍은 엄청난 재앙을 남긴다. 바람의 힘이 어찌나 센지 지표 면 전체가 약 1.5미터 높이로 공중에 얇게 퍼져 비스듬히 떠다니 는 듯 보인다. 숨 막히는 모래바람에 새끼 양들은 어미 양을 놓치 기 십상이고 사람도 개도 바람이 불어오는 방향으로 전진하지 못 한다.

노란 얼룩이 번진 듯한 지평선 너머로 아침 해가 뜨고 오전이 반쯤 지나갈 무렵이 되자 양 떼가 흩어져버렸다.

"손쓸 사람이 우리 둘밖에 없었죠." 걷는 여인이 말했다. "그때 까지 제가 얼마나 강한지, 달리는 일이 가치 있을 때 달리는 게 얼 마나 좋은지 모르고 있었어요. 양 떼는 바람에 밀려가고 모래가 얼 굴을 때렸답니다. 우리는 큰소리로 서로를 불렀지만 잠시 뒤에 바 람에 부서지고 쪼개진 단어들만 들려왔어요. 하지만 어느 정도 지 나니 부를 필요가 없었어요. 낮에는 누런 먼지 속을, 밤에는 칠흑 같은 어둠을 달리는 내내 필론이 어디 있는지 알 수 있었으니까요. 양 떼를 사이에 두고 떨어져 있어도 알 수 있었죠. 느낌이냐고요? 뭘 느껴야 할까요? 그냥 알 수 있어요. 저는 양 떼 옆에서 뛰며 이 리로 저리로 양 떼를 이끌었죠. 필론이 했을 것처럼요."

"바람이 어찌나 거센지 서로 마주칠 때면 붙들고 헐떡거리며 이 야기를 해야 했지요. 내내 달리면서 손에 잡히는 대로 먹었어요. 그날 낮과 밤 내내, 이튿날 오후까지 야영 도구는 꺼내보지 못했 답니다. 하지만 우리는 양 떼를 지켰어요. 바람이 조금 잦아든 틈을 타 양 떼를 언덕 아래로 몰았답니다. 새끼 양들은 어미젖을 빨았고요. 폭풍이 다시 거세지자 양 떼가 흩어졌지만 우리가 따라가서 다시 모았어요. 밤이 되어 바람이 잠잠해지자 우리는 번갈아가며 잠을 잤지요. 필론은 잤어요. 제 차례가 오자 폭풍 때문에 완전히 진이 빠진 저는 땅에 드러누웠지요. 하지만 땅만큼 지치진 않았어요. 뒤척일 때마다 담요의 접힌 주름마다 가득한 모래가 바닥으로 떨어져 내렸죠. 그래도 우리는 양 떼를 구했어요. 어미 양 몇 마리가 폭풍 때문에 긴장해서 젖이 나오지 않는 바람에 새끼 양들이 더러 죽었지만요. 그래도 우리는 함께 양 떼를 지켰어요. 저는 피곤하지 않았어요."

걷는 여자는 두 팔을 쭉 뻗어 자신을 꼭 부둥켜안고 그 기억을 가슴에 안은 듯 부드럽게 몸을 흔들었다.

"저는 뒤로 빼지도 않고, 보고 보이는 부담도 없이 한 남자와 함께 일했어요. 여자처럼 머뭇대거나 서툴지 않게, 일이 잘 풀리길 바라며 일했죠. 할 수 있냐고, 하겠냐고 필론이 묻지 않았어요. 필론이 하라고 말하면 했어요. 저는 일을 잘했고 우리는 양 떼를 지켰어요. 그게 바로," 걷는 여자가 다시 얼굴을 일그러뜨리며 말했다. "다른 것 없이도 지낼 수 있도록 만들어주는 것들 중 하나예요."

"예." 내가 대답했다. 그리고 물었다. "다른 거라뇨?"

"아," 그녀는 그 질문에 놀란 듯 답했다. "보고 보이는 것."

나는 걷는 여자로 살아갈 만큼 용기 있는 사람이 그런 걸 신경 쓰리라 생각하지 못했다! 우리는 나란히 앉아서 비탈에 짓눌린 무성한 풀잎을 바라봤다. 풀잎은 맹렬한 정오의 햇빛을 받으며 평온한 야수의 털 위에 생기는 물결무늬처럼 흔들리고 있었다. 한세상만큼 오래된 쓰린 아픔이 봄날에 흐느끼며 속삭였다. 내가 입을 열었다.

"보고 보여졌으니 기회가 당신을 알아봤죠."

"필론이 알아봤죠." 걷는 여자가 말했다. 그녀는 미소 띤 얼굴로 오후 네시 무렵 바람이 잠잠해지고 날씨가 개자 양 떼는 풀을 뜯고 두 사람은 야영 도구를 꺼내 식사를 준비했노라고 말했다. 식사가 끝나자 필론은 파이프를 이 사이에 물고, 그녀 쪽으로 오더니 옆에 드러누웠다. 그녀의 말투를 보니 그런 일이 전에는 그녀에게 한 번도 없었던 듯했다. 나는 이제야 내가 궁금했던 이야기를 듣게 되리라 생각했다. 그러나 그녀는 양 떼를 다룬 그녀의 솜씨에 대해 필론이 무어라 말했는지를 계속 이야기했다. 물론 친절한 말이었다. 어떤 남자라도 예의상 했음 직한 말이었다. 그러니 걷는 여자가 그 말을 그토록 소중히 간직할 만한 무언가가 더 있었을 터였다.

"우리는 무척 편안했지요." 그녀가 말했다. "생각만큼 피곤하지 않았어요. 필론은 팔꿈치에 몸을 의지하고 누워 있었죠. 그제야 저는 그 사람 어깨가 얼마나 넓은지, 팔이 얼마나 튼튼한지 보았어요. 우리 두 사람이 그 양 떼를 함께 구했어요. 우리는 그걸 느꼈죠. 비스듬히 내 쪽으로 기운 그의 어깨가 무언가를 말했어요. 그의 입술 주위도, 반짝이는 눈 아래 불거진 두 뺨도요. 그 눈빛과 그 표정, 그건 '우리는 같은 색깔, 같은 마음을 지녔어'라고 말하고 있었어요. 잔잔한 툴레르 호수 같은 그 사람 눈이요. 그런 눈빛 아세요?"

"알아요."

"바람이 멎고 세상에선 온통 흙냄새가 났지요. 필론은 내가 다른 사람과 함께였다면 그 일을 그렇게 잘해내지 못했으리라는 걸 잘 알았어요. 그리고 그 표정ー 그 눈빛ー"

"아ー아ー!"

내가 줄곧 말했고 다시 말하겠지만 나는 왜 바로 그때 걷는 여자가 손을 뻗어 나를 건드렸는지 모르겠다. 내 무의식에서 고동치는 연민에 대한 반응일 뿐이었을까? 아니면 어쨌든 그것이 최고의 경험이었다는 무언의 표현이었을까? 아니면 내 앞에 놓인 무감한 세월과 설렘, 연약한 몸짓을 불현듯 예감하기라도 한 것이었을까? 하지만 아닐 것이다. 그 문제에 대해 생각하면 할 때마다 나는 다른 이유가 떠오르지만 어느 것 하나 확신할 수 없다. 왜 걷는 여자가 손을 내밀어 내 팔 위에 얹었는지 말이다.

"함께 일하기, 함께 사랑하기." 걷는 여인이 내 팔에 얹었던 손을 거두며 말했다. "그게 두 가지예요. 나머지 하나는 알죠?"

"젖을 빠는 입." 내가 말했다.

"입과 손." 걷는 여자가 말했다. "밀어내는 조그만 손, 작은 울음." 우리는 서로를 완벽히 이해하며 잠시 말을 멈추었다. 우리 앞에 펼쳐진 세상은 정오의 햇빛 아래 일렁였고 샘 뒤 떡갈나무에서 비둘기 한 마리가 울어댔다. 작은 여우가 언덕에서 나와 웅덩이 물을 조심스레 핥아먹었다.

"가을까지 필론과 함께 지냈어요." 그녀가 말했다. "시에라 산 맥에서 그해 여름을 다 보냈지요. 양 떼가 남쪽으로 가야 할 때까 지요. 좋은 시간이었어요. 필론이 나 같은 사람을 그렇게 오래 사 랑하리라 짐작하지 못했지요. 게다가 저는 계속 돌아다닐 수 없었 어요. 아기가 시월에 태어났죠."

더 이상 무슨 할 말이 있을까? 그 일을 기억하는 듯 자신도 모르 게 손을 가슴 쪽으로 가져가며 걷는 여자는 그렇게 말하는 듯했 다. 사랑하고 일하는 법이야 많고 많지만 첫아이는 단 한 번뿐이 다. 잠시 뒤 그녀는 자기가 걷기를 그만두고 집에서 아이를 돌보 았을지, 아니면 아이의 작은 발이 그녀 옆에서 달릴 생각을 하며 다시 밖으로 나갔을지 모르겠다고 말했다. 아기는 그렇게 클 때까 지 살지 못했다. "바람 부는 밤이면," 걷는 여자가 말했다. "잠에서 깨어 아이가 잘 덮여 있나 생각해요."

그녀가 가방과 모포를 집어 들었다. 밤이 되기 전에 도스팔로스 의 목장 주택까지 가야 했다. 그녀는 다시 만났으면 좋겠다는 말 도, 작별 인사도 없이 떠났다. 그녀는 걷는 여자였다. 그뿐이었다. 사회가 만들어낸 모든 가치를 벗어나 걸었고 그녀에게 가장 좋은 것이 찾아왔을 때 그것을 알고 붙들 수 있었다. 일—내가 믿는 대 로, 사랑—걷는 여자가 증명한 대로, 아이—당신이 동의하는 대로.

하지만 잠깐! 걷는 여인이 붙든 것은 꾸미지 않은 것이다. 이를테면 특정 직업이 좋다는 편견으로 치장하지도 가장하지도 않은 것이다. 사랑, 있는 그대로 사랑하기. 이리저리 재지 않고 영원한 약속이 아니라고 밀어내지 않기. 그리고 아이는 어떻게 가지든 좋다, 고 자연과 걷는 여인은 말한다. 그것을 붙들라고, 너무 많은 겉치레가 적절히 어울릴 때까지 기다리지 말라고. 그러면 사건은 결코 일어나지 않는다고.

적어도 우리 중 하나는 틀렸는지 모른다. 일하고 사랑하고 아이를 낳는 것. 무척 쉽게 들린다. 하지만 우리 삶은 그보다 훨씬 더 중요한 일들을 많이도 만들어낸다.

저 멀리 흐릿하고 뜨거운 계곡에 모포와 검정가방을 어깨에 걸치고 걸어가는 '걷는 여자'의 모습이 보였다. 그녀의 걸음이 이상하고 비스듬했다. 몸 전체가 뒤틀린 듯했다.

사람들이 그녀를 두고 절름발이라 했던 말이 문득 떠올라 나는 그녀가 지나간 샘 아래 들판으로 달려갔다. 그곳에, 뜨거운 모래 위에 그녀의 두 발자국이 고르게, 그리고 하얗게 찍혀 있었다.

⟨Walking Woman⟩(1907)

메리 헌터 오스틴(1868~1934)

1868년 일리노이, 칼린빌에서 태어났다. 책을 좋아했던 아버지 밑에서 자랐으나 열 살 때 아버지를 잃고, 얼마 뒤 가장 가까웠던 언니까지 잃고 나서 글을 쓰며 외로운 성장기를 보냈다. 스무 살 때 농장을 일구기 위해 가족과 함께 캘리포니아 지역으로 이주했다. 모하비 사막을 사랑하여 캘리포니아와 네바다 등을 돌아다니며 아메리카 원주민의 시와 민담을 채집하며 지역의 사람과 자연을 묘사한 글과 여자들의 삶을 다룬 글을 주로 썼다. 1903년 모하비 사막과 아메리칸 원주민의 삶을 그린《비가 드문 땅》을 시작으로 32권의 책과 150편의 글을 남겼다. 대표적인 저서로는《비가 드문 땅》,《사라진 경계》,《바구니 여인》등이 있다.〈걷는 여자〉는 소설집《사라진 경계》에 수록된 자전적 이야기이다.

출처 목록

Virginia Woolf, "The Death of the Moth," *The Art of the Personal Essays: An Anthology from the Classical Era to the Present* (Anchor Books, 1995).

F. Scott Fitzgerald, "Sleeping and Waking," *The Norton Book of Personal Essays* (New York: Norton, 1997).

James Agee, "Knoxville: Summer of 1915," *A Death in the Family* (Avon Books, 1963), Kindle.

James Agee, "Overalls," *Let Us Now Praise Famous Men* (Mariner Books, 2001).

Thomas de Quincey, *Confessions of an English Opium-Eater and Other Writings* (Oxford University Press, 2013), Kindle.

William Faulkner, "'His Name Was Pete'," *Essays, Speeches & Public Letters* (Modern Library, 2004), Kindle.

Max Beerbohm, "William and Mary," http://www.unz.org/Pub/Century-1920dec-00161.

Alice Meynell, "A Rhythm of Life," http://xroads.virginia.edu/~Public/feg/alice/amessay.html.

John Burroughs, "The Spring Bird Procession," https://www.unz.org/Pub/AtlanticMonthly-1918apr-00486.

George Orwell, "Some Thoughts on the Common Toad," *Fifty Orwell Essays*, http://gutenberg.net.au/ebooks03/0300011h.html#part45.

Aldo Leopold, "Thinking Like A Mountain," *A Sand County Almanac and Sketches Here and There* (Oxford University Press, 1968).

Aldo Leopold, "If I were the Wind," *A Sand County Almanac and Sketches Here and There* (Oxford University Press, 1968).

Henry David Thoreau, "Death of a Pine Tree," *The Heart of Thoreau Journals* (Dover, 1961).

Marjorie Kinnan Rawlings, "A Pig is Paid For," *The Norton Book of Women's Lives* (Norton, 1993).

Hilaire Belloc, "Crooked Streets," http://grammar.about.com/od/classicessays/a/bellocstreets.htm.

George Orwell, "Marrakech," *Fifty Orwell Essays*, http://gutenberg.net.au/ebooks03/0300011h.html#part8.

Virginia Woolf, "Thoughts on Peace in an Air Raid," *Selected Essays* (Oxford University Press, 2008), Kindle.

Dorothy Sayers, "Forgiveness" *Unpopular Opinions* (The Camelot Ltd. 1946).

Richard Wright, "The Ethics of Living Jim Crow", http://xroads.virginia.edu/~ma01/white/anthology/wright.html.

Richard Wright, *Black Boy (American Hunger): A Record of Childhood and Youth*(Perennial Classics, 1993).

William Faulkner, "Forward to *The Faulkner Reader*," *Essays, Speeches & Public Letters* (Modern Library, 2004), Kindle.

Robert Louis Stevenson, "A Penny Plain and Two Pence Coloured," *Memories and Portraits* (Chatto & Windus, 1912), Kindle.

G. K. Chesterton, "Toy Theater," http://www.online-literature.com/chesterton/tremendous-trifles/23/

James Thurber, "The Secret Life of James Thurber," *The Art of the Personal Essays: An Anthology from the Classical Era to the Present*(Anchor Books, 1995).

Holbrook Jackson, *The Book About Books: The Anatomy of Bibliomania* (Avenel Books, 1981).

Oscar Wilde, "To Read or Not To Read," http://www.online-literature.com/wilde/a-critic/7/

Kenneth Grahame, "Marginalia," http://www.online-literature.com/grahame/3055/

Mark Twain, "Italian Without a Master," *The Norton Book of Personal Essays* (New York: Norton, 1997).

Robert Byron, *The Road to Oxiana* (Oxford: Oxford University Press, 2010), 79-81.

Charles Dickens, "Dullborough Town," *The Uncommercial Traveller* from *The Complete Works of Charles Dickens* (Delphi Classics, 2012), Kindle.

Charles Dickens, "By Verona, Mantua, and Milan, Across the Pass of the Simpleton into Switzerland," *Pictures from Italy* from *The Complete Works of Charles Dickens* (Delphi Classics, 2012), Kindle.

Mary Hunter Austin, "The Walking Woman" *Lost borders* (Harper and Brothers, 1909) http://gaslight.mtroyal.ca/wlkgwomn.htm.

천천히, 스미는
영미 작가들이 펼치는 산문의 향연

초판 1쇄 발행 2016년 9월 20일 초판 13쇄 발행 2023년 6월 20일
지은이 G.K. 체스터튼 외 옮긴이 강경이

발행인 박지홍 발행처 봄날의책 등록 제311-2012-000076호 (2012년 12월 26일)
서울 종로구 창덕궁4길 4-1 401호 (원서동 4층)
전화 070-4090-2193, E-mail springdaysbook@gmail.com

기획·편집 박지홍 디자인 공미경 인쇄·제책 한영문화사

ISBN 979-11-86372-07-4 03840

이 도서의 국립중앙도서관 출판시도서목록(CIP)은 서지정보유통지원시스템
홈페이지(http://seoji.nl.go.kr)와 국가자료공동목록시스템(http://www.nl.go.kr/kolisnet)에서
이용하실 수 있습니다.(CIP제어번호: CIP2016021572)

—